Ein Abenteuerroman zur Steinzeit.
Für Jung und Alt.

Stefan Schröder

DIE JAGD NACH DEM BROT

Ein Abenteuerroman zur Steinzeit.
Für Jung und Alt.

Fachlich lektoriert durch Dr. Johanna Ritter.

istolé

Stefan Schröder:
Die Jagd nach dem Brot.

ISBN (Paperback): 978-3-910347-06-9
ISBN E-Book (EPUB): 978-3-910347-07-6
ISBN E-Book (ePDF): 978-3-910347-11-3

1. Auflage 12/2022

Umschlaggestaltung: Marta Bosso, AKRES Publishing
Schrifttypen: Linux Libertine by SIL Open Font License 1.1, Rodetta Rossie by Brandsemut Nr. 2403 (Marta Bosso Project)

Verlag und Herstellung: *istolé* Belletristik, ein Imprint im Verlag AKRES Publishing
Remscheider Straße 45, D-42369 Wuppertal
Tel.: 0049 (0)202 5198830, Telefax: 0049 (0)202 2447651
E-Mail: info@akres-publishing.com

Besuchen Sie uns im Internet: www.akres-publishing.com

Bibliographische Information der Deutschen Nationalbibliothek:
Die Deutsche Nationalbibliothek verzeichnet diese Publikation in der Deutschen Nationalbibliografie; detaillierte bibliografische Angaben sind im Internet über http://dnb.ddb.de abrufbar.

Für Joshua und Leona.

Eine Geschichte, die auf den Anfang zurückblickt, um zu helfen, ein nachhaltiges Morgen zu gestalten.

Inhaltsverzeichnis

Norddeutschland

Kierks Beine schmerzten. Die Jäger waren schon lange unterwegs. Sie sollten nicht merken, dass ihn die Kräfte verließen. Er spürte ihre heimlichen Blicke. Auch sie bemühten sich, die Zeichen der Erschöpfung zu verbergen.

Schwächen wurden nicht gezeigt. Natürlich nicht. Sie waren die besten Jäger der Sippe. Jäger vom stolzen Volk der Gojdo. Schnell und mit federnden Schritten waren sie unterwegs. Ob dichte Wälder oder Moore, sie kannten den Weg. Nur mit einem Lendenschurz bekleidet, glitzerte in der Morgensonne der Schweiß auf den Muskeln der Oberkörper. Striche, mit hellem Ocker gemalt, leuchteten auf dunkler Haut. Die geflochtenen Zöpfe der schwarzen Haare wippten im Takt der Schritte. Vögel wurden aufgeschreckt, unterbrachen ihren morgendlichen Gesang. Hunde, kaum zu unterscheiden von wilden Wölfen, hetzten ohne einen Laut von sich zu geben mit den Jägern durch das Unterholz. Die Jäger hatten ihren Wurfspeer, den Bogen und die Pfeile im Köcher auf den Rücken gebunden, auch Kierk. Er war der Größte der Gruppe, schlaksig und einer der Jüngsten.

Wald beherrschte das Land. Das Klima anderthalb Grad Celsius wärmer als heute. Bäume die Herrscher dieser Welt. Krone an Krone, vom nördlichen Meer bis zu den Gebirgen. Nur das Wasser schnitt mit Seen, Flüssen und Mooren kleine Flächen aus dem hölzernen Diktat.

Kierk war jetzt allein. So konnte er sich ausruhen. Heftig atmend lehnte er am Stamm der knorrigen Eiche, massierte die schmerzenden Waden. Von den anderen hörte er nichts mehr. Sie hatten ihn hier zurückgelassen. Bei Kierk war auch keiner der

Hunde geblieben. Sie hielten sich stets an den Anführer. Seine erste Jagd. Endlich. Eine wichtige Jagd. Der Zeitpunkt wurde vom Priester bei den Waldgeistern erfragt.

Eine Schlucht mit Steilwänden an den Seiten und einem Abgrund an seinem Ende. Ideal, um das Rudel Rotwild hineinzutreiben und in den Tod zu hetzen. Dort, wo Kierk jetzt stand, hatte diese Schlucht einen Nebenausgang. Ein letzter Ausweg für die getriebenen Tiere vor der tödlichen Sackgasse. Kierk sollte diesen Ausweg versperren. Ein Entkommen des Rudels kurz vor dem Erfolg der lang vorbereiteten Jagd verhindern.

Die krampfenden Waden hatten sich beruhigt. Kierk setzte sich auf den sonnenbeschienenen Platz am Fuß der Eiche. Er hatte Zeit. Die anderen liefen in einem weiten Bogen zur gegenüberliegenden Seite des großen Talkessels. Das Rothirschrudel äste irgendwo im dichten Wald. Von der anderen Seite würden die Jäger das Treiben beginnen. Kierk zog ein Stück Lindenholz aus dem Lederbeutel an seiner Hüfte. Der Kopf eines Hirsches war bereits zu erkennen. Er war geübt im Schnitzen. Ein willkommenes Tauschgut. Diesen Hirsch aber würde er Sirte schenken. Für ihn war sie das schönste Mädchen. Kierk betrachtete kritisch die angefangene Figur. Bislang war sie gelungen. Für Sirte, der Tochter des Feuerwächters, musste sie etwas Besonderes werden. Kierk zog sein Messer aus der Lederscheide am Gürtel. Er liebte dieses Messer. Das Messer mit der perfekt geschlagenen Feuersteinklinge. Diese war mit Birkenpech in einen Griff aus Holz eingeklebt. Der Stein, aus dem die Klinge bestand, war besonders. Kierks einziger Besitz mit Wert. Dieser Feuerstein war rot wie Blut. Nicht grau wie normaler Feuerstein. Steine dieser Art waren sehr selten und wurden nur an der Küste des Meeres im Norden gefunden. Der Stein war der letzte Besitz aus dem Nachlass seines toten Vaters.

Kierk begann vorsichtig, die muskulöse Kontur des Rückens eines Hirsches aus dem Holzklotz zu arbeiten.

‚Ob der Leithirsch des Rudels, das sie treiben, ein ähnlich mächtiges Tier ist?', fragte sich Kierk aufgeregt. ‚Ich werde dafür sorgen, dass die Jagd ein Erfolg wird.' Die Sippe brauchte das Fleisch als Vorrat für den Winter. Jetzt im Herbst zählte jede Jagd, damit seine Sippe nicht hungern musste.

Das Volk der Gojdo, das Volk der Jäger, Fischer und Sammler lebte im Gebiet zwischen dem großen Strom im Osten, den sie „Mutterstrom" nannten, und dem Meer im Norden. Aufgeteilt in Sippen zogen sie dem Jagdwild hinterher. Karo war ihr Häuptling. Das verfeindete Volk der Rungi siedelte, nur durch einen Grenzfluss getrennt, im Westen.

Die Jagd

In der Baumkrone der Eiche über Kierk schlug ein Eichelhäher an. Von seiner hohen Warte aus hatte er Ungewöhnliches entdeckt. Für Kierk das Zeichen. Die Jagd hatte begonnen. Noch war nichts von den Treibern und den Hunden zu hören. Kierk stand auf. Er steckte den unfertigen Holzhirsch in den kleinen Lederbeutel, der an der Seite seines Schurzes festgenäht war. Die Steinklinge behielt er in der Hand. Er atmete einmal tief ein und aus, um die Nervosität, die sich anschleichen wollte, wegzuatmen. Seine erste Jagd. Er würde Fleisch für die Sippe und für Sirte besorgen. Mit kräftigen Schritten durchquerte er das schmale Tal, das durch die hohen, steilen Seitenwände begrenzt wurde. Kierk hatte eine junge Birke ausgewählt, sie wollte er als Wedel nutzen. Knapp über dem Boden schnitt er mit dem Steinmesser in den Stamm und brach den Baum vom Stumpf. Genau in der Mitte des seitlichen Ausgangs aus dem Tal ging er in Stellung. Die Birke hielt er vor sich. Er wollte die Tiere durch sein plötzliches Hervorspringen, Wedeln und lautes Geschrei erschrecken und damit weiter in das Haupttal treiben.

Die Ruhe war vorbei. Überall Lärm. Das Bellen der Hunde. Rufe. Das Knacken von Ästen. Waren da sogar bereits die Tritte eines Treibers oben auf dem Kamm des Hangs zu hören? Selbst der Wind hatte aufgefrischt. Unmittelbar vor ihm brach das Rudel Rotwild zwischen den Bäumen des Talbodens hervor. Der Leithirsch war ein prächtiges Tier, wie Kierk es sich vorgestellt und gewünscht hatte. Er besaß ein riesiges Geweih mit dutzenden Enden. Im Geweih hingen abgebrochene Äste und Laub, die sich bei der Hatz vor den Treibern quer durch den Wald darin verfangen hatten. Die Augen des Hirsches waren weit aufgerissen. Der Brustkorb dehnte sich sichtbar bei jedem gehetzten

Atemzug. Der Hirsch galoppierte zwischen den Bäumen hindurch. Er hielt genau auf den Einschnitt in der Talwand zu, vor dem Kierk Wache hielt.

‚Er kennt den rettenden Ausgang aus dem Tal', wurde Kierk bewusst. ‚Er weiß, wenn er dem Haupttal weiter folgt, droht am Ende der Abgrund.'

Dem Hirsch folgten weit über ein Dutzend junger Hirsche, Kühe und Kälber. Genug Fleisch für den Winter in Zeiten, in denen sie immer weniger Jagderfolg hatten. Kierk blieb keine Zeit zum Träumen. Jetzt war da nur noch das wilde Stampfen der Hufe, der röhrende Atem der gehetzten Tiere.

Kierk blieb versteckt hinter seinem Bäumchen stehen, wartete auf den richtigen Moment. Dann sprang er einen Schritt vor. Riss das Birkenbäumchen weg, so dass er vor den Tieren plötzlich als Mensch auftauchte. Schrie, schrie so laut wie nie zuvor in seinem Leben. Er wedelte wie vom Wahnsinn gepackt mit den Armen und dem Baum. Der Leithirsch senkte den Kopf, lief weiter. Kierk schrie lauter. Er schrie, sprang in die Luft und wedelte mit der Birke. Endlich, ein Zögern beim Hirsch, er änderte seine Laufrichtung. Zuerst nur eine Nuance, dann einige Grad in Richtung Haupttal. Kierk spürte, er würde gewinnen. Das Rudel würde weiter in das enger werdende Tal laufen. Dort, an seinem Ende, wartete die tödliche Falle. Die vorderen Tiere würden von den nachdrängenden in den Abgrund geschoben. Den Rest erlegten die nachlaufenden Jäger in der Sackgasse. Eine Jagdtechnik, die die Sippe seit Jahrhunderten in diesem Tal praktizierte. Die erjagten Tiere würde ihr Überleben in den kommenden Monaten und vor allem im Winter sichern. Die Sippe würde Fleisch haben. Fleisch, das die Mitglieder der Gemeinschaft jetzt brauchten und Fleisch, das getrocknet für den Winter als Vorrat notwendig war.

Mitten in die beginnende Vorfreude von Kierk hinein, Freude, dass er die Aufgabe schaffen würde, und Freude auf die Festessen, die es geben würde, störte plötzlich etwas den vorgezeichneten Ablauf. Kierk hörte im ganzen Brausen zuerst den Überraschungsschrei eines Jägers oben am Hang über dem Tal. Dann sah er im Augenwinkel einen Mann in einer Lawine aus Erde, Staub und Felsen den steilen Hang des Haupttals hinunterstürzten. Der Jäger überschlug sich im Fall, versuchte sich an Ästen festzukrallen, vergeblich, rutschte und fiel sich überschlagend weiter. Mitten auf dem Talboden des Haupttals blieb er in einer Wolke aus Staub und einem Hagel aus Geröll liegen und versperrte den Weg, auf den Kierk den Lauf des Hirsches und seines Rudels gezwungen hatte. Erst als sich der mit Staub und Dreck bedeckte Jäger aufrappelte und umdrehte, erkannte Kierk ihn. Es war Tabu. Der Sohn des Häuptlings. Sein Stiefbruder. Auch Tabu sah Kierk. Kierk war plötzlich wie gelähmt. Sein Schreien erstarb, seine Arme sanken herab. Die Halbbrüder starrten sich an.

Alles hatte sich in Bruchteilen von Augenblicken ereignet. Als der Hirsch nun auch den Weg vor sich durch einen Jäger versperrt sah, stürmte er in den Nebeneingang des Tals. Den Kopf mit dem riesigen Geweih gesenkt, rammte er Kierk im vollen Lauf, stieß ihn um und trampelte über ihn hinweg. Das Rudel folgte ihm auf dem gleichen Weg. Über Kierks Körper am Boden hinweg in die Freiheit.

Erwachen

Kierk kam zu sich. Es war kein normales Erwachen. Es fühlte sich an, als hätte er einen weiten Weg durch Dunkelheit zurückgelegt. Langsam kam die Erinnerung wieder. Die Jagd. Wie war sie ausgegangen? Er ließ die Augen geschlossen. Ihn überkam eine Ahnung, dass egal, was er jetzt bewegen würde, es weh tun würde. Sehr weh. Unbewegt blieb er liegen. Wo war er? Er spürte die wärmende Schwere einer Felldecke auf seinem Körper. Er hörte das leise Prasseln eines Feuers in der Nähe. Er lag auf einer Schlafstelle in einer Hütte, das war klar. Es war nicht seine schäbige Hütte und Schlafstelle. Diese Hütte war größer. Es klang anders. Er versuchte die Augen zu öffnen. Sie waren verklebt und es gelang ihm zunächst nur zum Teil. Im Halbdunkel war es schwer, etwas zu erkennen. Über sich sah er das Funkeln der Flammen des Feuers. Wie konnte das sein? Erschrocken hielt er den Atem an. Dann erkannte er, die Flammen spiegelten sich in den Augen eines Menschen, der sich über sein Gesicht gebeugt hatte. Es waren große, strahlend blaue Augen. Alle Mitglieder der Sippe hatten blaue Augen. Aber nicht solche wunderschönen. Kierk atmete langsam aus. Sirte war bei ihm. Sein Herz schlug schneller. Er drehte den Kopf, doch die Schmerzen waren zu stark und er sank zurück in eine Ohnmacht.

Kierk war schon als kleiner Junge außergewöhnlich flink und wendig gewesen, konnte schneller laufen und weiter springen als die anderen Kinder. Wahrscheinlich hatte er deshalb den Spitznamen „Loko“ bekommen. Das Problem an Loko war, dass der Begriff in der Sprache der Gojdo zwei Bedeutungen hatte. Loko bedeutete Eichhörnchen, was somit passte. Loko stand mit seiner zweiten Bedeutung aber auch für ein schlecht gegerbtes, filziges Fell. Buschig, löchrig und unbrauchbar wie der Schwanz des

Eichhörnchens, für den es keine sinnvolle Verwendung gab. Kierk war eine Waise. Seine ungepflegten Haare, seine kaputte Kleidung, der fehlende Schmuck, die hungrigen Augen waren Loko. Loko sagten auch die, die ihn hänseln wollten. Das waren die meisten. Kierk hasste den Spitznamen und freute sich, dass er ihn nun als Mann, als Krieger und Teil der Jägerschaft endlich los sein würde. Erwachsene Männer, Krieger, mussten ihn mit Respekt behandeln.

Kierks Vater, Batu, war während der Schwangerschaft seiner Mutter gestorben. Batu war ein großer Krieger gewesen. Getötet hinterrücks von einem Pfeil des verfeindeten Volkes der Rungi. Hass auf die Rungi war daher für Kierk ein lebensbegleitendes Gefühl. Für die Rache trainierte er seine Fähigkeiten als Krieger.

Kierks Mutter, Sotse, war nach dem Tod von Kierks Vater in das Zelt von Karo gezogen. Das werdende Kind und sie selbst brauchten die Versorgung durch einen Jäger. Karo hatte die schöne Sotse schon immer zur Frau haben wollen. Aber Sotse hatte Batu geliebt und Batu Sotse. Batu war ein mächtiger Jäger und Krieger gewesen. Größer an Statur, stärker und schneller als alle anderen Männer der Sippe. Der gleichaltrige Karo musste sich mit diesem übermächtigen Konkurrenten messen und konnte, obwohl selbst ein guter und starker Jäger, nur scheitern. Der Konkurrenzkampf der beiden fand seinen Höhepunkt, als beide sich in die schöne Sotse, Kierks Mutter verliebten. Auch diesen Wettstreit um das Herz von Sotse und das Recht, sie zu heiraten, verlor Karo gegen Batu. Spätestens in diesem Moment brannten sich unlöschbar Hass und Neid auf Batu in Karos Herz. Karo profitierte vom Tod Batus in doppelter Hinsicht, denn er bekam Sotse und er wurde zum Häuptling gewählt. Trotzdem vermochte er gegenüber Batus Sohn, Kierk, nicht großzügig zu sein. Er wollte Sotse, nicht den verhassten Nachwuchs von Batu in seinem Zelt.

Kierks Mutter starb, als sie Kierks Halbbruder Tabu, Karos Sohn, zur Welt brachte. Kierk war zu dem Zeitpunkt ein Jahr alt.

Ohne seine Mutter war Kierk dem Hass Karos schutzlos ausgeliefert. Von da an halfen ihm nur noch die guten Anlagen seiner Eltern im Kampf gegen mangelhafte Ernährung, schlechte Pflege und Vernachlässigung. Kierk hatte seine Kindheit überlebt. Dünn wie ein Gerippe war er durch das Lager gelaufen. Statt der vielen geflochtenen Zöpfe, welche die Mütter mit Sorgfalt machten, sahen seine Haare aus wie ein verfilztes Vogelnest. Seine Kleidung war aus schlechten Fellen zusammengenäht und so etwas wie Schmuckketten, die andere Jungen und Mädchen aus seltenen Muschelschalen oder den Zähnen gefährlicher Raubtiere trugen, besaß er nicht. Wer sollte ihm die Kette nach erfolgreicher Jagd herstellen und umhängen?

Kierks jüngerer Halbbruder Tabu, der Sohn von Karo dem Häuptling, bekam alle Privilegien. Kierk, die Waise, Prügel und Probleme. Tabu wurde Kierks schlimmster Feind, schlimmer noch als Karo, seine gesamte verfluchte gemeinsame Kindheit lang. Von Anfang an nutzte Tabu jede Gelegenheit, Kierk zu quälen, zu demütigen, zu schaden.

„Kierk, bist du wach?“

Mit Sirte war er aufgewachsen. Sie war so alt wie er. Sirte war besonders. Sie hatte ihn nie gehänselt, ihn nie Loko gerufen. Oft hatte sie zu ihm gestanden, wenn andere Kinder ihn verspottet hatten. Und nun schauten ihre Augen ihn mitleidig an.

‚Mitleidig?‘ Kierk wollte nicht, dass Sirte ihn mitleidig ansah, nicht Sirte. ‚Hat sie mich nicht eben etwas gefragt?‘, er hatte Mühe, sich zu konzentrieren, immer wieder wanderten seine Gedanken ab. ‚Schmerzstillende Rauschmittel, vermutlich.‘ Er versuchte, sich aufzurichten. Da war er. Der Schmerz. Brutal und übermächtig. Fest und wütend, wie ein tollwütiger Hund, biss er zu. Sirte legte ihm die Hand auf die Brust und hielt ihn auf dem Lager fest.

„Vorsichtig“, sagte sie leise. „Du hast lange geschlafen, sehr lange, warte, bevor du dich aufrichtest.“

Der Schmerz flutete in Wellen heran. Beim Einatmen war er am heftigsten. Besonders seine rechte Seite brannte. Sirte nickte ihm aufmunternd zu. Sie hatte ihre Hand vorsichtig auf dem Fell über seiner Brust liegen gelassen.

„Der Hirsch hat dich mit einem Ende seines Geweihs rechts am Bauch aufgerissen. Bestimmt sind auch die gebogenen Knochen darüber gebrochen. Den Rest deines Körpers haben die Tiere des gesamten Rudels mit ihren Hufen durchgeknetet. Kaum eine Stelle, wo du nicht schlimme Schwellungen und Wunden hast. Am Kopf über dem rechten Ohr hast du eine ziemlich große Wunde. Die habe ich genäht und die Wunde vom Geweih des Hirsches auch."

Sirte verzog ihren Mund zu einem verkrampften Lächeln. „Aber du wirst leben. Deinen Dickschädel und den Rest deines Körpers hat das nicht klein bekommen. Aber du musst dich ausruhen!"

Sie führte eine aus Holz geschnitzte Schale an seinen Mund und tropfte ihm einen bitter schmeckenden Kräutersud in den Mund.

„Schlaf noch einmal ein, Kierk, schlaf. Der Schlaf wird dich schützen vor dem Schmerz und vor den anderen."

‚Was hatte sie gesagt? Vor den anderen?' Kierk hatte Mühe, sein Denken zu fokussieren.

Mühsam flüsterte er seine Frage durch die Zähne. „Ich verstehe nicht, Sirte. Vor welchen anderen soll mich der Schlaf schützen?"

„Nicht jetzt, Kierk. Schlaf!" Sirte wich seinem Blick aus und stellte die Holzschale mit der Medizin beiseite.

„Doch, bitte, sag es mir." Kierk spürte, dass Sirte etwas Wichtiges gesagt hatte.

Nun drehte Sirte sich mit einem Ruck zu ihm um. In ihren Augen stoben die Funken des Feuers durcheinander. „Sobald du wach bist und aufstehen kannst, wirst du vor den Ältestenrat der Sippe treten müssen. Diesmal hast du es übertrieben, Kierk." Sirte drehte sich wieder weg, sprach aber weiter. „Wir werden diesen Winter hungern müssen. Ohne das Fleisch dieser Jagd, die über so viele Wochen vorbereitet worden war, haben wir keinen ausreichenden Wintervorrat. Das Jagdfest ist bereits ausgefallen. Schon jetzt ist die Nahrung knapp. Sie geben dir die Schuld und wollen ein Exempel statuieren. Es war deine Aufgabe, das Rudel am Ausbruch aus der Schlucht zu hindern."

Kierk schluckte, hatte Mühe lauter zu sprechen, um zu protestieren. „Aber, ich habe keine Schuld. Es war ...", weiter kam Kierk nicht, da Sirte ihm ins Wort fiel. „Es spielt keine Rolle, was für eine Ausrede du diesmal hast, Kierk. Das spielt keine Rolle. Wir werden hungern, manche vielleicht verhungern. Jetzt braucht es ein Wunder. Der Schamane fordert ein Opfer, ein Gottesurteil."

Kierk hörte die Warnung und sah die Wut auf Sirtes Stirn. Sah ihre so gut bekannten Zornesfalten. Sirtes Wut konnte groß sein, das wusste er. Sirtes Wut, die die anderen Kinder getroffen hatte, wenn sie sich an Kierk vergriffen hatten. Anschließend richtete sie sich allerdings an Kierk.

„Wie kannst du dich immer wieder verprügeln lassen", warf sie ihm dann vor. „Du suhlst dich in deinem Elend, statt dir eine Strategie zu überlegen und dir Freunde zu suchen." Kierk hörte ihre Worte in seinem Kopf.

Jetzt sprach sie wieder zu ihm. Kierk musste sich zusammenreißen, der echten Stimme zuzuhören. Die Medizin vernebelte seinen Geist. „Tabu hat berichtet, wie du versagt hast und verlangt nun deine Bestrafung mit einem Urteil der Ahnen und Geister, die Opferung oder den Ausschluss aus der Sippe. Dein Opfer soll die Geister des Waldes und der Jagd besänftigen." Kierk sah auf Sirtes Wangen Tränen hinabrinnen.

‚Opferung sogar. Ausschluss aus der Sippe. Beides ein Todesurteil!' Kierk erschrak.

„Diesmal ist es wirklich ernst, Kierk! Es wird wenig Fürsprecher für dich geben. Alle sind verzweifelt. Sie wollen bestimmt das Opfer, um die Geister zu besänftigen."

Kierk kämpfte gegen die einschläfernde Wirkung der Medizin an. „Sirte, es war Tabu, nicht ich, der ..." lallte er, brach ab. Die Medizin wirkte. Als er endgültig wegdämmerte, hörte er noch, wie Sirte eine Melodie anstimmte. Eine Melodie, die seit Anbeginn seiner Erinnerungen vom Heiler gesungen wurde, um böse Geister abzuwehren. Kierk glitt in einen Schlaf hinein, der ihn vor den Schmerzen aber nicht den Träumen schützte.

Er war wieder ein kleiner Junge. Hunger. Elender Hunger war sein häufiger Begleiter. Beschimpfungen und Prügel auch. Am Herdfeuer seines Stiefvaters war er der Letzte, der etwas zu essen bekam, wenn es etwas zu essen gab. Die Menschen lebten mit den Jahreszeiten. Das bedeutete, dass es üppige Zeiten der Jagd und des Sammelns in den Wäldern gab, aber auch schwierige Zeiten. Lange Winter, in denen die Vorräte zu Ende gingen. Dann war er der erste, der nichts abbekam. Sein Halbbruder Tabu wurde natürlich immer mit den besten, größten Stücken versorgt.

Kierk durchlebte die Bilder der ersten Jagd, zu der er und die anderen gleichaltrigen Jungen von den erfahrenen Jägern mitgenommen worden waren. Sie waren noch lange nicht als Jäger initiiert, sollten aber zum Lernen dieses erste Mal mit. Das war ein großer Moment für Kierk wie für jeden Jungen der Gojdo. Auch für die Sippe. Alle Jungen stellten sich in den Wochen vor diesem ersten Ausflug mit Hilfe erfahrener Jäger ihre eigenen Jagdwaffen her. Kierk hatte seinen Jagdbogen aus Eibenholz und die Pfeile aus Stängeln von Sträuchern des Wolligen Schneeballs hergestellt und mit großer Sorgfalt bemalt. Für die Pfeile hatte er Feuersteinspitzen geschlagen. Vom Werkzeugmacher hatte er keine bekommen, sie waren etwas Besonderes und wurden nicht an kleine Jungen verschwendet. Vor allem nicht an Kierk. Die Befiederung der Pfeile wurde eigentlich mit den Federn häufig erlegter Vögel, wie Enten, erstellt. Kierk hatte für drei Pfeile Adlerfedern verwendet, die seinem Vater gehört hatten. Der Geist seines Vaters würde helfen, seine Pfeile ins Ziel zu lenken. Den Handgriff des Bogens hatte er mit einem Stück Fell eines Otters ummantelt. Beim Übungsschießen hatte er mit diesem Bogen, der so lang wie Kierk groß war, die Jäger überrascht. Kierks Pfeile trafen, wie sie es für einen mageren Jungen wie ihn nicht erwartet hatten. Sein Talent für das Bogenschießen sprach sich in der Sippe herum und man erinnerte sich nach langer Zeit wieder, von wem er abstammte. „Batu, der mächtige Jäger, kehrt zurück. Schaut hinter den Schmutz in sein Gesicht. Hat es nicht die schönen Züge seiner Mutter Sotse?“ Das Gemurmel löste etwas aus. Aber nicht zum Guten für Kierk. Gleich nach dem Schießen lauerten Tabu und seine Kumpane ihm voll Neid auf und verprügelten Kierk so sehr, dass er es diesmal fast nicht mehr zurück ins Lager geschafft hätte. Streckenweise war er auf allen Vieren gekrochen. Tabus und Karos Abneigung steigerte sich in echte Konkurrenz. Eine Wiederholung von Karos Erfahrungen drohten sich eine Generation später auch für Tabu zu wiederholen.

Sirte, die wundervolle Sirte, Tochter des Feuerwächters, überraschte Kierk am Abend vor dem großen Jagdausflug. Sie hatte auf ihn in der Abenddämmerung zwischen den Zelten gewartet und überreichte ihm einen Pfeilköcher aus fein gegerbtem Rehfell. Sie musste viele Tage an dem Köcher gearbeitet haben. Kierk war so glücklich und überrascht, dass er nichts sagen konnte. Sirte drückte kurz seine Hand und sagte: „Bald bist du ein Mann, Kierk. Ein Krieger und Jäger der Gojdo.“ Leiser hatte sie hinzugefügt: „Und ich bin dann eine Frau.“ Schnell war sie davongelaufen. Kierk stand zuerst noch dort wie gelähmt, dann betrachtete er den Köcher in seiner Hand genauer. Über die volle Längsseite des Köchers waren feine Fransen gearbeitet. In die Mitte der Seitenfläche des Köchers hatte Sirte das Symbol seines Totems, einen schwarzen Raben, gemalt. Der Köcher sah wunderschön aus. So etwas

Schönes hatte Kierk noch nie besessen. Alle Schmerzen der Prügel von seinen Altersgenossen waren vergessen.

Der Jagdausflug der Jäger mit den Jungen war für mehrere Tage geplant. Sie pirschten sich an verschiedene Arten von Wild an. Der Reihe nach bekam jeder der Jungen die Chance, den ersten Schuss mit dem Bogen zu versuchen. Kierk war als Letzter dran.

Kierk hatte mit seinem Jagdbegleiter einen Rehbock ausgemacht, der am gegenüberliegenden Rand einer Lichtung den Bast vom frisch gewachsenen Geweih fegte. Dafür malträtierte er mit dem Gehörn ein Holundergebüsch. Der Rehbock war dabei nicht achtsam genug für seine Umgebung, Kierk und sein Begleiter konnten sich bis zum Rand der Lichtung anschleichen. Die Lichtung war etwa fünfzig Meter breit. Fünfzig Meter waren auch für einen erwachsenen Jäger eine Herausforderung für einen Bogenschuss. Kierk fühlte sich stark. Er würde treffen. Er würde den Rehbock für Sirte erlegen und das Fleisch für sie zurückbringen. Er spannte die Sehne mit aller Kraft. Der Pfeil mit der Feder seines Vaters lag abschussbereit im Bogen. Im Moment der größten Anspannung zerbrach der Bogen mit lautem Krachen. Der Rehbock schaute überrascht auf, dann sprang er mit großen Sätzen in die Sicherheit des nahen Dickichts.

Aus dem Hintergrund im Wald hörte Kierk das schadenfrohe Lachen seiner Altersgenossen. Die Untersuchung des Bogens durch die Jäger offenbarte es. Die Jungen hatten den Bogen unter dem Fell des Griffes angeschnitten, damit er beim Spannen brach. Die Jäger fackelten nicht lange. Die Jagd war ihnen heilig. Solche Spielchen waren verachtet und sie verprügelten alle Jungen, einschließlich Kierk, direkt vor Ort mit einer Weidenrute. Das war das Ende der Jagd. Diesmal hatten alle Jungs nach den Prügeln Mühe nach Hause zu laufen. Doch alle brachten etwas Selbsterlegtes nach Hause, wurden von ihren Angehörigen freudig empfangen, gefeiert. Nur Kierk hatte nichts. Statt mit dem Fleisch zu Sirte zu gehen, wie er es sich vorgenommen hatte, und sich bei ihr und ihrem Vater als richtiger Jäger vorzustellen, verbrachte er diese Nacht weinend in einem Versteck außerhalb des Dorfes. Tabu ging mit einem großen Stück des Wildschweins, das er erlegt hatte, zur Hütte von Sirtes Vater. Er warb um die Hand von Sirte.

Etwas zerbrach in dieser Nacht in Kierk. Nie würde er, Kierk, der untererernährte Waisenjunge, der nichts zu bieten hatte, sich trauen, Sirtes Vater zu fragen, ob er ihm Sirte zur Frau geben würde. Das war es, was er in dieser Nacht weinend betrauerte. Nicht die Schmerzen, nicht den Hunger. Er beerdigte seine Hoffnung auf Sirte. Jetzt war sie, die Tochter des Feuerwächters, bereits Tabu zur Frau versprochen.

Flucht

Wieder erwachte Kierk aus tiefer Bewusstlosigkeit. Er fühlte sich besser. Keine Frage, es war richtig von Sirte gewesen, ihn noch einmal schlafen zu lassen. Er hob vorsichtig den Kopf. Der Schmerz pochte sofort heftig in seinen Schläfen. Er schaute sich in der Hütte um. Er war allein. Durch den Eingang der Hütte, die aus über Stangen aus Holz gespannten Fellen bestand, sickerte Tageslicht in den Innenraum. Das Feuer am Boden war bis auf kleine, rotglühende Holzstücke in der weißen Asche erloschen. Von draußen drangen nur wenige Geräusche in die Hütte. Offenbar waren die meisten Sippenmitglieder nicht im Lager. Dieses war das Sommerlager. Es gab andere Lagerplätze, die zu anderen Jahreszeiten für den Fischfang im breiten Mutterstrom oder für festliche Zusammenkünfte mehrerer Sippen des Stammes genutzt wurden. Er hörte die Stimmen von zwei Frauen und die Rufe kleiner Kinder im Spiel.

Die anderen waren sicher unterwegs zur Jagd oder sammelten Nüsse und Früchte. Kierk war klar, dass die erfolglose Hirschjagd die Sippe in große Not brachte. Der Winter würde bald kommen. Das Fleisch der Herbstjagd war als Vorrat für den Winter sehr wichtig.

Diesen Herbst wäre diese Jagd entscheidend gewesen, weil sie auch im Frühjahr und Sommer wenig großes Wild erlegt hatten. Der Schamane hatte gewarnt. Etwas erzürnte die Waldgeister. Er hatte Opfer gefordert, um sie zu besänftigen. Die Geschichten der Alten erzählten von längst vergangenen Zeiten, als kein Wald, sondern Tundra die Landschaft prägte. Riesige Herden aus Rentieren, Wildpferden und sagenumwobenen Tieren wie Mammuts zogen durch endlose Graslandschaften. Die Jagd auf dieses Wild hatte den Ahnen viel Fleisch eingebracht und viele Menschen satt gemacht. Im Wald gab es keine riesigen Herden. Große Tiere lebten versteckt. Der Ausgang einer Jagd war nicht vorhersehbar. Daher wäre der Erfolg der Jagd auf das Hirschrudel in der Schlucht so wichtig für die Sippe gewesen. Die letzten Jahre, so sagten die Alten, wurde das große Wild seltener. Die Sippen im Süden berichteten von Fremden, die in ihre Jagdgebiete eindrangen. Auch an der Küste im Norden waren Fremde in Booten gesichtet worden. Niemand hatte mit ihnen gesprochen. Aber von irgendwoher mussten sie ja gekommen sein und dort gab es vermutlich mehr von ihnen.

‚Ich will nicht länger von Sirte gepflegt werden. Ich will kein Mitleid. Ich werde mich dem Urteil des Ältestenrates stellen.' Kierk hatte sich entschieden.

Langsam kämpfte er sich in eine sitzende Haltung. Die Wunden, die gebrochenen Rippen und die ungezählten schweren Prellungen sandten Wellen des Schmerzes durch seinen Körper. Er biss die Zähne zusammen, schloss die Augen und blieb noch einen Moment sitzen. Er betrachtete die Verbände, die Sirte ihm fest um den Bauch und die Rippen gewickelt hatte. Schnüre geflochten aus Lindenbast über fein gegerbtem Fell. Darunter eine Packung aus Moosen und Kräutern. Sirte besaß ein umfangreiches Wissen zu Pflanzen und ihrer heilenden Wirkung. Sie wusste, wie man Wunden versorgte. Wenn auch alle Mitglieder der Sippe solches Wissen hatten, so war Sirte darin besonders bewandert. Kierk erinnerte sich, wie sie bereits als kleines Kind am liebsten bei den alten, kräuterkundigen Frauen auf dem Schoß gesessen hatte und sich ihre Pflanzen und die Geschichten der Zubereitung und ihrer Wirkungen erzählen ließ.

Kierk stemmte sich hoch in den Stand. Er schwankte, schaffte es aber, stehen zu bleiben. Er wartete bis der Schwindel nachließ, dann setzte er vorsichtig einen Fuß vor den anderen. Draußen angekommen, musste er nach der Zeit in der dunklen Hütte im gleißenden Sonnenlicht die Augen zusammenkneifen.

Auf dem Dorfplatz waren ein paar kleine Kinder, die mit geschnitzten Tieren spielten. Tiere, die er geschnitzt hatte, wie er sofort erkannte.

Kierk schlurfte mit vorsichtigen Schritten zu seiner armseligen, kleinen Hütte, die er seit seiner Initiation zum Krieger bezogen hatte. Er versuchte nicht einmal, beim Gehen eine stolze, aufrechte Haltung einzunehmen. Wozu sollte er das tun? Seine Hütte stand abseits. Außerhalb des Kreises der großen Hütten der Familien, die in der Hierarchie der Sippe einen höheren Platz einnahmen.

Langsam, möglichst ohne die verletzten Muskeln anspannen zu müssen, legte sich Kierk auf seine Liegestelle am Boden der Hütte. Er war froh, als er wieder ausgestreckt auf den dort ausgelegten Fellen lag. Er hörte das Lachen der Kinder draußen auf dem zentralen Platz. Kierk träumte. Sirte und er waren wieder kleine Kinder. Sie liebten es, wie alle Kinder, wenn die Alten Geschichten erzählten. Abends versammelte sich die Gemeinschaft der Sippe manchmal im Zelt des Häuptlings. Dieses Zelt war besonders groß. Die Frauen saßen dann beieinander. Die Krieger bildeten ihren eigenen Kreis und die alten Männer und Frauen saßen mit den kleinen Kindern zusammen und erzählten Geschichten aus alten Zeiten. Gerade hatte die uralte Tana sich bereit erklärt, das Geschichtenerzählen für den Abend zu übernehmen. Der Preis dafür war der Schenkel der Ente, die am Lagerfeuer briet. Sie war die beste Erzählerin der Sippe, wenn nicht des gesamten Volkes der Gojdo, wovon viele in der Sippe überzeugt waren, und so bekam sie ohne langes Verhandeln das Fleisch. Alle Kinder lachten und freuten sich. Kierk liebte diese Stunden. Die Feuerstätten flackerten und verbreiteten ihr warmes, gelbes Licht. Es gab etwas zu essen. Die Kinder konnten sich an die Alten und in die ausliegenden Felle kuscheln. Zärtlichkeit, die Kierk sonst nicht bekam. Tana fing an zu erzählen. Selbst die Erwachsenen in der Hütte stoppten ihre Gespräche, um zu hören, welche Geschichte Tana heute erzählen würde.

„Es gab eine Zeit, da befand sich an diesem Ort kein Wald. Es gab keine Bäume und Büsche. Es erstreckte sich eine weite, ebene Graslandschaft. Über diese zogen riesige Herden von Tieren. Unser Volk hatte so viel Fleisch, wie wir es uns heute nicht mehr vorstellen können. Damals lebte ein großer Jäger und Krieger mit Namen Onas."

Kierk liebte Geschichten über große Jäger und Krieger, ganz besonders die von Tana.

„Onas wollte heiraten. Er wollte die schönste und stolzeste Frau des Volkes heiraten und es war damals Brauch, dass er, um seinen Mut zu beweisen, ein männliches Mammut erlegen musste. Wir kennen diese riesigen Tiere nur aus den Geschichten der Ahnen, aber sie lebten in unserer Gegend. Sie waren selten und männliche Mammut noch seltener, daher marschierte Onas zusammen mit zwei weiteren Jägern der Sippe viele Tage und Nächte nach Norden. Schließlich entdeckten sie einen ungeheuer großen Mammutbullen. Sie verfolgten ihn viele Tage. Onas wollte einen günstigen Moment für den Angriff abwarten. Das Mammut war so groß wie ein Baum und fraß Gras, denn im Grasland gab es für einen Pflanzenfresser sonst nichts zu fressen." Tana nutzte die Unterbrechung, um von ihrem Entenschenkel abzubeißen. Eine Weile kaute sie, während ihr Publikum gespannt wartete.

„Schließlich verloren Onas Begleiter die Geduld und drängten zum Angriff. Sie seien zusammen die drei besten Jäger der Sippe und würden es schaffen, sagten sie. Die beiden wollten endlich wieder nach Hause zurückkehren. Sie griffen an. Sie verschossen ihre ganzen Pfeile. Sie schienen dem Mammut aber nichts auszumachen. Onas behielt seinen Speer in der Hand. Der Bulle zertrampelte seine beiden fliehenden Begleiter und als er auf Onas losstürmte, um ihn ebenfalls zu töten, lief dieser mutig auf das heranstürmende Mammut zu, rutschte geschickt unter das Mammut und stieß ihm von unten den Speer ins Herz. Onas nahm einen der riesigen Stoßzähne als Beweis seiner Tat auf die Schulter. Damit wanderte er den langen Weg zurück. Das schaffte er nur, weil er sehr stark war und die Liebe zu seiner zukünftigen Frau so groß war, dass er die schwere Last tragen konnte. Als er die Heimat fast schon sehen konnte, schwoll plötzlich das Meer an und versperrte ihm den weiteren Weg nach Süden. Voll Sehnsucht schaute er über das neu entstandene Meer und dachte an das Mädchen, das er heiraten wollte. Onas wusste sich keinen Rat. Er flehte die Geister und Ahnen um Holz für ein Boot an. Sie erhörten ihn, weil er ein so tapferer und mächtiger Jäger war, und verwandelten die riesigen Herden aus Rentieren und Wildpferden auf beiden Seiten des Meeres in Baumschösslinge. Onas wartete, bis sie zu Bäumen herangewachsen waren. Aus ihrem Holz baute er ein Boot. Zu Hause hatte seine wunderschöne Braut die Hoffnung auf seine Wiederkehr nicht aufgegeben, weinte aber viele salzige Tränen in Angst um ihn. Es waren so viele Tränen, dass sie den großen Süßwassersee im Osten unserer Heimat in ein salziges Meer verwandelten, das wir heute östliches Meer nennen. Als Onas schließlich nach Hause kam, heiraten die beiden und lebten mit den anderen Menschen unseres Volkes fortan als Jäger im Wald. Der Mammutstoßzahn ist seitdem unser heiliges Symbol. Der Kreis symbolisiert ihn. Im Kreis bestatten wir die Toten.“ Tana machte mit der Hand das heilige Zeichen des Kreises in der Luft, das half, böse Geister abzuwenden. Einige der Erwachsenen, die gelauscht hatten, machten es ihr nach.

Kierk wurde durch neue Geräusche im Lager geweckt. Laut erzählend waren die ersten Frauen von ihrer Sammeltour nach Haselnüssen und Wildbeeren ins Lager zurückgekehrt.

Kierk blieb auf seinem Lager in seiner Hütte liegen. Jede Bewegung schmerzte und er fühlte sich sehr schwach. Er lauschte den Geräuschen im Lager. Er hörte, dass die für das Fischen verantwortlichen Männer zum Lager zurückkehrten und mit den Frauen scherzten. Dann wurde es still im Lager. Die Frauen flüsterten. Die

Jäger kehrten ins Lager zurück. Sie scherzten nicht. Es war leicht zu erahnen, die Jäger waren erfolglos gewesen.

Sirte hatte ihm gesagt, dass Karo ein Urteil der Ahnen und Geister für sein Fehlverhalten gefordert hatte. Eine Geisterbefragung bedeutete, er würde auf den Opferstein gebunden werden. Nach ein paar Tagen würde die Sippe nachschauen kommen, ob er die Marterungen überlebt hatte. Wenn er gestorben war, was sehr wahrscheinlich war, bedeutete das, die Geister hatten das Opfer angenommen und würden das Jagdglück wieder fördern. Falls er überlebte, würde er aus der Sippe ausgestoßen werden. Das kam ebenfalls einem Todesurteil gleich. Als Ausgestoßener war man ein Vogelfreier. Ein Feind des Volkes der Gojdo, dem niemand helfen durfte, den jeder töten konnte. Auf sich allein gestellt, überlebte man nicht lange. Irgendwann ging einem entweder die Nahrung aus, man verletzte sich oder verlor durch die Einsamkeit den Verstand.

‚Aber ich bin unschuldig!'

Abrupt setzte er sich auf, versuchte aufzustehen. Sein aufwallender Zorn, der Gedanke an Aufbegehren blieb stecken, als der Schmerz vom rechten unteren Rippenbogen heftig in seinen Körper schwappte und der Schwindel in seinem Kopf ihn noch einmal zurück in die Rückenlage zwang.

Vor Schmerz flach atmend, döste er noch einmal ein. Sein Körper brauchte den Schlaf und nahm ihn sich.

Kierk erwachte durch ein Geräusch in seiner Hütte. Vorsichtig blinzelte er, sah aber erleichtert, dass es Sirte war, die einen Packen Heilpflanzen und Moose in einen geflochtenen Korb an der Wand von Kierks Hütte stopfte.

„Sirte! Wo bist du? Wo ist Kierk?"

„Pst, Vater! Er schläft und muss sich weiter erholen. Er ist noch sehr schwach."

„Er war nicht in unserem Zelt. Du weißt, ich habe mein Wort für ihn gegeben, als ich erlaubt habe, dass du ihn pflegst. Wenn er sich davonstiehlt, werden wir dafür verantwortlich gemacht." Sirtes Vater warf einen misstrauischen Blick an Sirte vorbei in Kierks Hütte. „Wenn er wegläuft, sind wir in der Schuld."

„Vater, er ist noch ein Junge."

Kierk, der lauschte, verspürte einen Stich im Herzen. ‚Ich bin kein Junge, ich bin ein Jäger', begehrte es in ihm auf. ‚Aber das ist es, was Sirte mir immer gesagt hat: Kierk, du benimmst dich wie ein Kind. Suhlst dich in deiner Rolle als ungeliebtes Waisenkind und lässt dich schlecht behandeln, statt zu handeln. Ändere deine Taktik, tue etwas, statt dich immer nur mit der Übermacht aus Tabu und seinen Spießgesellen rumzuprügeln.'

„Ich wünschte, ich hätte ihm gesagt, er soll weglaufen, hätte ihm zur Flucht verholfen." Sirte sah ihren Vater böse an. Auch sie war nun wütend. „Der Ältestenrat und du, ihr solltet euch schämen, ihn für das ganze Unglück der Sippe verantwortlich zu machen."

„Tabu hat bezeugt, dass Kierk eingeschlafen ist und so von der Ankunft des Rudels überrannt werden konnte. Er konnte es oben vom Hang aus sehen und wollte eingreifen. Er ist den Hang hinuntergesprungen, um etwas zu retten. Es war aber schon zu spät." Der Feuerwächter zuckte mit den Schultern. „Bei einer so wichtigen Jagd – und das war auch Kierk klar – schläft man nicht ein. Das ist ein schlimmes Verbrechen gegen den ganzen Stamm."

Sirte blickte ihrem Vater ins Gesicht, der den Blickkontakt vermied. „Vater, für Kierk war es die erste richtige Jagd. Ich kann nicht glauben, dass er geschlafen hat." Sirte machte eine Pause, bis ihr Vater sie endlich anblickte. „Wie hast du dich bei deiner ersten Jagd gefühlt? Du erinnerst dich noch heute an sie. Hättest du dich hinsetzen und schlafen können?" Sirte schaute fragend in das Gesicht ihres Vaters. Ihr fiel dabei auf, wie tief die Falten waren. Alt war das Gesicht des Vaters seit dem Tod seiner Frau, Sirtes Mutter, geworden. Jetzt sah sie den Schatten des Zweifels über dieses Gesicht huschen. Das, worauf sie gehofft hatte. Doch Sirtes Vater schwieg. Hatte sie sich in ihm getäuscht? Gerade als sie sich umdrehen und weggehen wollte, fing er an, zu sprechen.

„Sirte, ich weiß, dass du den Jungen sehr magst. Ich kannte seinen Vater und seinen Großvater gut. Er war ein guter Freund. Auch ich bin mit der Behandlung von Kierk durch Karo und Tabu nicht immer einverstanden gewesen. Doch es ist schwierig, sich in die Familienangelegenheiten anderer Hütten einzumischen." Sirtes Vater seufzte tief. Es war klar, was er jetzt sagte, war schwer für ihn. „Meine Tochter, sie werden ihn opfern. Ich werde es im Ältestenrat nicht verhindern können. Auch wenn du vielleicht Recht hast, dass das Zeugnis von Tabu hier nicht viel zählt." Jetzt war er es, der den direkten Augenkontakt suchte. Leise fuhr er fort. „Wenn Kierk gehen kann, soll er so weit weggehen, wie er kann. Er muss sich gut verstecken. Warne ihn. Seine Chancen da draußen allein zu überleben sind größer, als wenn er hierbleibt, fürchte ich."

Kierk atmete scharf ein. Beinahe hätte er verraten, dass er das Gespräch mithörte.

Sirte schaute ihren Vater erschrocken an. Dann setzte sich Entschlossenheit durch. Schnell trat sie den Schritt auf ihren Vater zu, der zwischen ihnen war. Sie drückte ihn und rieb ihre Nase an seiner. Seit dem Tod der Mutter hatte Sirte sich ihm nicht mehr so nahe gefühlt.

„Ich lenke den Ältestenrat mit Palaver ab, solange ich kann. Er muss sich beeilen."

Sirte hatte sich schon halb umgedreht, um Sachen aus dem Zelt ihres Vaters für Kierks Flucht zu holen, als ihr Vater sie am Ärmel ihres Kleides aufhielt. Sie drehte sich noch einmal zu ihm um. „Sirte, du weißt, wem du als Frau versprochen bist. Bitte, mach alles nicht noch schlimmer. Warne ihn, hilf ihm loszukommen, aber wenn du mit ihm fliehst, verlieren wir unsere Ehre. Denk bitte daran." Sirte schluckte, schaute ihrem Vater in das besorgt dreinblickende Gesicht. Sie brachte nur ein kurzes Nicken zustande, dann lief sie los.

Kierk wartete, bis die beiden außer Sicht waren, dann stemmte er sich vorsichtig in die Höhe. Er biss die Zähne zusammen, um zu vermeiden, laut loszubrüllen. Die Wunden, Brüche und Prellungen hatten sich an die liegende Haltung gewöhnt, wollten nicht bewegt werden. Als er stand, griff er nach seinem solidesten Speer, um sich darauf stützen zu können.

Er stopfte Sirtes Kräuter in einen Beutel aus Leder, den er sich umhängte. Aus seinem eigenen Vorrat warf er zwei Hände voll getrockneter Weidenrinde dazu. Das wusste er immerhin von Heilpflanzen, Weidenrinde wirkte fiebersenkend. Trockenfleisch, viel hatte er nicht, seine beste Feuersteinknolle und was er an bereits fertigen Steinwerkzeugen dahatte, kamen noch dazu. Er zog seine dickste Felljacke an. Es hatte angefangen zu regnen. Die Tropfen erzeugten ein stetig zunehmendes Trommeln auf den gespannten Häuten seiner Hütte. Mit zusammengebissenen Zähnen ging er noch einmal in Hockstellung und rollte sein Liegefell von der Bettstätte zu einer festen Rolle, die er sich mit Lederriemen auf den Rücken band. Leere Wasserbeutel stopfte er zuletzt in den Sack aus Leder. Wasser würde er unterwegs auffüllen müssen.

Sirte schlüpfte unbemerkt vom Zelt ihres Vaters zu Kierks Hütte. Sie hatte wie Kierk einen Fellmantel an und ihre Ausrüstung in Lederbeuteln über den Schultern hängen und an den Körper gebunden. Als sie in seine Hütte schlüpfte, erwartete sie, Kierk noch schlafend vorzufinden.

„Kierk, wir müssen gehen ...!" Sie brach im Satz ab, sah den fertig ausgerüsteten Kierk erst verdutzt an, dann verstand sie.

„Du hast meinen Vater und mich gehört."

Kierk zögerte einen Moment. „Ja, stimmt. Ich habe euch gehört. Daher, nicht wir müssen gehen, sondern ich. Du musst bleiben."

„Kierk, nicht jetzt. Mein Vater wird den Ältestenrat einen Moment ablenken können, aber jede Minute Vorsprung zählt. Ich komme mit. Allein schaffst du es nicht weit."

Kierk schaute Sirte an. Sie hatte recht, wie sie immer recht gehabt hatte. Es war Zeit zum Handeln. Mit dem pochenden Schmerz in der rechten Körperseite waren ihm die Argumente auch bereits ausgegangen. Er schulterte den Bogen und Sirtes schönen Köcher mit den Pfeilen. Dankbar lächelte er sie an. Dann griff er nach dem Jagdspeer, der am Eingang wartete und stützte sich darauf, als sie die kleine Hütte verließen. Das Rauschen des Regens dämpfte ihre Schritte und verwischte ihre Konturen auf dem Weg hinaus aus dem Dorf in den nahegelegenen Wald. Die schweren Tropfen schwemmten mögliche Spuren ihrer Tritte weg.

Kierk schritt so schnell er konnte durch den Regen auf einem Pfad, der sie möglichst unbemerkt weit weg vom Lager führte.

Ohne darüber gesprochen zu haben, liefen sie nach Süden. Das Wasser des sinnflutartigen Regens bildete auf dem ausgetretenen Pfad, dem sie folgten, ein schnell fließendes Rinnsal. Sirte und Kierk achteten darauf, dass sie mit ihren aus Lederstücken genähten Schuhen mit jedem Schritt in das fließende Wasser traten, damit ihre Spuren und ihr Geruch weggewaschen wurden. Kierk setzte den Schaft des Speers, auf den er sich stützte, vorsichtig auf, um auch damit möglichst keine Spuren zu erzeugen. Trotzdem machten sie sich keine falschen Hoffnungen. Die Männer, die sie verfolgen würden, waren erfahrene Jäger und gute Spurenleser. Und sie hatten die Hunde. Sie würden ihre Spur finden. Aber je schwerer Sirte und Kierk es ihnen machten, desto langsamer würden ihre Verfolger vorankommen.

Kierk hatte den Gedanken nicht zu Ende gedacht. Würde er gegen die Verfolger kämpfen? Dies wäre ein Kampf auf Leben und Tod. Er würde Stammesangehörige töten müssen, um zu überleben. Wenn sie viele kleine Suchtrupps aussandten, traute er sich zu, im Kampf mit den Wenigen zu siegen. Dafür waren seine vielen

Kämpfe gegen die ihm stets zahlenmäßig überlegenen Schlägertrupps von Tabu eine schmerzhafte, aber gute Vorbereitung gewesen. Wenn sie ihm nicht mit einem Pfeil aus der Deckung in den Rücken schießen, wie es bei seinem Vater passiert war, hatte er eine echte Chance. Jetzt, da plötzlich ein Leben mit Sirte möglich geworden war, würde er kämpfen. Ja, er würde kämpfen und notfalls töten für dieses Leben.

Ihr Weg führte sie an der geheimnisvollen Lichtung mit dem großen Findling, dem Opferstein vorbei.

Sie wateten mehrere Kilometer im Bachbett. Nass waren sie sowieso bis auf die Haut. Kierk gab Sirte ein Zeichen. Er brauchte eine Pause. Die Schmerzen waren durch das Laufen zunächst sogar besser geworden. Da Kierk beim schnellen Gehen aber heftiger atmen musste, meldeten sich nun die Schmerzen der gebrochenen Rippen und der Wunde heftiger als zuvor. Sirte wollte die Pause nutzen, um die Wunde unter dem Verband zu kontrollieren. Sie legten das Gepäck auf die Uferböschung und Sirte nahm den Kräuterwickel ab. Sie war ganz dicht bei ihm.

Sirte, die sich darauf konzentriert hatte, neue Kräuter und Moose auf die Wunde zu legen und wieder fest mit dem Wickel anzupressen, schaute zu Kierk auf. Ihre Blicke trafen sich. Lange schauten sie sich an, ohne dass einer von ihnen etwas sagte. Vorsichtig zog Kierk Sirte zu sich heran. Sie legte ihren Kopf an seine Brust. Eng umschlugen blieben sie stehen. Das Wasser des kleinen Baches gurgelte um ihre Füße. Das stetige Rauschen der Regentropfen half ihnen, die Welt um sich herum für diesen Moment zu vergessen.

Kierk spürte pures Glück. Sein Herz schlug wie wild. Nicht nur der Regen, sondern auch das Blut rauschte in seinen Ohren. Er spürte Sirtes Körperwärme durch die nasse Kleidung hindurch. Er roch ihren Geruch, die pflegenden Kräuterpasten in ihrem schwarzen Haar, geflochten zu einem dicken Zopf. Gerne wäre er ewig so stehengeblieben. Doch sie waren längst nicht in Sicherheit. Sie mussten weiter.

Sirtes Vater würde durch ewige Einwände versuchen, das Palaver des Ältestenrates in die Länge zu ziehen. Bestenfalls würden sie erst am morgigen Tag nach Kierk suchen. Vielleicht würde das aber auch schon bald geschehen und die Suchtrupps machten sich auf den Weg. Dass sie ihn so einfach ziehen lassen würden, hielt Kierk für ausgeschlossen. Karo und Tabu würden sicher einen Schlussstrich unter die Sache setzen wollen. Dass Sirte mit ihm gegangen war, würde die Suche nach Kierk noch dringender machen.

Wie auch immer, sie mussten ihre Zeit nutzen, sich so weit wie möglich vom Lager zu entfernen und dann ein Versteck für die nächsten Tage zu finden.

Sirte hob den Kopf und schaute Kierk lächelnd an. Kierk drohte, die Balance zu verlieren. Die Wucht seiner Gefühle traf ihn unvorbereitet. Er strich vorsichtig eine Strähne des schwarzen Haares aus Sirtes wunderschönem, jetzt völlig nassem Gesicht. Sirte löste sich langsam von ihm. Es waren nicht mehr viele Stunden, bis es dunkel sein würde. Sie nahmen ihr Gepäck wieder auf. Sirte füllte ihre Wasserschläuche, indem sie ein paar Schritte stromaufwärts von ihrem Standplatz klares Wasser betrat.

Sie folgten weiter dem Bach. Als es dämmerte, fingen sie an, am Ufer dieses Baches ein Versteck für die hereinbrechende Nacht zu suchen. Im Stamm einer uralten Ulme fanden sie einen Unterschlupf. Die Höhle im ausgefaulten Stamm reichte so hoch hinauf, dass auch Kierk in ihr stehen konnte. Sie war am Boden so breit, dass sie darin liegen konnten. Ein ideales Versteck für die Nacht. Ein Feuer zündeten sie nicht an. Der Geruch des Rauchs würde sie verraten.

Sirte rollte die mitgebrachten Felle auf dem Boden der Baumhöhle aus. Sie waren durch die Technik des festen Rollens nur am Rande nass geworden. Kierk war am Ende seiner Kräfte. Die gebrochenen Rippen und die Wunde protestierten heftig, als er sich durch das Loch in die Höhle zwängte und auf die Felle legte. Scharf sog Kierk Luft ein und kniff die Augen zusammen. Endlich liegend, ließ er den Kopf zurücksinken und hielt die Augen geschlossen. Langsam beruhigten sich die verwundeten Stellen seines Körpers. In der engen Höhle spürte er Sirte direkt neben sich.

„Ich muss deine Wunde neu versorgen!"

Sie schob seinen Lendenschurz und die Beinlinge aus gegerbtem Rehleder von seinen Hüften ein Stück die Beine hinunter.

„Was machst du?", fragte Kierk überrascht.

„Schschsch", machte Sirte. „Ich brauche Platz, um dir einen ordentlichen neuen Verband um die Wunde zu machen.

Kierk ließ sie gewähren. Die Schmerzen waren vergessen. Er versuchte, seine wunderbar duftende, mit den nassen Haarsträhnen im Gesicht so unglaublich schön aussehende Sirte nicht die ganze Zeit anzustarren. Sirte holte aus ihrem Beutel verschiedene zerkleinerten Moose und Kräuter und wechselte die Schicht aus Heilkräutern auf Kierks Wunde. Sie wickelte den Verband neu. Dafür musste sie Kierks Oberkörper vom Boden hochziehen.

Als Sirte das Ende des Verbandes festgesteckt hatte, zog Kierk Sirtes Kopf zärtlich zu sich heran, rieb seine Nase an ihrer, zärtlich berührte er mit seinen Lippen ihre. Sie küssten sich lange. Sirte war bei ihm, lag neben ihm. Wie oft hatte er davon geträumt. Kierk verlor jede Wahrnehmung für das, was um sie herum war. Er spürte nur Sirte. Wichtig war nur, dass sie endlich beisammen waren. Schnell wurde das Küssen drängender. Wurde zum Rausch. Sie liebten sich. Wie lange hatte Kierk darauf gehofft, es sich vorgestellt. Nun geschah es endlich.

Kierk erwachte mit Kopfschmerzen und einem unbekannten Geschmack im Mund. Es war bereits helllichter Tag. Er hatte Mühe, sich zu orientieren. Sirte! Wo war sie? Auch ihre Taschen waren nicht mehr da. Er sprang auf, ignorierte den Protestschmerz seiner Wunden, stürzte zum Ausgangsloch der Baumhöhle. Er stieß mit dem Kopf krachend an das Holz der Ulme über dem Einstiegsloch. Er stürzte, achtete nicht darauf, dass sich die Wunde unter seinen Rippen durch die heftige Bewegung geöffnet hatte, sprang wieder auf. Er spürte, wie das Blut in den Verband sickerte. Es war ihm egal. In dem Moment, als er draußen vor dem Baum stand und durch Äste und Blätter das Wasser des Bachs glitzern sah, kam die Erinnerung zurück. Ein Glitzern wie er es in der Nacht in Sirtes Augen gesehen hatte. Nun wusste er wieder, was Sirte gesagt hatte. Mutlos und traurig sackte er zu Boden.

Nachdem sie sich geliebt hatten und sie nebeneinander lagen, hatte Kierk sich auf einmal betäubt gefühlt. Nichts, weder die Hände noch den Kopf konnte er mehr heben. Sirte hatte ihm zugeflüstert, dass er sich keine Sorgen machen solle. Sie hatte ihm ein Kräuterextrakt mit betäubender Wirkung mit dem Trinkwasser gegeben, da sie wusste, dass er sie nicht gehen lassen würde. Tränen glitzerten in ihren Augen. Morgen, wenn er aufwachte, würde sie nicht mehr bei ihm sein. Er und sie wussten, dass sie den Winter gemeinsam nicht überstehen würden. Kierk hatte nur allein eine Chance. Kierk sollte immer weiterlaufen. Sirte würde zum Stamm zurückkehren. Sie könnte auch aus Liebe zu ihrem Vater nicht bleiben. Niemand würde erfahren, dass sie ihm geholfen hatte, mit ihm gegangen war. Er müsse sich um sie keine Sorgen machen.

Kierk kroch durch das Loch zurück in die Höhle. Er rollte sich auf dem Boden zusammen. Er wollte nur noch dort liegen, wo sie sich geliebt hatten. Er wollte nicht mehr weitergehen. Was sollte er allein weiterziehen? Auch er war sich bewusst gewesen, hatte das schlechte Gewissen verdrängt, dass er Sirte praktisch in den sicheren Tod mitnahm. Sirte hatte auch damit recht gehabt, dass er trotz dieses Wissens vermutlich nie die Kraft aufgebracht hätte, eine Entscheidung zu ihrer Trennung zu treffen. Er rollte sich enger zusammen. Er gab keinen Grund mehr, weiterzulaufen.

Als Kierk Stunden später doch aufstand, hatte er im Traum einen Grund gefunden. Tabu war im Traum der neue Häuptling ihrer Sippe. Er hatte gesehen, wie Tabu stolz neben Sirte, seiner Frau, stand. Tabu, der ein neugeborenes Kind hoch über seinem Kopf hielt und ihn dem versammelten Stamm als seinen Erstgeborenen vorstellte.

Sich selbst hatte er hingegen zusammengekauert in der Höhle liegen sehen. Sein ganzes Selbstmitleid verwandelte sich in tiefe Scham. Wie konnte er nur! Da lag er weinend in einem hohlen Baum und wartete auf das Ende. Er war doch ein großer Jäger. Ein mächtiger Krieger seines Volkes. Sein Vater war ein großer Mann der Sippe gewesen. Er würde seinen Weg finden. Sich bei Tabu dafür rächen, dass er nicht bei den Gojdo leben konnte. Nicht mit Sirte zusammen sein durfte. Nein, er würde nicht hier liegen bleiben und es seinen Widersachern so einfach machen.

Er beschloss, weiter nach Süden zu gehen. Die Wahl war nicht schwer. Im Norden begrenzte das Meer den Weg. Im Westen waren die Rungi und im Osten blockierte der Mutterstrom, der ohne Boot unüberwindlich war, eine Weiterreise. Und die Boote wurden jetzt sicher bewacht. Er kontrollierte seine Wunde. Sie hatte aufgehört zu bluten. Die Auflage aus Moosen und Kräutern von Sirte hatte bisher eine Entzündung verhindert. Er kontrollierte das Gepäck. Dabei merkte er, dass Sirte viele wichtige Nützlichkeiten, wie Nähnadeln aus Knochen, fertige Feuersteinspitzen, Federn für Pfeile, einige Beutel mit Kräutern, mehr Trockenfleisch und einen Beutel mit Nüssen für ihn zurückgelassen hatte.

Als er die Dinge vor sich ausgebreitet betrachtete, fühlte er sich Sirte so nahe. Er nahm einige der Dinge in die Hand, von denen er wusste, dass Sirte sie vor einigen Stunden noch berührt haben musste, um sie in sein Gepäck zu stecken. Er schloss die Augen und dachte an sie. Bilder aus ihrer Kindheit spukten ihm durch den Kopf. Sirte, sie war immer schon klar gewesen in ihren Entscheidungen. Sie machte, was sie für richtig hielt.

Sie wollte immer eine Gojdo sein, eine Kräuterfrau. Sie floh nicht. Er hätte es wissen müssen. Schließlich packte er alles in seinen Tragesack zurück. An Waffen hatte er seinen Jagdspeer, den Bogen mit Pfeilen und sein geliebtes Messer dabei. Die zwei Wasserschläuche waren die letzten Utensilien, die er einpackte. Er würde sie im Bach mit frischem Wasser füllen.

Der Weg nach Süden

Kierk ging los. Schwer stützte er sich auf den Jagdspeer. Sein Plan war, zuerst direkt nach Westen Richtung Grenze des Siedlungsgebietes der Rungi, den Erzfeinden der Gojdo, zu ziehen. Dann erst nach Süden umzuschwenken. Tabu und die Jäger seiner Sippe konnten sich ausrechnen, dass er nach Süden gehen würde. Es war die einzige vernünftige Option. Daher würden sie vor allem im Gebiet südlich des Dorfes nach ihm suchen. Im Westen, im Grenzgebiet zu den verfeindeten Rungi, würden die Gojdo ihn nicht vermuten. Zudem wären sie selbst in Gefahr, in kriegerische Auseinandersetzungen mit den Nachbarn zu geraten. Kierk musste das Risiko eingehen.

‚Lieber gehe ich im Kampf mit den stinkenden Rungi unter, als mich von Tabu und seinen Kumpanen fangen zu lassen.' Kierk spuckte auf den Boden aus.

‚Die glücklichste Zeit meines Lebens war kurz', dachte er. ‚Jeder meiner Schritte führt mich ab jetzt unweigerlich und unumkehrbar weg von Sirte.'

Nur wenige hundert Meter vom Baum entfernt, als er einem vom Wild ausgetretenen Pfad Richtung Westen folgte, entdeckte er frische Trittspuren eines Trupps. Er untersuchte die Fährte und las aus den Spuren, dass hier vor wenigen Stunden drei Männer entlanggelaufen waren. Es lag nahe, dass es Jäger der Gojdo auf der Suche nach ihm gewesen waren.

Dass er nicht sofort aufgebrochen war, als er wach wurde, hatte ihm also vermutlich das Leben gerettet. Er wäre ihnen unweigerlich in die Arme gelaufen.

Er achtete sehr darauf, möglichst wenige Spuren zu hinterlassen und hielt Ausschau nach weiteren Zeichen des Suchtrupps.

Mit den Gedanken blieb er bei Sirte. Mehrfach rang er den Impuls nieder, umzukehren und lieber den Kampf gegen Tabu aufzunehmen, als wegzulaufen. Darüber war es später Nachmittag geworden. Die warmen Lichtstrahlen hatten geholfen, seine feuchte Kleidung zu trocknen. Die verletzten Rippen hatten sich an das Gehen gewöhnt und schmerzten nicht mehr so stark. Der Boden wurde sandiger. Auf diesem Boden wurde der Wald lichter. All das unterstützte sein schnelles Vorankommen, obwohl er die letzte Stunde stetig leicht bergauf gegangen war. Nun schien er bald den Gipfel des Berges zu erreichen. Findlinge, rundgeschliffene Felsen, lagen hier verstreut in der Landschaft, als hätten Riesenkinder nach dem Murmelspiel ihr Spielzeug liegen lassen. Als Kierk einen dieser Findlinge, der höher als er selbst war, umrundete, erblickte er in einiger Entfernung vor sich drei Rungi, Jäger, die in die gleiche Richtung gingen, wie er. Schnell sprang er zurück in die Deckung des Felsbrockens. Die Spuren, die er gesehen hatte, waren also nicht die Fußtritte eines Suchtrupps der Gojdo gewesen.

Kierk beobachtete die drei aus seinem Versteck. Die Rungi hatten auch dunkle Haut und helle, meist blaue Augen. Ihre langen schwarzen Haare trugen sie zu Zöpfen geflochten, ganz ähnlich wie die Gojdo. Bei ihnen war es jedoch üblich, Röhrchen aus Muscheln in die Zöpfe einzuflechten. Das war etwas, das ein Gojdo nie machen würde. Die drei hatten sich eine Gesichtshälfte rot gefärbt. Das taten Rungi, wenn sie auf Raubzug oder den Kriegspfad gingen. Einer der drei hatte ein totes Reh über der Schulter liegen, ein zweiter hatte mehrere erlegte Wasservögel am Gepäck außen festgemacht.

‚Natürlich, diese Hunde waren auf dem Gebiet der Gojdo jagen!' Kierk griff unwillkürlich nach seinem Messer. Im nächsten Moment wurde ihm jedoch bewusst, dass er ein Ausgestoßener war. ‚Was geht mich das an. Ich gehöre nicht mehr zum Stamm der Gojdo.'

Einer der drei Jäger drehte sich in seine Richtung. Kierk zog sich schnell ein Stück hinter den Findling zurück. Vorsichtig beobachtete er. ‚Wenn sie mich entdecken, bin ich tot.' Wieder drehte sich einer der Rungi um. Dabei sah Kierk, dass dieser Jäger auch sehr jung war. Etwa 15 Jahre wie Kierk selbst. Er trug eine weiße Röhre durch den Nasensteg. Dieser Nasenschmuck, hergestellt aus seltenen Gehäusen von muschelähnlichen Tieren des Schlicks des nördlichen Meeres, zeichnete bei den Rungi die Angehörigen der Häuptlingsfamilien aus.

‚Der junge Kerl muss ein Häuptlingssohn der Rungi sein', ging es Kierk durch den Kopf. Ein Häuptling der Rungi, so hieß es, sei der feige Mörder seines Vaters gewesen. Hinterrücks erschossen, statt im ehrlichen Zweikampf besiegt. So hatten es Zeugen des Kampfes berichtet.

Eben noch wollte Kierk die drei unbemerkt vorbeiziehen lassen und sich einen anderen Weg suchen, der eine weitere Begegnung vermeiden würde. Nun griff er, ohne zu zögern nach seinem Bogen. Aus dem Köcher von Sirte zog er zwei Pfeile. Kierk konnte sich trotz seiner Jugend auf seine Bogenschusskunst verlassen. Ein gefährlicher Gegner für jeden Feind. Er würde zwei tödliche Pfeile abschießen können, bevor der erste überhaupt sein Ziel erreicht hatte. So würden zwei der drei von seinem Angriff überrascht und erledigt sein. Den dritten, den Sohn des Häuptlings, wollte er dann im Zweikampf mit dem Messer töten.

‚Für meinen Vater!', dachte er, als er den Bogen mit einem kräftigen Ruck spannte. Pfeifend stieß er die Luft aus, als ein heftiger Schmerz seiner gebrochenen Rippen ihn daran erinnerte, dass er weit davon entfernt war, seinen starken Bogen spannen zu können. Ohne den Pfeil abgeschossen zu haben, rutschte er gepeinigt und enttäuscht mit dem Rücken am Felsen zu Boden. In der Deckung hinter dem Felsen blieb er sitzen und wartete, dass der Schmerz wieder nachließ.

Er hörte die drei, während sie sich entfernten, unvorsichtig laut in ihrer Sprache miteinander reden, als wären sie nicht in Feindesland unterwegs. Eine Frechheit, die ihn zusätzlich ärgerte. Aber er konnte nichts tun. Er sackte weiter in sich zusammen. Die Ausweglosigkeit, die sein Zustand für ihn bedeutete, war ihm bisher nicht so klar gewesen. Er legte den Kopf auf seine um die Knie geschlungenen Arme und schloss die Augen. Er hatte Sirte verloren. Er hatte seine Stammeszugehörigkeit verloren. Er konnte keinen Bogen spannen. Und damit waren seine Chancen, die nächsten Monate zu überleben – nicht zu verhungern, zu erfrieren oder von Feinden oder Raubtieren getötet zu werden – äußerst gering.

Kierk hatte keinen Antrieb aufzustehen, er blieb einfach so sitzen. Im Rücken den Felsen und vor sich das Gebüsch des lichten Waldes. Bis ein Geräusch ihn aus seinem Dämmerzustand riss. Das Knacken eines kleinen Zweiges, nur wenige Meter von ihm entfernt. Ganz vorsichtig hob er den Kopf und spähte durch die Blätter des Strauchs nach der Ursache für das verdächtige Geräusch. Einer der drei Rungi-Krieger schlich suchend durch den Wald.

Die drei waren nicht so arglos, wie sie getan hatten. Sie hatten ihn scheinbar doch wahrgenommen und jetzt jagten sie. Offensichtlich wussten sie nicht, wo genau er steckte. Wieder war es einfach Glück, dass er nicht weitergegangen, sondern still in seinem Versteck hocken geblieben war. Sie hatten ihm mit ihrem lauten Gerede eine Falle stellen wollen. Kierk dachte fieberhaft nach, was er tun konnte.

Er nahm ganz langsam den Bogen und den Pfeil auf. Kein Geräusch durfte ihn verraten. 15 Meter war der Rungi jetzt entfernt. Das war eine Entfernung, die konnte er auch mit seiner lädierten Rippe schaffen. Er müsste die Zähne zusammenbeißen.

Der Krieger kam näher. Seine rot eingefärbte Gesichtshälfte leuchtete in der abendlichen Sonne. Kierk legte den Pfeil an. Wo waren die beide anderen? Sicher waren sie in der Nähe und suchten ebenfalls nach ihm. Kierk konnte sie nicht entdecken. Jetzt musste er handeln. Der Rungi kam immer näher. Er schoss. Der Pfeil fuhr dem Rungi in den Hals. Blieb dort stecken. Die Spitze ragte im Nacken heraus. Der tödlich verletzte Rungi fiel mit weit aufgerissenen Augen auf die Knie. Schreien konnte er nicht. Der Pfeil im Hals verhinderte es. Seiner Kehle entfuhren nur gurgelnde Laute. Blut lief in Strömen über seine an den Hals gelegten Hände. Er fiel nach vorne mit dem Gesicht in das Heidekraut. Kierk blieb still in seinem Versteck sitzen. Er war so aufgeregt, dass seine Beine zitterten. Sein Herz raste. Er hatte das Gefühl, die anderen Rungi müssten ihn jetzt riechen können, so sehr schwitze er plötzlich. Er hatte einen Mann getötet. Das Blut schoss durch seine Adern. Mit Gewalt musste er den Drang unterdrücken, aufzuspringen und loszulaufen. Wenn er eine Chance haben wollte, musste er hocken bleiben. Die anderen Krieger würden immer noch nicht wissen, wo genau er war. Das war sein einziger Vorteil. Der zweite Rungi kam, einen lauten Kriegsschrei ausstoßend, um den Findling herumgelaufen. Er hatte seinen Kameraden fallen sehen. Er schwang eine Kriegskeule. Diese bestand aus einem faustgroßen Stein, der mit Tiersehnen fest in das gegabelte Ende eines Holzstocks gebunden war. Eine tödliche Waffe im Nahkampf. Er lief auf die Stelle zu, an der sein Kumpan zusammengebrochen war. Ein Fehler. Denn so lief er, als er den Findling umrundete, genau auf den am Boden versteckt sitzenden Kierk zu. Kierk ließ den Bogen fallen und griff schnell nach seinem Messer. Der Rungi hatte Kierk nicht entdeckt, bis er praktisch über ihn stolperte. Doch da war es für ihn zu spät. Kierk stieß ihm die Feuersteinklinge von unten in den Bauch. Während der Krieger fiel, hatte Kierk sein Messer schon wieder frei und schnitt die Kehle des Rungi durch. Kierk achtete nicht weiter auf den sterbenden Rungi, sondern machte sich für den Angriff des dritten Feindes bereit. Seine eigene Wunde schmerzte durch die heftigen Bewegungen, aber die Anspannung und das Adrenalin hielten ihn auf den Beinen. Wild schaute er sich um. Überall hatte er das Blut des toten Rungi. Wo war der dritte Rungi, der Sohn des Häuptlings mit dem Muschelpfahl im Nasensteg? Er stand etwa 50 Meter weit entfernt, unterhalb des Findlings und starrte mit vor Entsetzen weit aufgerissenen Augen auf Kierk. Er hatte eine Kriegskeule in der Hand und einen Bogen über der Schulter. Welche Waffe würde er wählen? Kierk wartete ab. Doch der Sohn des Mannes, der vielleicht Kierks Vater getötet hatte, drehte sich um und rannte davon. Kierk stand verblüfft an seinem Platz. Er atmete heftig. Starrte hinter dem jungen Rungikrieger her. Hinterherlaufen konnte er nicht, dazu war er nicht in der Verfassung. Er blieb stehen und schrie den Kriegsschrei der Gojdo in den abenddämmernden Wald hinein, so laut er konnte. Kraft, Stolz, Wut und Verzweiflung lagen in diesem Schrei. Er hatte zum ersten Mal Feinde getötet. Er hatte eine Übermacht an Rungi getötet. Jetzt war er ein wirklicher Krieger. Er war ein Gojdo. Und durfte es nicht sein.

Kierk ging zu den beiden toten Rungi und schnitt ihnen die geflochtenen Zöpfe ab. Diese hängte er sich als Trophäen an seinen Gürtel. Nach kurzer Suche fand er auch den Ort, an dem die Rungi ihr Gepäck abgelegt hatten, bevor sie sich auf die Suche nach ihm begeben hatten. Er durchwühlte es nach Brauchbarem, fand aber nichts, das er nicht schon hatte, bis auf einen merkwürdigen Gegenstand. So etwas hatte er noch nie zuvor gesehen. Es war ein Topf aus Erde oder Stein, aber leichter. Er hatte die Größe eines menschlichen Kopfes. Er war mit einem merkwürdigen eingeritzten Linienmuster und eingestochenen Reihen aus Punkten verziert. Als Kierk den Holzpfropf aus dem Hals des Gefäßes gezogen hatte, stellte er fest, dass der Inhalt aus runden, grünen Samenkörnern bestand, die er ebenfalls nicht kannte. Er nahm zwei der Samen in den Mund und kaute. Sie waren hart und schmeckten leicht bitter. Er spuckte den zerkauten Brei lieber wieder aus.

‚Viele Samen werden erst durch das Kochen essbar. Vielleicht diese auch?‘, überlegte er.

Gerne hätte er den Topf behalten. Er musste aber streng auf das Gewicht seines Gepäcks achten und einen direkten Nutzen hatte der Topf nicht für ihn. Er stellte den Topf also zu den Gepäckstücken der Rungi zurück. Den Trockenfleischvorrat der Jäger stopfte er dafür in seinen Gepäckbeutel. Den toten Rehbock konnte er nicht mitnehmen. Auch der war zu schwer und ein größeres Feuer zum Braten würde er so bald nicht machen können. Das Wassergeflügel band er hingegen auf sein Gepäck.

Schnell brach er auf. Er musste einen Unterschlupf für die Nacht finden. Die Dämmerung war weit fortgeschritten.

Die Sterne funkelten bereits am Himmel, da tauchte vor Kierk der Wurzelteller eines großen umgestürzten Baumes auf. Dieser bildete ein Dach über dem Loch im Erdboden und der Sandboden darunter war trocken. Kierk zögerte nicht.

‚Einen besseren Ort finde ich für heute nicht mehr‘, entschied er, rollte sein Fell als Unterlage aus und legte sich in die Erdhöhle. Seinen Speer legte er griffbereit neben sich. Der provisorische Unterschlupf bot nicht viel Schutz. Sollten Wölfe oder Bären ihn hier wittern, würde er den Speer dringend brauchen.

Er fühlte sich in dieser Nacht so stark, dass er fast hoffte, dass es ein Raubtier versuchen würde. Er hatte eine Übermacht an Feinden getötet. Er hatte einen Häuptlingssohn in die Flucht geschlagen. Er spürte das Blut der Rungi noch auf seiner Haut kleben. Er hatte nur den Sand gefunden, sich zu reinigen. Das merkwürdige Gefäß mit seinem unbekannten Inhalt kam ihm wieder in den Sinn. Es musste von woanders stammen, als von den Rungi. Die Rungi und die Gojdo kannten sich. So etwas stellten Rungi nicht her. Es gab Gerüchte über „andere Menschen“, aber nur wenige und vage. Er versuchte sich zu erinnern, was er dazu bisher gehört hatte.

Nach der Erzählung der Alten sollen zwei Lichtmenschen mit heller Haut, leuchtenden Haaren und heller Kleidung, die nicht Fell oder Leder war, den Strom hinuntergefahren sein. Die Fischer waren erschrocken. Sie flohen vor den weißen Wesen. Die Tage danach aber waren die Reusen und Netze voller Fische.'

Kierk selbst war immer unsicher gewesen, ob dies eine Geistergeschichte oder der Bericht einer Beobachtung von Gojdos der „anderen Menschen" war.

‚Berichte von „anderen Menschen" gab es auch von südlichen Stämmen. Diese berichteten von Fremden im Süden. Menschen, die helle Haut, goldenes Haar und merkwürdige Kleidung hätten. Sie würden sogar fremde Pflanzen und Tiere bei sich haben.' Kierk dachte an die Samen in dem Topf im Gepäck der Rungi.

Die Luft in der klaren Nacht kühlte schnell ab. Kierk zog ein weiteres Fell, das er vom Gepäck der Rungi mitgenommen hatte, über sich. Als er einschlief dachte er wieder an Sirte.

Im Sumpf

Kierk wanderte zunächst weiter westlich und schwenkte, als er den Eindruck hatte, sich weit genug vom Dorf der Gojdo entfernt zu haben, Richtung Süden. Er begegnete weder weiteren Kriegern der Rungi noch einem Suchtrupp der Gojdo. Dass auch die Rungi nach ihm suchen würden, da war er sich sicher. Der Häuptlingssohn der Rungi konnte seinen Leuten nur eine Lüge aufgetischt haben. Und dadurch würden die Rungi sich rächen wollen. Bei den Gojdo war er hingegen einfach nur das geflohene Opfer, der Tollpatsch, der die Jagd verpatzt hat, der unnütze, filzige „Loko“. Besonders froh war Kierk, dass er nicht mehr auf Gojdo getroffen war. Denn so hatte er niemanden seines eigenen Stammes töten müssen. Niemand unschuldigen. Einen wusste er allerdings, der den Tod verdient hätte. ‚Tabu ist schuldig! Wegen seiner Lüge habe ich keinen Stamm mehr.‘

Der Weg nach Süden führte Kierk ab dem dritten Tag in ein Gebiet, das sich als ausgedehntes Moorgebiet entpuppte. Es wurde schwierig, einen festen Weg durch die sumpfige Landschaft zu finden. Ein falscher Schritt und er würde im Sumpf versinken. Häufiger musste er umkehren und einen anderen Weg probieren. Nur auf einzelnen, trockeneren Stellen, wie Inseln im Meer, wuchsen Bäume. Weite Flächen bestanden aus Schwingrasen und waren maximal mit Zwergsträuchern, wie Heiden, bewachsen. Erst ärgerte er sich darüber, dass er nicht schnell vorankam. Dann, nach ein paar Tagen des Vorantastens, wuchs in ihm eine Idee heran. Sollte er nicht versuchen, hier zu überwintern? Moore wurden von den Sippenangehören der Gojdo und der Rungi gemieden. Moore waren Orte der Geister. Gefährliche Geister, die Menschen mit Nebeln und Irrlichtern verwirren und in den Tod locken wollten. Es gab wenig nutzbare Pflanzen und

Tiere im Moor und Moore kühlten in der Nacht und im Winter mit ihren nassen, dunklen Böden besonders stark aus.

Er fand einen Ort mitten im Sumpfgebiet, der ihm geeignet erschien. Ein kleiner aus der Umgebung herausragender, trockener Hügel, der mit Kiefern bewachsen war und am Ufer eines kleinen Sees lag. Hier war alles, was er brauchte. Er hatte Holz für das Gestell seiner Hütte und Sumpfgras und Röhricht, um die Wände und das Dach der Hütte so zu bauen, dass sie vor Kälte und Regen schützten. Die von Kierk gebaute Hütte passte sich so gut in die umgebende Landschaft der nassen Hochstaudenfluren ein, dass sie sich kaum von ihrer Umgebung abhob. Kierk stellte zufrieden fest, dass sie selbst dann nur schwer auszumachen war, wenn man direkt davorstand. Auf dem kleinen See und den vielen kleineren Tümpeln der Umgebung gab es Wasservögel einschließlich der Zugvögel, die jetzt im Herbst auf ihrem Weg in den Süden hier rasteten.

Kierk war als guter Bogenschütze in der Lage, dieses Wild zu nutzen. Das tat er bei zunehmend heilenden Rippen, die das volle Spannen des Bogens wieder zuließen.

In den unberührten Moorheiden waren jetzt die Beeren der Sträucher, wie Moorbeeren, Blaubeeren und Preiselbeeren endlich reif. Kierk sammelte viele Stunden, um Vorräte für den kommenden Winter zu haben. Kierk brachte in den nächsten Wochen einen kleinen Vorrat an Fleisch von den Zugvögeln zusammen. Zusätzlich angelte er Fische im See und vergrößerte seinen Vorrat an Beeren. Für die Bearbeitung der Felle und des Fleisches benutzte er Feuersteinklingen, die er bei Bedarf von einer Feuersteinknolle abschlug. Die Klingen waren extrem scharf und schnitten leicht durch die Haut der Tiere. Waren sie stumpf, arbeite er die Bruchkante nach oder schlug einen neuen Splitter ab. Feuerstein der richtigen Qualität war je nach Gegend selten und er ging sparsam mit dem Rohstoff um. Kierk hatte in der sandigen Gegend, in der er auf die Rungi getroffen war, einen guten Stein mit wenig Einschlüssen, der viele schöne glatte Abschläge erlaubte, aufgelesen.

Er traute sich nicht, das Fleisch der erlegten Tiere zu räuchern. Das wäre die beste Konservierungsmethode gewesen. Das funktionierte schon mit einem kleinen, aus frischen Kieferästen gebildeten Räucherzelt. Räuchern war aber zu riskant. Der Geruch zog weit und Raubtiere oder Feinde könnten ihn wittern. Spuren größerer Raubtiere wie Bären oder Wölfe, oder Zeichen der Anwesenheit von Menschen, hatte er in der Umgebung seiner Behausung bisher nicht entdeckt. Das Fleisch legte er daher zum Trocknen in dünnen Streifen auf ein Holzgestell an einem sonnigen Platz, versteckt im Wäldchen hinter seiner Hütte.

Kierk fror viel im Moor. Tagsüber konnte es zwar auch an den sonnigen Wintertagen heiß werden auf dem dunkelbraunen, torfigen Grund, aber sobald die Sonne nicht schien, wurde es im Moor bitterkalt.

Seine Wunde hatte sich Dank der Auflagen mit Sirtes Kräutern ohne Entzündung geschlossen. Die gebrochenen Rippen spürte er noch, aber auch sie besserten sich. Die Kopfwunde hatte er praktisch bereits vergessen.

Den Preis für den heimlichen aber klimatisch widrigen Platz zum Siedeln, zahlte er, wenn er nachts versuchte, sich mit den wenigen Fellen, die er besaß, warm zu halten. Kalt und klamm war alles, was tagsüber nicht in die Sonne gelegt werden konnte. Er hielt sein Feuer in der Hütte stets klein und nutzte nur sehr trockenen Torf. Der Geruch eines Feuers trug weit, vor allem, wenn feuchte Materialien mitverbrannten. An den langen Tagen alleine und vor allem in der Nacht hatte Kierk viel Zeit, an Sirte zu denken. Wie war es ihr wohl bei ihrer Rückkehr ins Lager ergangen? Er vermutete, dass sie einfach verneint hatte, ihm bei seiner Flucht geholfen zu haben. Auch, wenn der Verdacht nahe lag, wer könnte ihr etwas nachweisen? Ihr Vater würde sie zudem schützen. Er hatte sie allerdings auch Tabu zur Frau versprochen.

Wann würde sie zu Tabu in ein eigenes Zelt ziehen müssen? Mit 15 Jahren war sie alt genug dafür. Sie hatte die Hochzeit bereits hinausgezögert. Ihr Vater war darüber sehr verärgert, und hatte einen Zwangstermin angedroht, wie man im Lager tuschelte. Ihr Vater hatte Kierk in den letzten Monaten oft grimmig angeschaut. Kierk hatte vermutet, dass er ihn für den Grund dieser Probleme hielt. Kierk grübelte auch darüber nach, ob es nicht doch einen Weg für ihn gäbe, zu seiner Sippe zurückzukehren. Würde er es aushalten, wenn Sirte dann nicht seine Frau wäre? Nein, das konnte er sich nicht vorstellen. Wenn er zu seiner Sippe zurückkehrte, würde einer von ihnen sterben müssen. Tabu oder er selbst.

Während der Himmel den ganzen Tag über bedeckt gewesen war und ein stetiger Nieselregen alles durchfeuchtet hatte, klarte es jetzt zum Abend auf. Dies war die schlimmste Wetterkonstellation für den Wärmehaushalt des Moores. Es würde eine bitterkalte, nasse Nacht werden. Kierk entfachte das kleine Feuer in seiner Hütte und schlüpfte in den Schlafsack, den er aus trockenem Gras hergestellt hatte. Darauf und darunter lagen die Felle. Alles fühlte sich klamm an, da er heute nichts in die Sonne hatte legen können. Als er bibbernd versuchte, einzuschlafen, hörte er sie: ‚Wölfe!' Schnell sprang er von seiner Schlafstelle hoch.

‚Es war eine naive Hoffnung gewesen, dass sie das Fleisch nicht wittern würden', ärgerte er sich. Der mühsam zusammengetragene Fleischvorrat lag unter einem unscheinbaren Dach aus Kiefernzweigen und Grasbüscheln zum Trocknen auf dem Holzgestell.

Mit einer Feuersteinklinge zerschnitt er schnell ein Fell in mehrere Stücke. Diese band er sich als Schutz mit Lederschnüren um die Unterarme und die Unterschenkel. Dann entzündete er eine Fackel, die aus einem Holzstock mit eng gewickelten Schichten aus trockenem Gras an einem Ende bestand. Das Gras der vorbereiteten Fackel war mit Baumharz getränkt. Er griff nach seinem Totschläger, kontrollierte, dass das Messer an seiner Hüfte hing und rannte aus der Hütte zum Holzgestell mit den Fleischvorräten.

Die Wölfe hatten das Gestell umgerissen und bedienten sich bereits an den besten Stücken. Es war ein Rudel. Vier Wölfe konnte Kierk in der Dunkelheit ausmachen. Licht kam nur von den funkelnden Sternen am Himmel und seiner Fackel. Vielleicht waren es also noch mehr. Ohne lange zu überlegen, stürmte er laut schreiend und die Fackel wild schwenkend zwischen die Wölfe. Die Wölfe wichen ein Stück zurück. Kierk versuchte zu erkennen, welcher der Leitwolf war. Drei der Wölfe wirkten auf ihn wie Jungwölfe. Er hatte die Hoffnung, dass wenn er den Leitwolf als ersten tötete, die anderen fliehen würden. Mit einer ansatzlosen und schnellen Bewegung schwang er die Keule und traf genau auf den Kopf des zähnefletschenden Raubtieres. Der Wolf fiepte und fiel um.

‚Die Wucht müsste gereicht haben, dass er tot ist', dachte Kierk und fing schon an zu hoffen, dass der Spuk gleich vorbei sein könnte.

Er schwenkte die Fackel und schrie die knurrenden Tiere an. Zwei Wölfe sprangen zurück. Ein Tier jedoch starrte ihn unbewegt an. Kierk erkannte, dass er den Anführer dieser Meute nicht erwischt hatte. Böse knurrend trieb er das Pack wieder auf Kierk zu. Sie kamen von verschiedenen Seiten und näherten sich mit gefletschten Zähnen. Nun wurde es gefährlich für Kierk. Der Platz, an dem er stand, war nicht optimal. Mit zwei schnellen Schritten zur Seite hatte er wenigsten einen dicken Baumstamm als Schutz im Rücken. Wütend schwang Kierk weiter die Fackel. Wütend war er bereits auf sich selbst, dass er sich in diese Situation gebracht hatte. Es waren zu viele Wölfe. Wenn sie entschlossen kämpften, stand er auf verlorenem Posten. Er hatte sich überschätzt, gestand er sich ein und verbrannte einem Wolf, der zu nahegekommen war, mit der Fackel die Nase. Dem nächsten Wolf, der ihn ansprang, wollte er einen seitlichen Schlag mit dem Totschläger an den Kopf verpassen, doch der Wolf duckte sich geschickt unter dem Hieb durch und sprang sofort in Richtung Kierks Kehle. Schützend riss Kierk den Arm mit der Keule hoch und der Wolf verbiss sich in den vom Fell umwickelten Unterarm. Er riss und zerrte wild am Arm und versuchte Kierk zu Boden zu ziehen. Sollte er zu Boden gehen, wäre er verloren. Das war Kierk klar. Er ließ die Fackel fallen und griff nach seinem Steinmesser mit der roten Klinge. Er stieß dem Wolf die Klinge tief in den Bauch. Der ließ den Schlagarm los und stürzte winselnd auf den Boden. Blut floss unter dem Fellwickel vom Unterarm zur Hand und tropfte auf den Boden. ‚Mein Blut', dachte Kierk, der die Bisswunde schmerzhaft spürte. Schnell prüfte er, ob sich die Hand und die Finger noch bewegen ließen. Er versuchte nach der Fackel zu greifen, doch die zwei übrigen Wölfe ließen ihn nicht. Er musste abwarten. Warten, was der Leitwolf plante.

Der letzte der Jungwölfe schaffte es, Kierk von hinten in die linke Wade zu beißen und zerrte an seinem Bein, um Kierk zu Boden zu ziehen. Auch hier verhinderte der Fellwickel Schlimmeres. Kierk blutete zwar aus der Bisswunde, das Bein blieb aber funktionstüchtig. Kierk erwischte den Wolf mit einem schweren Schlag seiner Keule in die Körperseite. Der Wolf ließ winselnd von seinem Bein ab. In diesem Moment sprang der Leitwolf mit Anlauf aus der Dunkelheit auf Kierks Kehle zu. Als Kierk ihn heranfliegen sah, war es zu spät, um auszuweichen. Kierk konnte sich nur noch etwas ducken, so dass der Wolf seine Kehle verfehlte. Scharfe Zähne rissen an Kierks rechter Gesichtshälfte. Kierk spürte wahnsinnigen Schmerz, als sich Haut und Fleisch vom Knochen lösten. Instinktiv riss er den Arm mit seinem Messer hoch und stieß dem Wolf die Steinklinge durch die ungedeckte Brust mitten ins Herz. Einen Moment starrten sich der sterbende Wolf und der schwer verletzte Kierk an. Kierk sah das Lebenslicht in den bernsteingelben Augen des Wolfes erlöschen. Leblos rutschte der Wolf zu Boden.

Der Leitwolf und fast alle Tiere des Rudels waren tot. Kierk schwer verletzt. Bei Kämpfen der stärksten Raubtiere dieser Zeit gab es leicht nur Verlierer, daher vermieden die Wölfe und der Mensch normalerweise die direkte Konfrontation. Der Leitwolf und sein Rudel waren offenbar in einer Notlage gewesen. Kierk rutschte mit dem Rücken am Baumstamm zu Boden. Der einzig überlebende Wolf des Rudels humpelte, verletzt vom Keulenschlag und den Schwanz zwischen die Hinterbeine gezogen, in die Dunkelheit der Nacht davon.

Kierk blieb zunächst sitzen, versuchte, mit den Schmerzen in seinem Gesicht umzugehen. Er wusste nicht, wie schwer die Verletzung war, aber es fühlte sich gar nicht gut an. Er traute sich nicht mit der Hand zu tasten, wie schwer der Wolf ihn verletzt hatte. Mit dem rechten Auge konnte er schon nichts mehr sehen. Der starke Schmerz und die Erschöpfung nach der Anstrengung während des Kampfes versetzten ihn in einen Dämmerzustand.

Irgendwann begann Kierk zu spüren, wenn er jetzt nicht aufstand, würde er an dem Baumstamm sitzend sterben. Wie betäubt stand er auf. Er hob sein Messer und den Totschläger auf und schleppte sich zur Hütte. Seine Fleischvorräte waren vollständig verloren. Würde er je wieder aus der Hütte gehen, sollte er wenigstens die Felle der toten Wölfe bergen, schoss es ihm durch den Kopf.

Kierk warf reichlich Brennmaterial auf das Feuer in seinem Unterschlupf. Es war ihm nun völlig egal, ob der Geruch Rungi oder Gojdo anlockte. Es spielte keine Rolle mehr.

‚Ich bin so dumm‘, schimpfte er sich. ‚Der Winter war jetzt schon fast vorbei. Ich hätte nicht gegen die Wölfe um das Fleisch kämpfen sollen. Jetzt werde ich an den Folgen meiner Dummheit sterben!‘

Niemand war da, der solche Wunden richtig versorgen konnte, der ihn versorgte, wenn er schon bald Fieber bekommen würde.

Kierk spürte, wie, neben dem Ärger über sich selbst, Angst in ihm hochkroch. Er wollte nicht sterben. Er hatte eine Dummheit gemacht, sich überschätzt, aber er war nicht bereit für den Tod.

‚Ich muss die Wunden versorgen!', befahl er sich selbst.

Die starken Schmerzen vernebelten seine Sinne. Er rutschte weiter, immer tiefer in eine Art Dämmerzustand. Er hatte Mühe, sich auf das Wesentliche zu konzentrieren. Was sollte er tun? Schließlich wickelte er vorsichtig die Fellstücke von den Wunden am Arm und Bein. Es sah schlimm aus, aber er konnte alle Gliedmaßen bewegen. Keine Muskeln oder Sehnen waren vollständig durchtrennt worden. Er zwang sich dazu, aufzustehen und eine Kräuterauflage aus Sirtes Vorräten vorzubereiten. Er bedeckte die Bissstellen und umwickelte sie mit neuen Fellstreifen. Einen guten Teil der Kräuter hob er für sein Gesicht auf. Er hatte sich immer noch nicht getraut, die Wunde in seinem Gesicht zu ertasten.

Er hatte Angst, dass sein Gesicht sehr schwer verletzt war. Kierk nahm einen großen Schluck Wasser aus seinem Wasserbeutel, dann schüttete er den Rest in eine Mulde am Boden. Als sich die Wasseroberfläche beruhigt hatte, konnte er sich anschauen. Er sah sein Gesicht auf der spiegelnden Oberfläche und erschrak. Der Wolf hatte tiefe Gräben in die Haut seiner rechten Wange und des Jochbogens darüber gerissen. Eine Hautpartie vor seinem rechten Ohr war komplett vom Knochen gerissen worden. Überall war Blut, frisches und schon verkrustetes. Das ganze Gesicht war so geschwollen, dass Kierk Mühe hatte, die Schwere der Verwundungen wirklich einzuschätzen. Er konnte nur mit dem linken Auge sehen, das rechte war zugeschwollen. Kierk schnitt längere Streifen aus einem Fell. Er schob die Haut zurück an ihren Platz. Die gesamte Gesichtshälfte bedeckte er mit der Kräuterauflage und wickelte den Kopf praktisch vollständig ein. Über dem verletzten Bereich brachte er einen Druckverband an, damit die Haut angepresst wurde und die Chance hatte, wieder anzuwachsen. Einen schmalen Sehschlitz und den Mund zum Trinken ließ er unbedeckt.

Kierk verbrauchte für die Versorgung der Kopfverletzung seine letzten Kraftreserven. Er hatte angefangen, heftig zu zittern. Blutverlust, Schock durch die schmerzhaften Wunden und die Kälte zwangen ihn, sich in seinen Schlafsack aus Gras zu legen.

Das Fieber kam schnell. Obwohl es in der Hütte bitterkalt war, wachte Kierk schweißnass auf. Sein Kopf schmerzte extrem. Mit klappernden Zähnen lag er da und fragte sich, ob er das weiter aushalten könne, oder sich lieber gleich in den See vor seiner Hütte warf. Er wusste nicht, welche der Kräuter, die Sirte ihm mitgegeben hatte, von ihr als Schmerzmittel eingesetzt wurden. Von der Weidenrinde wusste er, dass sie Fieber senkte. Er zwang sich aufzustehen, tastete nach den Lederbeutelchen mit der Medizin. Er nahm reichlich aus allen Beuteln, schüttete alles in den Mund und trank Wasser nach. Von der Weidenrinde nahm er sehr viel.

Am nächsten Tag schon konnte Kierk vor Schmerzen und Fieber keinen klaren Gedanken mehr fassen. Er war todkrank. In den Stunden zuvor hatte er immer wieder das Bewusstsein verloren. Jetzt hatte er das Gefühl, wahnsinnig zu werden. Das Fieber ließ seine Kräfte erlahmen, die Schmerzen hingegen, erzeugten den drängenden Wunsch, sich zu bewegen. Alles, nur nicht still dort liegen. Vielleicht konnte er den Schmerzen davonlaufen. Kierk durchstach seinen Schlafsack aus Gras am unteren Ende mit den Füßen und stand auf. Die ihm verbliebenden Felle wickelte er um den Schlafsack mit Lederriemen. Er stopfte wenige Sachen in den Tragesack.

Nur am Arm wickelte er den Verband kurz ab, um die Wunden darunter zu betrachten. Die Bissstellen waren rot umrandet, die Haut darum heiß, und es sickerte Wundwasser und Eiter aus den Wunden, die die Zähne des Wolfes durch das Fell gerissen hatte.

‚So werden die anderen Stellen auch aussehen. Das war‘s dann wohl‘, stellte er nüchtern fest. ‚So schlecht, wie es mir geht, ist der Tod keine schlimme Option mehr.‘

Er band den alten Verband mit der Kräuterschicht wieder um den Arm. Er hatte keine Kraft, um einen neuen Wickel anzulegen. Er machte die ersten mühsamen Schritte hinaus aus der Hütte in den frostigen Morgen. In seinem Arm, dem Bein und Gesicht pulsierte der Schmerz mit dem Herzschlag. Er wählte den Pfad über den kleinen Hügel Richtung Süden. Dieser Weg führte ihn am Kampfplatz der Nacht vorbei, aber er würdigte weder das eingerissene Holzgestell noch die tot auf dem mit Raureif bedeckten Torfboden liegenden Wölfen einer eingehenderen Betrachtung.

Er fror und diesmal hatte er auch kein Ziel, wie bei der letzten Flucht. Er lief nur, um nicht dort in der Hütte auf den Tod zu warten.

Kierk stolperte nach Süden durch die Sumpflandschaft. Er trank hin und wieder Wasser aus dem Wasserbeutel, er aß nicht mehr. Wenn er nicht mehr konnte, setzte er sich einfach irgendwo auf den Boden und dämmerte vor sich hin. Seine Verletzungen quälten ihn weiter. Sumpflöcher, in denen man schnell eingesunken und verschluckt wäre, blinkten ihn mit ihrer glänzend-schwarzen Oberfläche verlockend an.

Der Himmel hatte sich mit einer einheitlich grauen Wolkenschicht bedeckt, aus der ohne Unterlass Regen fiel. Für Kierk, der stumpf einen Fuß vor den anderen setze und seine Umwelt kaum mehr wahrnahm, machte es keinen großen Unterschied. Die Wetteränderung hatte immerhin wärmere Luft gebracht. Die Wärme machte für Kierk die Nächte erträglicher. Er hatte jedes Gefühl dafür verloren, wie viele Tage und Nächte er unterwegs war. Kierk hatte hohes Fieber und die Wunden waren entzündet. Inzwischen stolperte er nur noch voran. Er setzte einen Fuß vor den anderen, ohne es zu merken, ohne es zu hinterfragen.

Kierk hatte Bäche, sogar kleine Flüsse auf dem Weg in Richtung Süden überwunden. Jetzt stand er am Ufer eines breiten

Stroms, dessen Namen er nicht kannte, und starrte auf das Wasser. Kierk ließ sich im Sand des Ufers zu Boden fallen.

‚Nur einen Moment ausruhen, dann schwimm ich rüber.' Kierks Gedanken waren wirr. Kierk schöpfte mit der Hand des gesunden Arms Wasser zum Trinken aus dem Fluss. Durch Durst und Fieber waren seine Lippen aufgesprungen, sein Kopf glühte. Er hatte keine Kraft mehr. Als er das Bewusstsein verlor, kippte er nach vorn ins Wasser, das ihn zuerst sanft dann immer schneller mit sich zog. Die Schicht aus Schilf und Grashalmen seines Schlafsacks, den er noch immer um seinen Körper gebunden trug, hielt ihn über Wasser.

Die Begegnung

Kierk erwachte aus der Ohnmacht. Halb lag er im Wasser, halb auf einer Kiesbank des Flusses. Er blinzelte. Ein Auge konnte er nicht öffnen, das andere nur einen Spalt. Verschwommen sah er, wie drei Männer Seite an Seite über die langgezogene Sandbank am Ufer des Stroms auf ihn zu marschierten. Die drei sahen völlig anders aus als Gojdos oder Rungi.

Kierk versuchte, klarer zu sehen, schaffte es aber nicht. Sie hatten eine hellere Haut. Die Haare der Männer waren zudem nicht schwarz, wie die von Kierk und den anderen Jägern und Sammlern, sondern ebenfalls heller. Auch die Machart ihrer Kleidung war anders. Was es war, konnte Kierk nicht erkennen.

Der Junge in Kierks Alter und der Mann im mittleren Alter hielten die Locken ihrer langen Haare mit einem Stirnband aus geflochtenem Lederschnüren aus dem Gesicht. Der dritte, offensichtlich ältere Mann, hatte seine grauen, fast weißen Haare zu einem Dutt hochgesteckt. Während Kierk, wie alle Männer der Gojdo und der Rungi praktisch bartlos war, hatte der Mann im mittleren Alter einen dichten Vollbart. Bei dem Jüngsten sprossen erste Barthaare, während der alte Mann einen langen weißen Bart bis zum Gürtel seiner Tunika trug.

Als die drei erkannten, dass das auf der Sandbank liegende Bündel ein angeschwemmter Mensch war, beschleunigten sie ihre Schritte und zogen zur Sicherheit Äxte mit Steinklingen aus der Gürtelschlaufe. Kierk verlor wieder das Bewusstsein, bevor sie ihn erreichten. Die drei umringten den ohnmächtig auf dem Geröll des Flussufers liegenden Kierk. Der Älteste der Männer war Rellan, er beugte sich zu Kierk hinunter und prüfte, ob er noch atmete.

„Er lebt, aber der Atem ist sehr schwach“, stellte er fest. Er wickelte Kierks Verbände ab und betrachtete die Wunden darunter eingehend. Der jüngste der drei Männer, Absan, verzog das Gesicht beim Anblick der üblen Verletzungen.

„Das sind Verletzungen von einem Raubtier. Wolf, würde ich sagen." Bartos, der mittelalte der Männer, hatte die Statur eines Bären und brummte beim Sprechen wie ein solcher.

„Und alles entzündet", ergänzte Rellan. „Das Fieber hat ihm stark zugesetzt."

„Ein toter Wilder. Jedenfalls so gut wie tot. Muss uns nicht weiter interessieren." Absan zuckte die Achseln. „Ist aber wohl kein Rungi! Habt ihr die Trophäen-Zöpfe an seinem Gürtel bemerkt? Das sind Haare von Rungi. Es sind Muscheln eingeflochten. Er selbst hat keine Muscheln in den Haaren. Mir wurde berichtet, Rungi hätten immer Muscheln in den Haaren." Absan hatte beim Sprechen einen der Rungi-Zöpfe durch seine Hand gleiten lassen.

„Du meinst, er ist von einem anderen Volk, womöglich ein Feind der Rungi?" Rellan runzelte die Stirn, schien intensiv über die Aussage von Absan nachzudenken. Schließlich nickte er.

„Könnte sich lohnen, der Versuch, ihn zu retten. Ich würde ihn gerne sprechen." Rellan presste seinen langen Bart gegen seine Brust, damit er nicht auf die Wunden von Kierk fiel, während er sich wieder zu diesem hinunter beugte. Rellan drehte den Körper von Kierk auf die Seite, um zu sehen, ob es am Rücken noch weitere Wunden gab. Als er dort keine Wunden fand, gab er einen zufriedenen Laut von sich.

Durch die Drehung war Kierks Messer mit der blutroten Farbe der Feuersteinklinge sichtbar geworden. Alle drei Männer wollten danach greifen, doch Absan war der schnellste von ihnen. Er testete an seiner Tunika, ob die Farbe von der Klinge abgerieben werden konnte. Auch aus den Gesichtern von Bartos und Rellan war herauszulesen, dass sie eine solch intensive Farbe bei Feuerstein noch nicht gesehen hatten. Interessiert schauten sie Absan zu.

„Die Farbe ist wirklich im Stein! Das Messer nehme ich an mich!“, verkündete Absan und steckte das Messer in einen Lederbeutel am Gürtel. Offenbar war er in der Position, um das zu entscheiden, denn die beiden älteren Männer widersprachen ihm nicht.

„Was machen wir jetzt mit dem halbtoten Wilden?“ Absan drehte Kierk mit dem Fuß zurück auf den Rücken.

„Wenn ich das Fieber senken und die Entzündungen bekämpfen kann, hat er eine kleine Chance, wieder auf die Beine zu kommen.“ Rellan schaute die beiden anderen Männer fragend an.

„Wir verlieren Zeit und er wird bestimmt nicht selbst laufen können. Wir sollten ihn seinem Schicksal überlassen.“ Absan drehte sich zum Weitergehen um.

„Moment, Absan, du hast mich vorhin auf eine Idee gebracht.“

Absan hielt in der Drehung inne, schaute über die Schulter zu Rellan.

„Falls dieser Jäger ein Angehöriger eines mit den Rungi verfeindeten Volkes ist, könnten wir durch ihn ein Mittel gegen Gatala und seine Rungi in die Hand bekommen.“ Rellan machte eine Pause, dann murmelte er in leiserem Ton. „Ob seine Angehörigen ihn allerdings noch erkennen werden, wenn die Wunden im Gesicht verheilt sind, weiß ich nicht.“

Absan zögerte mit der Antwort. Schien nachzudenken. „Du meinst, ein Feind der Rungi, der uns vielleicht noch mehr von seiner Sorte besorgen kann?“

„Genau daran habe ich gedacht.“

„Wir müssten ihn auf einer Trage ziehen.“ Absans Blick wanderte zu Bartos.

Auch Rellan schaute fragend zu Bartos. Bartos zog seine Augenbrauen hoch, spannte seine Brustmuskeln an, nickte nach kurzem Zögern vorsichtig zustimmend.

„Müsste sich machen lassen“, brummte er grimmig. Doch plötzlich grinste er schelmisch und klopfte Absan und Rellan auf ihre im Vergleich zu seinen geradezu schmal aussehenden Schultern. „Wir sind ja drei starke Männer, nicht wahr.“

Die beiden anderen Männer fielen in sein Lachen ein.

„Das kostet uns aber einige Tage mehr Zeit für den Rückweg. Mein Vater wird nicht erfreut sein, wenn wir später heimkehren.“

Absan kickte mit dem Fuß gegen Kierk.

„Vor allem wenn uns der da unterwegs doch wegstirbt oder sich am Ende als unbrauchbar herausstellt.“ Absan schaute sich um, betrachtete die Umgebung. „Wir brauchen einen Platz für ein Lager. Wie viele Tage werden wir hierbleiben müssen?“, er schaute Rellan fragend an.

„Drei Tage brauche ich etwa, um ihn hier zu versorgen, bevor wir darüber nachdenken können, mit ihm weiterzuziehen.“

Kierk erwachte, immer noch fiebernd. Er sah nur das Flackern eines kleinen Feuers. Dahinter im Dämmerlicht des Zeltes die Silhouette einer Gestalt mit langen Haaren.

„Sirte!“, hauchte er. Zum Rufen fehlte die Kraft.

‚Nein, wer ist da?‘ Kierks Verstand war verwirrt. Das Wesen näherte sich. ‚Ein Geist ... ganz weiß ... Haare ... Gesicht ... Kleidung. Was ... Wo bin ich?‘ Angst empfand Kierk nicht. Der Geist schaute freundlich. Gierig trank er das angebotene Wasser aus der Schale. Das betäubende Mittel im Wasser wirkte schnell. Kierk dämmerte wieder weg. Das letzte, was er registrierte, waren Worte in einer ihm unverständlichen Sprache.

„Schlaf, Junge, schlaf! Wenn du dich nicht bewegst, wächst die Haut im Gesicht am besten wieder zusammen. Noch einen Tag, dann ist es gut.“ Rellan fühlte an Kierks Stirn, wie es um das Fieber stand. Er brummte zufrieden.

Er sprach weiter mit dem bewusstlosen Kierk. „Die Kräutermischung, die du verwendet hast, war sehr gut. Wenn du wach bist, habe ich Fragen. Meine Kräuter sind auch gut, aber du hast Pflanzen verwendet, die ich nicht kenne. Sonst wärst du bereits tot. Die Wunden heilen gut."

Als Kierk wieder mit klarem Verstand aufwachte, lag er mit dem Rücken auf einem Holzgestell. Seine Hände und Füße waren mit Lederriemen an die Unterlage gefesselt. An das, was die letzten Tage passiert war, konnte er sich nur sehr bruchstückhaft erinnern. Der Fluss, dann Dunkelheit. Ein Geist. Das ständige Gerüttel über Tage auf dem Schleppgestell. Der Kopfverband, der die Sicht, das Hören behinderte. Gespräche zwischen Männern, die er nicht verstand. Tage in denen Kierk von Rellan mit Drogen und Schmerzmitteln überwiegend im Schlaf gehalten worden war.

Kierk rüttelte an den Fesseln. Schaute an sich hinunter. Wunderte sich über das Gewand, das er anhatte. Er hob den Kopf, um das Material genauer zu betrachten. Lauter sich kreuzende dünne Fäden bildeten ein Gewebe. Mit den Fingern erreichte er ein Stück vom Stoff. Er zog daran. Es hielt.

Sein Blick wanderte umher. Erst jetzt registrierte er die Ausmaße des Raumes, in dem er lag.

‚Die Hütte ist riesig!' Er fühlte sich plötzlich winzig. ‚Wie kann es so etwas geben?' Das Dach spannte sich so hoch über ihm. Die Wände waren so weit weg.

Kierk starrte fassungslos auf die Reihen der dicken tragenden Holzbalken.

‚Für die Ewigkeit gebaut! So viele Baumstämme in einem Haus.' Er dachte an die Hütten der Gojdo aus Holzstangen und Fellen. Baumstämme wären viel zu schwer für den Transport.

‚Kein Gojdo würde einen lebenden Baum dieser Dicke oder gar einen ganzen Wald davon fällen', denn so viele waren aus seiner Sicht für dieses Haus verbraucht worden.

‚Man hat alle Geister des Waldes zum Feind!' Kierk wurde es unheimlich bei der Vorstellung.

‚Wie kann das ganze Bauholz mitgenommen werden, wenn sie weiterziehen? Oder lassen sie diese Riesenhütte dann zurück? Wandern sie nicht? Wovon leben sie dann?‘

Fragen für die er keine Antworten hatte.

Kierk lehnte sich zurück. Die Eindrücke und die Konsequenzen daraus erschöpften ihn. Er war so erstaunt über den Ort, an dem er aufgewacht war, dass er sich noch nicht um sich selbst hatte kümmern können. Er war gefesselt, aber es ging ihm besser. Seine Wunden waren mit dem merkwürdigen Stoff bandagiert. Er spürte, sie waren nicht mehr entzündet. Er betastete sein Gesicht. Die Schmerzen waren erträglich geworden.

Der Raum, in dem er lag, sah sauber aus, aber es stank um ihn herum fürchterlich. Kierk konnte sich kaum konzentrieren, so sehr quälte der Geruch seine Nase. Es stank nach Tieren und ihren Exkrementen. Er roch viele andere Dinge, die ihm fremd waren, aber dieser Gestank, wie konnte das sein? Sollten etwa lebende Tiere im für ihn nicht einsehbaren, hinteren Teil dieses Hauses sein? Hin und wieder hörte er etwas, das nach Tieren klang. Mal „muhte“ es, mal „grunzte“ etwas, aber was für Tiere waren das nur? Auerochsen klangen anders! Wieso waren sie ins Haus eingedrungen und warum wurden sie nicht vertrieben? In den dunklen Ritzen und Ecken des Raumes in dem er lag, huschten Mäuse hin und her.

Das Licht in dem Raum, in dem Kierk lag, verdunkelte sich, als drei Personen durch die Öffnung in der Hauswand in den Raum kamen. Kierk hob den Kopf und schaute zu ihnen hoch. Im Gegenlicht sah er zunächst nur ihre schwarzen Silhouetten. Als sie um das Bett herumkamen und das Licht auch sie von außen anleuchtete, war er vollends verwirrt. Helle Haut, Bärte bei den Männern und Haare mit der Farbe der Sonne bei der Frau. Eine junge Frau in Kierks Alter. Zart, hell, goldene Haare, große braune Augen, die ihn offen anstarrten. Alle trugen Kleidung aus diesem merkwürdigen Gewebe, auf dem er lag, gemischt mit Fellstücken als Weste und als Kragen.

‚Wer sind sie? Ahnen? Geister?' Kierks Gedanken rasten. Er starrte die drei Gestalten an. Sie begannen in einer ihm unverständlichen Sprache miteinander zu reden.

„Siehst du, ein hässlicher Wilder, Schwester, wie ich es dir gesagt habe. Der Verband verdeckt dabei noch die Hälfte des abstoßenden Gesichts." Absan freute sich, seiner Schwester seine Ausflugstrophäe vorführen zu können.

Tünda sah keinen hässlichen Wilden. Kierk war groß gewachsen. Die dunkelbraune Haut seines muskulösen Oberkörpers, die der Stoff nicht bedeckte, glänzte auf eine geschmeidige Art, wie nur dunkle Haut es konnte. Die langen, pechschwarzen Haare, die blauen Augen und das bartlose, scharf geschnittene Gesicht fand sie überhaupt nicht hässlich. Sie spürte eine Regung in ihrem Inneren. Eine merkwürdige, eine unbekannte Regung ihres Herzens. Eine Wärme durchfloss ihren Körper, wie sie es so beim Anblick eines Jungen oder Mannes noch nicht erlebt hatte. Peinlich berührt spürte sie, dass sie im Gesicht erröte.

„Und, was sagst du?", drängelte ihr Bruder.

„Wieso habt ihr ihn angebunden und gefesselt, habt ihr so eine Angst vor ihm?" Tünda wusste, die Frage würde ihren Bruder ärgern.

„Er hatte Skalplocken an seinem Gürtel hängen. Ich wollte nicht ausprobieren, ob er auch uns überfällt, wenn es ihm wieder besser geht und er unbeobachtet ist."

„Er scheint völlig verwirrt zu sein. Kann Rellan oder jemand mit ihm kommunizieren?" Tünda hatte Kierks fast panischen Gesichtsausdruck wahrgenommen.

„Rellan hat einen Boten zur Siedlung Skrotan gesandt. Dort lebt seit einiger Zeit eine Frau, die eine Wilde ist, aber unsere Sprache schon gelernt hat. Sie soll herkommen und übersetzen.

Rellan hofft, dass die Wilden sich untereinander verstehen, auch wenn sie aus verschiedenen Stämmen kommen." Absan zeigte auf Kierk. „Der da versteht uns jedenfalls überhaupt nicht. Unser Vater muss aber mit ihm sprechen können. Die Frau müsste in Kürze eintreffen."

Kierk beobachtete die Gruppe, während sie sich unterhielten. An das Bett gefesselt, konnte er nichts anderes machen, als zu versuchen, aus ihrer Mimik herauszulesen, über was sie sprachen. Was wollten sie von ihm?

Rellan hatte einen Korb mitgebracht, den er jetzt auf einer Holzbohle an der Hauswand abstellte. Er entnahm dem Korb einen Becher, füllte Wasser aus einem Lederschlauch, der an einem der Stützpfosten des Hauses neben der Holzbohle hing, in den Becher. Er suchte mit dem Blick nach einer Abstellmöglichkeit für das Gefäß in der Nähe des Bettes. Als er keine entdeckte, drückte er Tünda den Becher in die Hand und trat an die Seite des Bettgestells heran, auf dem Kierk lag. Er zog ein Messer mit kurzer Feuersteinklinge aus einer Lederscheide an seinem Gürtel. Kierk zuckte instinktiv zurück. Rellan schüttelte den Kopf und nickte in Richtung der gefesselten Hände von Kierk.

„Ausstrecken!", sagte er im Bewusstsein, dass Kierk die Worte nicht verstehen, aber die Bedeutung erahnen würde. Kierk streckte die Hände vor und Rellan durchschnitt den Lederriemen.

„Tünda, gib ihm bitte das Wasser!" Rellan selbst ging zum Korb und zog die Lederhaut, die mit einer Schnur festgebunden war, von einem Tontopf, aus dem sogleich ein Dampfwölkchen aufstieg. Rellan übergab auch den Tontopf mit der dampfenden, breiigen Masse darin an Tünda.

Tünda wartete, bis Kierk getrunken hatte, dann gab sie den Getreidebrei an Kierk. Tündas Hand berührte Kierks Hand und sie zuckte heftig zusammen. Es war wie ein Stromschlag. Sie hoffte, Rellan und vor allem ihr Bruder und der Wilde hatten nichts bemerkt. Ihre heftige Reaktion verwirrte sie.

Doch Kierk hatte etwas bemerkt. Auch er war verlegen. Eine junge Frau, ein strahlendes Wesen wie Tünda hatte er noch nie gesehen. Tünda war sehr zart, dabei nicht klein. Die Haut war so hell, dass Kierk die Adern durchschimmern sah. Die goldenen Haare waren fein und leuchteten im Licht. Die dunklen, braunen Augen wirkten riesig und freundlich in dem schmalen Gesicht. Diese Augen starrten Kierk neugierig an und Kierk konnte nicht anders als zurückzustarren.

Rellan berührte Kierk am Arm und gab ihm mit Handzeichen zu verstehen, dass er das Essen probieren solle. Kierk erwachte aus seiner kurzen Trance und holte mit zwei Fingern eine Portion Brei aus dem Topf. Dieser Brei roch unbekannt, aber ganz im Gegensatz zu den vielen anderen fremden Gerüchen im Haus unglaublich appetitlich. Nachdem er einen ersten vorsichtigen Probebissen genommen hatte, schlang er gierig den restlichen Brei in sich hinein. Nach den Tagen ohne Bewusstsein hatte er einen Bärenhunger.

Die drei beobachteten Kierk still beim Essen.

Rellan war zufrieden mit dem Zustand von Kierk. „Fürst Egrie will ihn treffen, wenn die Wilde zum Übersetzen da ist." Während er hinausging, wandte er sich noch einmal an Absan und Tünda. „Zeigt ihm das Dorf, sobald er aufstehen kann. Ich werde Egrie berichten, dass er wach ist. Ich schaue später nach seinen Wunden."

Sobald Rellan draußen war, setzte sich auch Absan in Richtung Hauseingang in Bewegung. „Ich sage Bartos' Frau Bescheid, sie soll ihn bei der Verpflegung einplanen und Essen für ihn bereitstellen." Absan mied den direkten Augenkontakt mit seiner Schwester. Er ahnte natürlich, dass auch sie wusste, dass eigentlich er den Auftrag erhalten hatte, auf den Fremden aufzupassen. Schnell schlüpfte er an ihr vorbei hinaus in das Licht des sonnigen Wintertages.

Tünda schaute ihm nach und fragte sich, wie schon oft zuvor: ‚Wenn er eines Tages Fürst sein wird, hat er dann gelernt, ein

Vorbild für seine Untergebenen zu sein?‘ Sie seufzte, dann drehte sie sich wieder zu Kierk um.

Kierk leckte gerade seinen Finger ab, mit dem er den letzten Rest Getreidebrei aus den Rundungen des Topfes gestrichen hatte. Er konnte sich nicht erinnern, je etwas so Wohlschmeckendes gegessen zu haben. Kierk blickte auf und fühlte sich in seiner Gier ertappt. Als er sah, dass Tünda gegen ein Grinsen ankämpfte, konnte auch er eines nicht verhindern. Zuerst lächelten sie sich an, dann lachten beide lauthals los.

So fand Bartos' Sohn die beiden vor, als er in den Raum trat. Mit offenem Mund starrte der knapp zehnjährige Junge auf die Szene.

„Goran, gut, dass du kommst. Hol noch mehr zu essen von deiner Mutter.“ Tünda gab Goran ein Handzeichen, damit er sich bewegte.

Goran fand zuerst seine Sprache wieder, bevor er sich bewegte. „Absan sagte, er kann unsere Sprache nicht verstehen. Wie habt ihr euch da Witze erzählt?“

Tünda lächelte immer noch. „Sei nicht so vorlaut und hol das Essen.“

„Du weißt, dass ich alles für die Tochter meines Fürsten tun würde. Daher verzeiht meine Unverfrorenheit, Herrin.“ Elegant verneigte Goran sich vor Tünda und versuchte das Grinsen durch einen ernsten Gesichtsausdruck zu überdecken. Auch Tünda versuchte ernst zu sein und gab ihm mit der Hand ein Zeichen, nun aber loszurennen.

Als Goran durch den Hauseingang nach draußen verschwunden war, drehte Tünda sich wieder zu Kierk um. Kierk hatte versucht, das Verhältnis von Goran und Tünda zueinander einzuordnen.

‚Waren Kinder Erwachsenen gegenüber hier immer so, oder hatte die junge Frau einfach nur einen höheren Stand? Vielleicht Häuptlingsfrau oder Frau eines Geisterbeschwörers oder Feuerwächters? War sie so jung überhaupt bereits die Frau eines

Mannes oder unverheiratet?‘ Beim letzten Gedanken senkte Kierk schnell den Blick, denn Tünda studierte seinen Gesichtsausdruck. Als Kierk den Blick wieder hob, meinte er, ganz kurz ein verschmitztes Lächeln übers Tündas Mundwinkel huschen zu sehen.

Kierk war mit den Beinen immer noch an das Gestell gefesselt. Er griff nach dem Strick, zog daran und gab Tünda damit ein Zeichen, ihn zu befreien. Sie zögerte einen Moment, dann griff sie nach einem gebogenen Holz an ihrem Gürtel. In der Innenseite der Rundung waren in perfekter Reihe Feuersteinklingen eingesetzt und mit Birkenpech verklebt. ‚Wofür wird diese merkwürdig gestaltete Klinge benötigt‘, fragte sich Kierk.

„Mir hat zwar keiner gesagt, dass ich dich losschneiden darf, aber es hat auch keiner gesagt, dass ich es lassen soll. So entscheide ich jetzt.“ Während Tünda zu sich selbst sprach, beugte sie sich zu Kierks Beinen hinunter und schnitt mit der Sichel die Lederfessel mit einem Schnitt entzwei.

Kierk hob die Beine über den Rand des Gestells. Bereits das aufrechte Sitzen ließ ihn schwindeln. Er wartete, bis sich dieses Gefühl gelegt hatte. Dann versuchte er, aufzustehen. Seine Beine zitterten. Er ließ sich zurückfallen und wartete noch einen weiteren Moment.

Tünda war unsicher nach der Erfahrung der letzten Berührung, ob sie ihm zu Hilfe eilen sollte oder nicht. Sie sah die Drahtigkeit seines Körpers mit dem schönen, dunklen Teint. Strähnen seiner langen glänzend-schwarzen Haare waren ihm bei dem Versuch aufzustehen, über das Gesicht gefallen. Das hatte auch attraktiv ausgesehen, gestand sie sich ein. Sie atmete tief ein und wieder aus, um sich zu beruhigen, dann sprang sie an Kierks Seite und half ihm, den zweiten Versuch zum Aufstehen zu unternehmen.

Kierk stand schwankend, eine Hand auf der Schulter von Tünda, neben dem Bett. Er wartete, bevor er den ersten Schritt wagte. Tünda nickte ihm aufmunternd zu.

In dem Moment kam Goran zurück. „Oh, seid ihr euch schon nähergekommen?!" Er grinste.

Barscher als beabsichtigt sagte sie: „Goran, du frecher Kerl!" Tünda musste aber, wie so oft, gleich wieder über den schlagfertigen Goran lachen. Der Ärger war vergessen.

Kierk strich sich die Haare aus dem Gesicht. Er schaute Tünda an, die ihn verwirrte. Den einen Moment wirkte sie streng, den nächsten wieder so weich und freundlich.

Goran hielt den Topf mit Getreidebrei vor Kierk in die Höhe. „Hier, Fremder, iss! Lass dich von Tünda nicht einwickeln. Das versucht sie mit ihrem Charme bei mir auch immer. Am Ende gibt es dann einen Arbeitsauftrag. Das bringt es einem ein." Goran nickte Kierk aufmunternd zu, während er den Topf weiter in die Höhe hielt. Kierk setzte sich mit Tündas Hilfe wieder auf das Bettgestell. Er begann sofort zu essen.

Tünda schüttelte derweil den Kopf über den jungen Goran, der, wie ihr jetzt auffiel, seinem Vater bereits sehr ähnlich sah.

„Du meinst also, du hast mich durchschaut. Nun da du so ein Naseweis bist, habe ich einen Auftrag für dich. Hier am Herdfeuer fehlt das Holz. Lauf und hole Brennholz für ein Feuer hier im Haus."

„Ich wusste es! Im Moment, als es mir rausschlüpfte. Ich bin so dumm." Goran tat ganz zerknirscht. Er nickte Kierk zum Abschied zu und lief zum Ausgang des Hauses.

Auch der zweite Topf Getreidebrei schmeckte Kierk außergewöhnlich gut. Er schlang ihn in sich hinein. Tünda wartete. Als Kierk den leeren Topf auf dem Bett abstellte, zeigte Tünda mit dem Finger auf sich selbst.

Die Worte „Tünda" und „Name" betonend, sagte sie: „Tünda ist mein Name." Kierk hatte verstanden, was sie wollte. „Kierk. Kierk bin ich", antwortete er. Er versuchte, die Worte von Tünda nachzusprechen: „Tünda – Name."

„Sehr gut“, stellte Tünda lächelnd fest.

Kierk stand vom Bett auf. Diesmal bereits ohne Hilfe. Er schaute sich im Haus um. An den insgesamt drei langen Reihen Holzpfosten, die frei im Raum standen und das Dach des Hauses trugen, hingen Gerätschaften, die Kierk bereits bestaunt hatte, während er ans Bett gefesselt war. Vielleicht konnte Tünda ihm ihre Funktion erklären. Mit unsicheren Schritten ging er zu dem ihm nächsten Pfosten und zeigte auf das Werkzeug, das dort hing. An einem Stiel aus Holz war in dessen oberen, geknieten Kopf eine geschliffene Steinklinge eingesetzt und mit Stoffbahnen gesichert worden.

Die Gojdo machten ihre Werkzeuge auch aus Stein, aber geschliffene Klingen kannten sie nicht. Das war etwas völlig Neues für Kierk. Es handelte sich auch nicht um Feuerstein, sondern um einen Stein, der aus vielen übereinanderliegenden dünnen Schichten bestand. Kierk ahnte sofort, diese Schichtabfolge hielt, richtig geschliffen, die Klinge lange scharf, und diese Steine waren bestimmt so schwer zu beschaffen wie guter Feuerstein. Er prüfte die Schärfe, indem er mit dem Daumen über die Schneide fuhr. Kierk fasste an den Holzstiel, schaute Tünda aber fragend an, bevor er das Werkzeug vom Pfosten nahm.

„Dechsel“, sagte Tünda und nickte, um anzuzeigen, dass er es ruhig vom Haken nehmen könne.

„Dechsel“, antworte Kierk.

Tünda nahm die Dechsel aus Kierks Hand und ahmte am Pfosten des Hauses nach, wie die Dechsel als Beil zum Holzfällen benutzt wurde. Geschlagen wurde von oben nach unten, nicht etwa seitlich. Kierk nickte, nahm die Dechsel zurück in seine Hand. Er hatte verstanden.

Kierk nahm ein Seil, das am Pfosten hing, zwischen die Finger. Gojdo erstellten auch Seile aus Pflanzenfasern. Sie schälten die Rinde von Lindenbäumen und schabten vom Bast darunter

Fasern ab. Es war eine mühsame Arbeit. Für eine einzige Schnur brauchten sie sehr lange.

„Diese Fäden werden aus Lein gesponnen", sagte Tünda, die hinter dem staunenden Kierk stand und betonte das Wort „Lein". „Lein wird auf den Feldern angebaut." Tünda zeigte dann auf einen Holzrahmen mit ganz vielen dünnen Fäden und sagte „Webstuhl."

Kierk wiederholte leise vor sich hin murmelnd die Worte „Lein" und „Webstuhl". Doch damit blieb für ihn die Frage, woher so viel Faden kam.

Kierk wandte sich wieder zum Raum, sah Tünda an. Sie nickte aufmunternd. Er sollte wählen, was er sich ansehen wollte.

Kierk wollte endlich wissen, woher der strenge Geruch nach Tieren, Exkrementen und die merkwürdigen Geräusche kamen, über die er sich wunderte, seit er zu Bewusstsein gekommen war.

Kierk ging zum Durchgang des Raums, in dem sie sich befanden, zum angrenzenden Raum. Als er den Durchgang erreicht hatte, wurde ihm umso mehr die ungeheure Dimension des Hauses deutlich. Die Pfostenreihen zogen sich weiter durch den zweiten Raum. Er schätzte, das ganze Haus musste mindestens 30 Männerschritte lang und zehn Schritte breit sein.

Kierk schwankte mit seiner Entscheidung. Sollte er jetzt durch den seitlichen Eingang des Hauses, der in den zweiten Raum hineinführte, hinaustreten und schauen, wie es draußen aussah, oder erst den dritten Raum mit den geheimnisvollen Geräuschen und dem Gestank ansehen? Er fühlte sich so klein und unbedeutend. Nach draußen zu gehen mochte ihn überfordern. Zuviel Unbekanntes. Er sollte zuerst das Haus fertig ansehen, entschied er. Als er sich dem Eingang zum dritten Raum näherte, sah Kierk, dass dieser sogar doppelte Pfostenreihen besaß. Auf jeweils dem zweiten der Pfostenpärchen lagen Querbalken, die die Grundlage einer Zwischendecke bildeten. Der dritte Raum war dadurch nicht bis zum Dach offen, sondern hatte eine zweite Etage. Kierk ging vorsichtig in den stinkenden Raum. Der Gestank biss ihm in die Nase. Es gab einen mittleren Gang, von dem links und rechts und an der Stirnseite mit Holzbalken und Flechtwerk Räume abgetrennt waren. Kierk schaute in die erste der Boxen und sprang augenblicklich erschrocken zurück. Schützend sprang er mit ausgebreiteten Armen vor Tünda, die knapp hinter ihm in den Raum getreten war. Bereit zum Kampf blieb er vor Tünda stehen. Auerochsen kannte Kierk. Er kannte sie gut und fürchtete sie als kampfbereite Tiere. Vor allem die Stiere verteidigten ihre Herde bis zum Tod. Die Menschen hier hatten tatsächlich einen gefangen und in den Raum gesperrt. ‚Wissen sie nicht, wie gefährlich ein aufgebrachter Auerochse ist? Nichts kann die Tiere stoppen.'

Hinter sich vernahm er plötzlich das glockenhelle Lachen von Tünda. Kurz drehte er sich um, wollte das Tier nicht aus den Augen lassen. Tünda hatte die Hände vor den Mund gelegt und versuchte offensichtlich das Lachen zu unterdrücken. Kierk wurde rot, was war hier los? Er war verwirrt. Er fühlte sich klein. Aber er spürte auch langsam Ärger in sich aufsteigen. Er wollte nicht, das Tünda oder sonst jemand über ihn lachte. Vor allem nicht, wenn sie dumme Dinge taten, wie Auerochsen hinter dünnen Holzverschlägen zu halten. Tünda schien bemerkt zu haben, dass er durch das Lachen verletzt war. Sie legte ihre schmale Hand auf seine Schulter und nickte ihm entschuldigend zu.

„Verzeih mir meinen Übermut, Kierk. Ich hatte nicht daran gedacht, dass du von den Tieren im Stall so überrascht sein würdest." Sie machte eine Pause und fuhr dann dankbar lächelnd fort. „Und, danke, dass du mich schützen wolltest."

Kierk schaute Tünda forschend ins Gesicht. Er verstand kein Wort, außer seinen Namen. Ihrer Mimik entnahm er aber, dass sie sich bei ihm für das Lachen entschuldigte. Die Stelle an der ihre Hand auf seiner Schulter lag, fühlte sich heiß an. Kierk wandte sich noch einmal zu den Ställen. Er musste mit etwas falsch liegen. Konnte es sich bei den Tieren um etwas anderes als einen gefährlichen Auerochsen handeln? Die Größe war ihm schon beim ersten schnellen Blick merkwürdig vorgekommen. Diese Tiere waren etwas kleiner. Es war ein weibliches Tier mit seinem Kalb.

Während Kierk die Kuh und ihr Kalb, die in dem Verschlag standen, misstrauisch musterte, hatte Tünda einen Riegel an dem Flechtwerk weggenommen und war in den Raum getreten. Kierk erstarrte. Tünda kraulte die Kuh zwischen den gefährlichen Hörnern und diese ließ sich das gerne gefallen. Das Kalb versuchte neugierig, am lang herunterhängenden Gürtel von Tündas Kleid zu saugen. Dann nahm Tünda eine Tonschüssel von einem Pfosten der Abtrennung, verschwand unter der Kuh. Kierk musste sich bücken, um zu sehen, was sie tat. Tünda hatte eine Zitze des Euters umfasst und drückte Milch aus dem Euter. Erst kamen einige Tropfen, dann strömte die Milch aus der Zitze. Schnell hatte sie das Schälchen gefüllt.

Tünda kam wieder aus dem Raum und zeigte Kierk die Milch.

„Das Kälbchen braucht nicht die ganze Milch. Wir melken einen Teil und machen Käse daraus. Wir holen die Tiere nur zum Kalben, Lammen oder Ferkeln ins Haus. Sonst sind sie draußen im Wald oder auf den abgeernteten Feldern."

Kierk verstand kein Wort. Er verstand gar nichts mehr. Er war müde. Ihm drehte sich alles im Kopf. Er warf einen schnellen Blick in die hinteren Abtrennungen. Dort lagen Schweine in ihrem Mist. Sie sahen aus wie die ihm bekannten Wildschweine und doch wieder nicht. Kierk hatte nicht mehr die Kraft und wollte nicht mehr nach Unterschieden suchen. Verrückt. Das war alles zu viel für ihn. Auch Wildschweine waren gefährliche Tiere. Sie kämpften um ihre Jungen. Hier lag die Sau einfach ruhig da und schaute ihn nicht mal an, als er sich über die Flechtwand in die Box lehnte. Er musste raus aus diesem Raum, aus diesem Haus. Raus an die frische Luft. Der Gestank der Tiere, des Mists, die vielen Fliegen überall, die Ratten und Mäuse. Er hatte das Gefühl, keine Luft mehr zu bekommen. Wie hing das alles zusammen? Er rannte, so schnell es seine Verletzungen zuließen, aus dem Stall mit der niedrigen Decke durch den mittleren Raum nach draußen ins Freie.

Kierk blieb draußen sofort mit offenem Mund stehen. ‚Bei allen Geistern, der Wald ist tatsächlich verschwunden!'

Er fiel auf die Knie. Konnte sich bei diesem Anblick nicht mehr aufrecht halten. Das Haus, aus dem er gelaufen war, stand auf einem langen, flachen Hang. Dadurch konnte Kierk weit blicken. Kierk war ein Mensch des Waldes. Er kannte nur kleine Waldlichtungen, höchstens im Moor gab es dort, wo das Torfmoos wuchs, natürlicherweise größere waldfreie Bereiche. Doch hier war kein Moor. Fünf weitere Häuser standen unterhalb seines Standortes am Hang. Ein weiteres war im Bau. Die Flächen um die Häuser herum waren zum großen Teil nackter Boden. Erde. Nicht nur die Bäume, auch die Vegetationsschicht am Boden war wie abgekratzt. Umgegraben. Andere, ebenfalls große rechteckige Flächen waren abgebrannt worden. Es sah so aus, als wäre dies mit Absicht und auf systematische Weise gemacht worden. Auf einer dieser Flächen vor dem Waldrand in der Ferne standen noch verkohlte Baumstümpfe von etwa einem Meter Höhe.

‚Dort muss zuletzt Wald gefällt worden sein', dachte Kierk. ‚Anschließend wurde Feuer gelegt und alles verbrannt. Aber warum nur?' Andere Flächen waren mit Zäunen aus Flechtwerk umgeben. Dort wuchsen noch grüne, krautige Pflanzen, die Kierk nicht kannte.

Am Rand der existierenden Häuser wurde an einem weiteren Haus gebaut. Dort sah Kierk das erste Mal eine größere Gruppe der Menschen. Kierk hatte bisher kein Wort für diese Menschen in seinem Kopf gehabt. Jetzt war auf einmal eines da. Sie waren für ihn die „Waldfresser". Eine größere Gruppe von Männern, mehr als Kierk Finger hatte, stellte gerade gemeinsam den dicken Stamm eines gefällten Baumes als Tragbalken auf. Sie ließen ein Ende in ein vorbereitetes Pfostenloch gleiten und wuchteten das andere Ende gemeinsam hoch. Eine zweite Gruppe Männer hievte zusammen mit Seilen einen Querbalken für die Verbindung von zwei Tragbalken hoch.

Seine Aufmerksamkeit wurde vom Hausbau abgelenkt, als er das Muhen eines dieser merkwürdig zahmen Tiere aus der Ferne hörte. Vor dem entfernten Waldrand entdeckte er etliche Tiere, die dort als Herde beisammenstanden. Die Tiere standen in einem mit Flechtwerk und Hecken umzäunten Bereich.

Auch Frauen dieser „Waldfresser“ entdeckte Kierk. Mehrere von ihnen hatten eine Reihe nebeneinander gebildet. Sie befanden sich auf einer der großen Flächen, auf denen es gebrannt hatte. In gebückter Haltung schlugen sie mit einer hölzernen Hacke auf den Boden. Dann griffen sie in einen Sack, den sie um den Oberkörper gewickelt trugen, und streuten etwas auf den Boden. Noch einmal waren sie mit der Hacke zugange und dann ging die ganze Reihe einen Schritt vor. Der ganze Arbeitsschritt wurde wiederholt und wiederholt. Kinder halfen auf dem Feld und bei den Tieren.

Kierk war nach dem ersten Schock wieder aufgestanden und beobachtete benommen die Menschen. Tünda stand hinter ihm und wartete. Sie hatte mitbekommen, was für ein Schock es für Kierk war, zum ersten Mal eine Siedlung ihrer Zivilisation zu sehen. Sie wusste, dieses war nur eine kleine Siedlung im Wald. Was würde er staunen, wenn er die Siedlung von ihrem Vater, Fürst Egrie, an der Acra mit den vielen Häusern und dem weiten Ackerland sehen würde. Auch Goran trat nach einer Weile aus dem Haus und blieb wartend hinter Kierk und Tünda stehen.

Ein Mann beim Hausbau hatte den Beobachter mit der dunklen Haut bemerkt, rief seinen Kumpanen etwas zu und zeigte auf Kierk. Alle Männer der Baustelle schauten zu der kleinen Gruppe hoch. Sie legten ihr Werkzeug ab und gingen den Hang hinauf auf Kierk zu. Die Frauen auf dem Feld und beim Dreschen hatten Kierk ebenfalls entdeckt. Sie legten ihre hölzernen Hacken an die

Stelle, an der sie zuletzt gearbeitet hatten und kamen den Hang hoch. Kinder aus allen Richtungen rannten herbei, als sie bemerkten, dass die Erwachsenen ihre Arbeit ruhen ließen. Kläffende Hunde liefen, mitgerissen von der Unruhe, auf Kierk zu.

Um Kierk, Tünda und Goran bildete sich eine Menschenmenge, die schließlich aus über 30 Personen bestand. Sie starrten Kierk an. Lamentierten untereinander. Kierk hatte keine Ahnung, was sie wollten. Eine Frau trat plötzlich aus dem Ring der Menschen auf Kierk zu und spuckte ihm ohne Vorwarnung mitten ins Gesicht. Sie zischte etwas für Kierk Unverständliches und starrte ihn hasserfüllt an.

Tünda stellte sich mit ein paar schnellen Schritten vor Kierk. Schob die Frau zurück in die Gruppe.

„Stopp. Was machst du? Was ist los mit euch allen? Er ist kein Rungi! Er ist genau deswegen hier, weil er kein Rungi ist."

„Ist mir egal. Er ist ein Wilder. Egal, wie sie sich nennen. Diese Wilden haben meinen Bruder, seine Frau, seine Kinder abgeschlachtet." Die Frau spuckte noch einmal, diesmal auf den Boden.

„Die Wilden haben aber auf Befehl von Gatala gehandelt! Vergiss das nicht, vergesst das alle nicht. Er ist das eigentliche Übel! Er ist kein Wilder. Und jetzt zurück an die Arbeit. Mein Vater, Fürst Egrie, ist auf dem Weg zu uns ins Dorf. Er wird nicht einverstanden sein, wenn er hört, dass ihr hier alle rumgestanden habt."

Die Drohung wirkte. Murrend löste sich die Gruppe um Kierk wieder auf. Einige gingen direkt an ihre Arbeit zurück, andere blieben in einiger Entfernung stehen und diskutierten weiter miteinander.

Kierk schätzte, dass spucken auch in diesem Volk kein herzlicher Begrüßungsritus war. Er hatte sehr wohl den Hass, aber auch den Schmerz im Gesicht der Frau und in anderen Gesichtern wahrgenommen. Doch was es bedeutete, woher diese Gefühle kamen, und vor allem, warum sie gegen ihn gerichtet waren, wusste er nicht. Er meinte, er hätte das Wort Rungi aus der Rede von Tünda herausgehört, war sich aber bei der Vielzahl fremder Wörter nicht sicher, ob Rungi hier das Gleiche bedeutete, wie für ihn.

„Lasst uns zurück ins Haus gehen und auf Fürst Egrie und die Übersetzerin warten. Die Leute sollten Kierk nicht mehr sehen, bis wir seine Rolle besser erklären können." Tünda wandte sich zum Haus um, drehte Goran an der Schulter in die gleiche Richtung und nickte Kierk zu, er solle mit ihnen kommen.

Weder an diesem noch am nächsten Tag kamen Fürst Egrie und die Dolmetscherin in dem Weiler an. Tünda und Goran bemühten sich, Kierk in der Wartezeit wichtige Worte ihrer Sprache beizubringen und ihm die Funktionsweise weiterer Gerätschaften des Haushalts eines Ackerbauern und Viehzüchters zu erklären. Wenn Tünda und Goran nicht bei ihm waren, schnitzte Kierk aus Holzstückchen die Tiere, die er im hinteren Stall beobachten konnte. Er fühlte sich immer noch klein und nichtig in dieser neuen Welt voller großer Dinge und Erfindungen. Durch das Schnitzen gewann er zumindest ein wenig das Gefühl zurück, etwas gut zu können. Einigen der Kinder, die sich neugierig am Hauseingang herumdrückten, sich aber nicht trauten, zu ihm in das Haus zu gehen, schenkte er fertig geschnitzte Tiere. Immerhin, die Kinder nahmen sein Geschenk an.

Kierk war zufrieden, wie die Wunden an seinem Körper verheilten. Er würde Narben zurückbehalten, aber er würde bald wieder alles machen können. Sein Gesicht hatte er sich bisher nicht getraut anzuschauen. Nun war es so weit. Er hatte Tünda mit Händen und Füßen klar gemacht, dass er etwas haben wollte, womit er sich anschauen könnte. Sie hatte ihm eine flache, innen schwarz gefärbte Tonschüssel gebracht. Mit Wasser gefüllt und mit dem richtigen Lichteinfall funktionierte die Wasseroberfläche perfekt als Spiegel. Die Wunde im Gesicht schmerzte durch die Behandlung Rellans inzwischen viel weniger. Vorsichtig nahm Kierk den Verband ab. Näherte sich langsam der Tonschüssel, um sein Spiegelbild zu betrachten. Während er den Kopf über die Schüssel schob, hielt er unwillkürlich die Luft an.

‚Puh, nicht so schlimm, wie befürchtet. Rellan ist ein großartiger Heiler.' Kierk ließ die aufgestaute Luft langsam aus seiner Lunge entweichen.

Er schnitt Grimassen über dem Spiegelbild, um zu prüfen, ob die Gesichtsnerven und Muskeln noch alle funktionierten. Er drehte den Kopf hin und her. Seine Mimik funktionierte. Beim Lachen spannte eine der Narben vor dem rechten Ohr, aber das hatte er auch schon vorher gespürt. Er würde eine auffällige Narbe von der Wange unter dem rechten Auge bis zum Ohr behalten. Aber es hätte viel schlimmer ausgehen können.

Kierk fragte sich trotzdem, ob ihn seine Sippe noch erkennen würde. Er starrte weiter auf das Spiegelbild. ‚Sie sehen mich aber nicht!' Er tippte mit der Wut, die er plötzlich fühlte, auf die Wasseroberfläche, um das Bild seines zerschundenen Gesichts verschwinden zu lassen.

‚Sirte würde mich erkennen', redete er sich Mut zu.

Tünda hatte das Minenspiel Kierks bei der Betrachtung seines Spiegelbildes beobachtet. Sie musste sich eingestehen, dass für sie die Narben seinem Aussehen überhaupt nicht schadeten, im Gegenteil. Bevor Kierk erahnen mochte, was sie dachte, schaute sie schnell weg.

Fürst Egrie

„Tünda, unser Vater ist angekommen. Hat zwar zehn Tage gedauert, aber nun ist er da." Absan war ins Haus gelaufen, ohne die Anwesenden zu grüßen.

Jetzt schaute er mit gerunzelter Stirn auf Kierk, der unter der Anleitung von Goran probierte, ein Steinbeil auf einem am Boden liegenden Schleifstein zu schärfen.

„Die Wilde, die für unseren Wilden dolmetschen soll, ist auch in seinem Gefolge."

„Unser ‚Wilder', wie du sagst, heißt Kierk. Er stammt vom Volk der Gojdo und er versteht etliche Worte unserer Sprache. Er hat schnell gelernt. Er weiß sogar auch, wie man jemanden begrüßt und mit welchen Worten man sich verabschiedet!" Tünda hatte die letzten Worte scharf betont, schaute aber nicht von ihrer Tätigkeit zu Absan auf. Sie las weiter Erbsensamen aus einem riesigen Berg von trockenen Schoten und Stroh in einen geflochtenen Korb.

„Was will Fürst Egrie eigentlich Dringendes mit Kierk besprechen?", fragte Goran neugierig.

Gleich gab Absan einen Rüffel, wie er ihn von seiner Schwester erhalten hatte, an ihn weiter. „Wenn es dich etwas anginge, was mein Vater gedenkt, mit jemandem zu besprechen, wärst du zur Besprechung eingeladen. Bist du eingeladen?" Absan schaute Goran mit hochgezogenen Augenbrauen an.

„Nein", gab Goran kleinlaut zurück.

„Also." Absan huschte ein höhnisches Grinsen übers Gesicht. Es schien ihn zu freuen, dass er seinen höheren Stand gegenüber Goran hatte demonstrieren können. Er spielte mit der Axt in seinem Gürtel, die mit einem formschönen, glatt geschliffenen und polierten Stein ausgestattet war.

„Ich kann mir nicht vorstellen, dass Vater hierher in dieses Haus kommen wird. Er wird nach uns schicken, damit wir ins Haupthaus kommen.“ Absan schaute sich mit geringschätzigem Blick in dem Haus um, das augenblicklich nur von Kierk bewohnt wurde. Er kickte einen Stein, der auf dem Lehmboden lag, nach einer Maus, die gerade an der Wand neben dem Hauseingang entlanglief. Das viele Ungeziefer im Haus und in der Siedlung waren für Kierk ungewohnt, aber ein wirksames Mittel dagegen gab es offenbar nicht. In Siedlungen der Gojdos konnten sich große Populationen an Nagern, Parasiten und Mitessern nicht aufbauen. Sie ließen als Nomaden dieses Problem hinter sich, wenn sie das Lager abbrachen und weiterzogen. Als Jäger und Sammler lagerten sie auch nie solche Mengen an Essensvorräten, wie die Getreidebauern und Viehzüchter. Hier wurden Vorratsschädlinge angelockt und geradezu gezüchtet.

Alle im Haus schauten auf, als eine Gruppe von Männern und eine Frau eintraten. Zwei der Männer kannte Kierk. Es waren Rellan und der bärenstarke Bartos. Das Alter der Frau war schwer zu schätzen. Ihr Gesicht war durch viele punktförmige Narben entstellt. Tünda war inzwischen aufgesprungen und lief zum dritten Mann.

Sie umarmte ihn. „Vater, schön, dass du endlich da bist.“

Absan blieb an seinem Platz stehen, nickte seinem Vater aber auch freudig lächelnd zu. Fürst Egrie umarmte seine Tochter und lächelte seinem Sohn zu. Kierk stand vom Boden auf.

Kierk war nervös. Er wartete ab, betrachtete neugierig Fürst Egrie, um abzuschätzen, was für ein Mensch er wohl war.

Egrie unterschied sich auf den ersten Blick wenig von den anderen Siedlern. Auch in der Art seiner Kleidung nicht. Auffällig war an ihm allerdings eine große, teilweise rot gefärbte Muschelschale, die er als Schnalle an seinem ledernden Gürtel trug. Eine Kette aus geschliffenen Plättchen, die um seinen Hals hing, schien aus den gleichen Muscheln gemacht worden zu sein, denn sie hatten die gleiche Farbe. Eine solche Muschel mit kleinen Stacheln und der auffälligen roten Farbe hatte Kierk noch bei keinem anderen Bauern gesehen. Sie war schön. Kierk wurde auf einmal klar, jetzt da er die ganze Muschel gesehen hatte, dass der eng sitzende Armreif bei Tünda aus dem gleichen Material gearbeitet worden war.

Egrie trug seine blonden, teilweise bereits ergrauten, glatten Haare, die ihm bis auf die Schulter reichten, offen. Ein Stirnband hielt die Haare aus seinem Gesicht. Sein Vollbart war kurz getrimmt. Die Farbe von Bart und Haar stand in hartem Kontrast zu seinen schwarzen Augen. Als diese Kierk fixierten, versuchte er dem Blick standzuhalten. Schließlich senkte er ihn. Kierk hatte in Egries dunklen Augen nicht lesen können, was dieser dachte.

Egrie drehte sich zu Goran. „Ich freue mich, auch dich wiederzusehen, Goran, aber würdest du dir bitte draußen eine Arbeit suchen."

„Natürlich, Fürst Egrie. Schön, dass Ihr wieder in unserer Siedlung seid." Goran verbeugte sich und lief schnell aus dem Haus.

Egrie nickte Bartos anerkennend zu. „Dein Erstgeborener entwickelt sich prächtig. Ich habe viel Gutes von ihm gehört."

„Danke Euch, Fürst Egrie", quittierte Bartos das Lob mit einem stolzen Lächeln und zufriedenem Blick zur Tür, durch die Goran verschwunden war.

Egrie richtete seinen Blick wieder auf Kierk.

„Wir sind das Volk der Tisza. Tisza ist das Gebiet unserer Herkunft. Das Zentrum unseres Volkes. Ich bin Egrie, der Sohn von Tula. Tula ist der Sohn von Amba. Amba war die älteste Tochter von Unda, die unser Volk auf die fruchtbaren Böden hier am Fluss Acra brachte. Und ich, Egrie, bin der Patriarch von Skrotan und Gründer von sechs Weilern wie diesem mit dem Namen Emat, die nördlich des buckligen Gebirges liegen."

Egrie ließ die Dolmetscherin in ihrer Sprache wiederholen, was er gesagt hatte. Dann schaute er Kierk fragend an. „Verstehst du, was sie sagt?"

„Ich verstehe. Die Sprache der Frau ist der der Gojdo ähnlich. Aber sie ist keine Gojdo." Kierk schaute abwechselnd Egrie und die Dolmetscherin an.

„Ihr Name ist Teta. Sie stammt aus dem Volk der Ubarutu." Egrie wandte sich zu Bartos und Rellan um. „Diese beiden Männer kennst du ja schon. Bartos ist der erste Bauer von Emat. Rellan ist mein Priester und Heiler."

Rellan nickte Kierk zu. „Deine Wunden sind gut verheilt. Du hast den Gesichtsverband abgenommen. Alles sieht erfreulich gut aus."

„Dein Verdienst. Ich danke dir!" Kierk nickte zurück.

Egrie wirkte ungeduldig. Er wartete kaum, bis die Übersetzerin übersetzt hatte, was Rellan und Kierk gesagt hatten. „Dein Name ist Kierk. Das habe ich bereits erfahren. Wie heißt dein Volk. Wo lebt es?"

„Ich bin Kierk. Ich bin der Sohn des Kriegshäuptlings Batu. Ich bin vom Volk der Gojdo. Die Gojdo leben nördlich von hier und westlich vom Mutterstrom." Schnell fügte er eine Frage an. „Ist sie eine Gefangene von Euch? Bin ich ein Gefangener?"

Egrie nahm Kierk weiter in den Blick. „Natürlich, du hast deine eigenen Fragen." Er räusperte sich. „Es hängt von dir ab, ob du als Gefangener oder als freier Mann bei uns lebst", antwortete er ruhig. „Im Falle von Teta gibt es kein Volk mehr, zu dem sie zurückkehren könnte. Eine Krankheit hat die Ubarutu ausgelöscht. Die Krankheit kennen wir auch in unserer Gemeinschaft, aber nicht so verheerend. Sie allein hat überlebt. Rellan konnte sie retten, wie dich. Die Krankheit zeichnet die Menschen mit den punktförmigen Narben überall auf dem Körper."

Kierk senkte einen Moment den Blick. Er wollte Teta nicht anstarren.

„Eine drängende Frage von dir wird vermutlich sein, warum wir dich hierhergebracht haben!" Egrie hatte nicht gefragt, um eine Antwort zu bekommen, er sprach direkt weiter. „Hast du dich schon gefragt, warum das Haus, in dem du lebst, unbewohnt ist?“ Wieder sprach er ohne auf eine Antwort zu warten direkt weiter. „Die Familie, die dieses Haus mit mehr als zwei Handvoll Personen mit Leben erfüllt hatte, ist verschwunden. Höchstwahrscheinlich tot.“ Egrie schluckte. „Sie waren Teil einer Gruppe, die ein neues Siedlungsgebiet nordwestlich von hier vorbereitet haben. Auch in anderen Häusern dieser Siedlung und den Häusern anderer Siedlungen fehlen Menschen. Sie alle waren Teil dieser Gruppe, die vorangegangen ist. Wie immer eine Gruppe vorangeht. Mein ältester Sohn, Doar, war der Anführer dieser Gruppe. Auch er ist verschwunden.“ Egries Gesicht verzog sich schmerzverzerrt, als er seinen ältesten Sohn erwähnte. Tünda, die neben Egrie stand, drückte kurz seinen Arm.

Absan, der alleine stand, trat von einem Fuß auf den anderen, wirkte angespannt. Er räusperte sich. Gab der Übersetzerin ein Zeichen, seine Worte zu übersetzen.

„Wir werden seinen Tod und den Tod der anderen Siedler rächen. Ich werde Gatala und seine Gefolgsleute bestrafen.“

Egrie schaute seinen Sohn mit unbewegter Miene an. „Wir wissen noch nichts Genaues. Wir müssen uns vorbereiten, aber bevor wir kämpfen, werde ich mit Gatala sprechen. Wenn er schuldig ist, werde ich ihn eigenhändig töten.“

Egrie wandte sich an Kierk. „Mein Sohn Absan ist ungeduldig, aber er hat Recht, wir werden kämpfen müssen. Und hier kommst du ins Spiel, Kierk, Sohn des Batu vom Volk der Gojdo.“

Bevor Egrie weiterreden konnte, unterbrach ihn Absan, den der Tadel seines Vaters offenbar getroffen hatte. „Wir wissen gar nicht, ob er ein so großer Krieger ist, wie es hier alle annehmen! Vielleicht ist er ein schwacher Tölpel, der ein paar Locken von Kriegern der Rungi gefunden und sich angesteckt hat?! Mich nervt das ganze Theater um den Wilden bereits, obwohl wir ihn angeschleppt haben.“

Teta hatte weiter übersetzt. Kierk zeigte nach außen keine Regung, beobachtete jedoch jede Bewegung von Absan genau.

‚Dafür, dass du mich beleidigst und dir einen Gegner schaffst, der angreifen könnte, hast du dein Körpergewicht auf das falsche Bein gelegt. So kannst du dich nicht effektiv verteidigen. Du müsstest noch viel lernen, wenn du kämpfen willst.' Kierk hatte sein Leben lang gekämpft. Immer nur gekämpft. Mit Tabu und seinen Freunden. Oft unterlag er der Überzahl der Gegner oder den älteren Jungen, aber er focht jeden Kampf bis zum Ende aus. Das hatte ihm viele Schmerzen eingebracht, aber er hatte gelernt, zu kämpfen. ‚Das fehlt dir!', dachte er und sprang blitzschnell vor, riss das Messer aus der Scheide am Gürtel von Absan, drehte dem überrumpelten Sohn des Fürsten den Arm auf den Rücken und setze die Klinge an dessen Kehle. Kierk hatte vorher nicht erkannt, dass Absan sein geliebtes Feuersteinmesser trug. Die Feuersteinklinge leuchtete nun rot am Hals von Absan. Kierk hatte es verloren geglaubt. Im Fluss oder auf dem Transport.

„Nein!" schrie Tünda.

Rellan schaute erschrocken.

Bartos machte einen drohenden Schritt auf Kierk zu und brummte gefährlich.

Egrie hingegen verzog keine Miene.

Kierk nickte Teta zu, sie sollte übersetzen.

„Du hast kein Recht, mich oder mein Volk zu beleidigen. Du weißt gar nichts von uns. Von mir. Das Messer gehört auch mir. Du hast es gestohlen. Ich werde es behalten."

Egrie signalisierte mit einem Handzeichen Bartos, der sich weiter Kierk näherte, stehen zu bleiben. Er selbst ging zu Kierk und zog seinen Arm weg von Absans Hals. Kierk ließ ihn gewähren. Er gab auch den Arm, den er Absan auf den Rücken gedreht hatte, wieder frei.

„Mein Sohn Absan kann von dir lernen.“ Egrie fixierte Absan, während er sprach. Absan massierte sich den verdrehten Arm.

„Aber Absan hat auch Recht. Wir wissen nichts von deinen Qualitäten als Krieger, wenn es darauf ankommt. Damit du dich mit den erfahrenen Männern meines Volkes im Kampf beweisen kannst, sollten wir vielleicht ein Fest veranstalten.“ Er schaute Bartos an. „Streitaxt, Bogenschießen, Ringen vielleicht? Was meinst du, Bartos?“ Über Bartos Gesicht huschte ein Grinsen. Er freute sich offensichtlich sehr über die Aussicht auf ein Fest. Und vielleicht auch darauf, Kierk nach der schwachen Vorstellung von Absan zeigen zu können, dass auch Bauern kämpfen konnten. Seine Antwort bestand darin, Kierk grinsend anzuschauen und seine riesige rechte Faust in die offene linke Hand zu schlagen.

Egrie drehte sich Richtung Eingang des Hauses. „Ich bin müde von der Reise. Wir werden an einem anderen Tage weitersprechen.“

Seit der Erwähnung seines verlorenen Sohnes Doar und dem ungestümen Verhalten Absans hatte sich ein müder Zug auf seine Gesichtszüge gelegt. Egrie, gefolgt von Rellan und Bartos gingen zum Ausgang. Kurz vor dem Durchgang nach draußen blieb Egrie noch einmal stehen.

„Die Dolmetscherin soll hier bei dem Gojdo Kierk wohnen. Damit er unsere Sprache schnell lernt, wünsche ich, dass ihr euch nur in unserer Sprache unterhaltet!“

Die Männer waren schon fast zur Tür raus, da rief Tünda ihrem Vater nach: „Vater, die Dolmetscherin soll hier nicht wohnen. Was soll sie hier? Ich habe mit Kierk bereits viel geübt. Sie kann doch woanders wohnen.“ Es hatte trotzig, fast verzweifelt geklungen. Nun stand sie leicht errötet an ihrem Platz.

„Teta soll ihm die Sprache beibringen, sonst nichts. Ich weiß, du hast dich sehr gekümmert, als Kierk krank war, jetzt ist er aber wieder gesund.“ Egrie verließ das Haus, gefolgt von Rellan und Bartos.

Tünda schien zu überlegen, ob sie mit ihrem Vater nachgehen sollte. Absan hatte hingegen nur darauf gewartet, endlich gehen zu können. Er zischte mit vor Wut gerötetem Gesicht etwas in Kierks Richtung und stapfte zum Ausgang. Was er gesagt hatte, weigerte sich Teta zu übersetzten. Er konnte es sich auch so denken. Tünda sah nun wütend ihrem Vater und ihrem Bruder nach.

Kierk stand unschlüssig an seinem Platz. In Anwesenheit von Tünda füllte er sich oft unbeholfen. Jetzt wieder.

‚Sie will wohl nicht, dass Teta hier wohnt. Das habe ich jedenfalls so verstanden.' Er ärgerte sich über sich selbst. Wohin mit den Händen?

Teta rettete die schwierige Situation. Sie zeigte mit einer Handbewegung an, damit auch Kierk verstand, dass sie nach der Reise Hunger hatte.

Tünda überlegte nicht lange. Sie ging zu Teta, hakte sich bei ihr unter, wie bei einer alten Freundin und zog sie zum Ausgang. „Teta, komm. Wir beauftragen Essen, ein Bettgestell und Flechtwände für dein Wohnabteil." Teta übersetzte für Kierk.

Als Tünda und Teta gegangen waren, hatte Kierk Zeit, über das eben Geschehene nachzudenken. Kierk hatte von den Ubarutus vorher noch nie etwas gehört. Die Gojdos hatten aber auch mit den vielen, verstreut lebenden Kleinstämmen des Binnenlandes wenig gemein. Für die mächtigen Gojdos zählten die großen Stämme, wie die Rungi, die an der Küste des Meeres lebten und sich aus vielen einzelnen Sippen zusammensetzten. Teta hatte einen traurigen, verwahrlosten Eindruck auf ihn gemacht. Er schätze ihr Alter auf noch nicht 25 Jahre. Die Pockennarben machten ihr Gesicht unansehnlich und dürften es ihr schwer machen, einen Mann bei den Siedlern zu finden. Die dunklen Haare waren zwar gepflegt, ihre Kleidung sah aber verschlissen und alt aus. Ebenfalls ein Hinweis für ihn, dass sie bei den „Waldfressern" keinen guten Stand hatte.

Kierk schaute an sich hinunter und musste auch für sich feststellen: Er lebte hier von der Hand in den Mund. Bisher hatte er sich nicht außerhalb des Hauses bewegen dürfen. Seine Kleidung sah gebraucht aus und er hatte bisher keine Perspektive in diesem ihm fremden Volk. Aber er lebte. Das nächste Gespräch mit Egrie musste Klarheit bringen, ob und was für eine Zukunft für ihn möglich sein würde. Er freute sich auf das angedachte Fest. Angst hatte er keine. Für den Kampf war er vorbereitet. Absan hatte ihm sein Messer gestohlen. Er war immer noch überzeugt, es war richtig, es ihm abzunehmen. Kierk nahm es vom Schlaffell hoch, auf das er es geworfen hatte und betrachtete die ihm vertraute, rotleuchtende Feuersteinklinge. Er war froh, es wiederzuhaben. Dass er immer Ärger mit den Häuptlingssöhnen bekam, irritierte ihn, aber er konnte nun auch nichts daran ändern.

Bartos und Goran brachten Holz und fertige Flechtwände, und erstellten zusammen mit Kierk in wenigen Minuten im mittleren Hausbereich einen eigenen Wohnbereich für Teta. Ein Holzgestell und Felle für das Nachtlager komplettierten die persönliche Einrichtung. Das Herdfeuer in Kierks Bereich des Hauses würden sie sich teilen.

Als Bartos und Goran wieder gegangen waren, machte Kierk Feuer und begann die Essenszubereitung, indem er die mit Getreidebrei und Gemüse gefüllten Tontöpfe erhitzte, die Goran ihm für die Abendmahlzeit mitgebracht hatte.

Als Tünda und Teta zurückkamen, lud er sie mit einer Handbewegung ein, sich zu ihm an die Herdstelle des Hauses zu setzen.

„Hunger!“, sagte Teta in beiden Sprachen. Kierk nickte. Er hatte verstanden. Er füllte den dampfenden Brei aus dem großen Tontopf in drei Kümpfe. Teta stürzte sich auf ihre Portion. Den Holzlöffel missachtend, langte sie mit den Fingern in den Kumpf und stopfte sich den Getreidebrei in den Mund. Kierk füllte noch einige Male nach. Kierk und Tünda ließen Teta den Hauptanteil.

Aus dem Krug mit Bier, den Goran ebenfalls gebracht hatte, nahm Kierk hingegen einen tiefen Schluck. Auch der Krug ging reihum. Bier hatte Kierk wie den Getreidebrei und Brot bei den Siedlern kennengelernt. Auch zum Bierbrauen wurde Getreide gebraucht, das die Bauern anbauten. So viel hatte Kierk bereits verstanden. Bier war köstlich. Ein Getränk, das den Durst und den Hunger stillte. Das einen die Welt glücklicher sehen ließ, Schmerzen und Erschöpfung linderte. Er kannte berauschende Getränke, die während der Geisterzeremonien eingenommen wurden. Doch deren Wirkung war mit erheblichen Nebenwirkungen, oft mit schlechten Träumen und einer aufwendigen Herstellung verbunden. Dieses Bier konnte man jeden Tag und jederzeit trinken. Er wollte nicht mehr ohne sein.

Teta hatte den Tontopf geleert. Sie leckte die letzten Reste von den Fingern. Kierk erinnerte sich an seine erste Mahlzeit in diesem Haus, die er ähnlich hungrig heruntergeschlungen hatte.

Als Teta bereit war, bat Tünda sie, zu übersetzen. „Kierk, es ist schlecht, wenn du dich mit meinem Bruder anlegst. Du brauchst seine Freundschaft."

Kierk senkte den Blick. Den Streit hatte er nicht gewollt. Nun zuckte er mit den Schultern. „Was hätte ich anderes tun sollen?"

„So bist du eine Bedrohung für ihn. Darum wird er dich bekämpfen. Du musst dich anders verhalten, ihn unterstützen. Er braucht Hilfe, in seine Rolle als Nachfolger von Egrie hineinzuwachsen. Er ist verunsichert. Unser großer Bruder Doar hatte die volle Liebe meines Vaters. Viehzucht liebten beide sehr. Vom Ackerbau verstand Doar auch viel. Er liebte die Jagd und war ein guter Kämpfer. Absan stand im Schatten des älteren Bruders, versucht nun aufzuholen." Tünda zögerte, suchte nach den richtigen Worten. „Er hat die gleichen Talente wie mein großer Bruder. Sie sind nur verschüttet."

Die drei hingen einen Moment ihren Gedanken nach.

Tünda gab Teta ein Signal, dass sie weiter übersetzen sollte. „Kierk, du bist groß gewachsen. Du bist stark. Du bist ein guter Kämpfer und mutig. Du lernst schnell. Du bist alles, was sich der Sohn eines Häuptlings zu sein wünscht."

Tünda machte eine Pause. Kierk schaute auf und sah, dass sie gerötete Wangen hatte. Teta kicherte leise, nachdem sie übersetzt hatte. Tünda blickte sie verärgert an, sprach dann aber unbeirrt weiter.

„Kierk, du musst ihm zeigen, dass du ihn respektierst. Das wird ihm und dir helfen. Als Freunde könnt ihr viel erreichen. Als Feinde seid ihr beide in Gefahr, fürchte ich."

Tünda konnte nicht wissen, dass sie ein Thema angesprochen hatte, dass Kierk schon länger beschäftigte.

Kierk dachte an seine langjährige Fehde mit Tabu, er dachte an den fliehenden Sohn eines Häuptlings der Rungi. Kierk verlor sich im Grübeln über vergangene Zeiten. Beinahe verlor er dabei die Dinge, die Tünda über ihn selbst gesagt hatte, aus den Augen. Die Worte, bei denen sie errötet war. Erst als Tünda plötzlich aufstand, wurden sie ihm wieder bewusst und er merkte, dass sie bestimmt auf eine Reaktion gewartet hatte.

Er griff nach ihrer Hand, um sie aufzuhalten. Hektisch suchte er nach den richtigen Worten. „Tünda, du bist schön, du bist klug, du bist gerecht und mutig. Du bist, wie sich ein Anführer sein Kind wünscht."

Tünda zog vorsichtig ihre Hand aus der von Kierk. „Wie sich ein Anführer sein Kind wünscht?"

Kierk war sich nicht sicher, ob er über ihr Gesicht ein spöttisches oder ein enttäuschtes Lächeln huschen sah.

Tünda packte die Dinge zusammen, die sie mitnehmen wollte. „Teta, komm mit mir. Ich will dir neue Kleidung geben und ein Bad wird auch nicht schaden. Kierk, ich komme morgen wieder. Übt die Sprache, wenn Teta zurück ist, wie es mein Vater befohlen hat."

Teta kicherte wieder, während sie aufstand. Kierk wusste selbst, er hatte etwas falsch gemacht, falsch gesagt. Verärgert über sich selbst, warf er Teta daher einen bösen Blick zu. Teta murmelte „Holzkopf" in Kierks Sprache, während sie Tünda folgte.

Kierk blieb an der Herdstelle sitzen. Mit einem angesengten Stöckchen stocherte er ziellos in der Asche der Feuerstelle herum.

‚Morgen werde ich dieses Haus verlassen. Egal, was die Siedler denken.' Ihm war klar geworden, was für einen großen Teil seiner schlechten Laune verantwortlich war. ‚Ich muss raus an die Luft. Ich muss mich bewegen. Ich kann ein paar Worte der Siedler sprechen und werde meine Hilfe bei der Arbeit anbieten.'

Er sprang auf. Schmiss das Stöckchen in die Asche. Er suchte das Steinbeil, dass er mit Goran angefangen hatte zu bearbeiten und schliff es weiter.

Immer wieder prüfte er die Schärfe der Schneide und schliff weiter. Bei dem Gedanken, mit dem Beil in einen dicken, lebenden Baum zu hacken, wurde ihm allerdings mulmig zumute.

‚Die Waldgeister lassen diese Menschen offenbar leben. Vielleicht haben die Baumfresser ja einen mächtigen Schutzzauber?' Der Gedanke beruhigte ihn ein wenig. Er hatte bei der Arbeit am Beil nicht gemerkt, dass es draußen inzwischen dunkel geworden war. Im letzten Licht des glimmenden Herdfeuers legte er sich auf seine Schlafstelle.

‚Ich werde mich mit Absan bemühen. Tünda hat recht. Es ist besser, ihn als Freund zu haben.' Er schlief bereits, als Teta zurückkehrte.

Kierk verließ am nächsten Morgen das Haus, ohne sich um Teta oder ein frühes Mahl zu kümmern. Die Dechsel mit der selbst geschärften Steinklinge hatte er sich über die Schulter gelegt. Zwischen den Häusern befand sich ein befestigter Weg aus Holzbohlen. Aus dem Wald war das regelmäßige Klopfen von Beilen an Baumstämmen zu hören. Als Kierk um die Ecke des nächsten Hauses herum ging, traf er auf eine Gruppe Frauen bei der Arbeit. Zwei junge Frauen knieten am Boden über großen, flachen Sandsteinen und zerrieben mit einem kleineren Stein Getreidekörner zu Mehl. Eine ältere Frau vermischte auf einem großen ausgelegten Lederstück, das über einer flachen Mulde im Boden lag, eine große Portion des Mehls mit Wasser und knetete die Masse durch. Auch sie verrichtete die Arbeit im Knien. Sie formte faustgroße Kugeln und drückte diese auf ein bemehltes Holzbrett neben sich. Ein alter Mann kam hinter dem Haus hervor. Er trug dampfende Fladenbrote und wollte damit ins Haus. Er bemerkte Kierk und rief den Frauen etwas zu. Alle hielten sie in ihrer Tätigkeit inne. Das lustige Geplapper erstarb. Alle Augen richteten sich auf Kierk und sahen ihn misstrauisch mit seiner Steinaxt auf der Schulter an. Ein kleines zweijähriges Kind zeigte auf Kierk und machte mit dem Holzstock, den es in der Hand hielt, die Bewegung eines Holzfällers mit dem Beil nach. Es verlor dabei das Gleichgewicht, drehte sich taumelnd in einer Pirouette und plumpste schließlich rücklings auf seinen Hintern. Erst kicherten die Kinder, dann zeigte die alte Frau am Brotteig auf Kierk und lachte herzlich los. Auch Kierk musste schmunzeln. Die angespannte Stimmung war weg. Die Frauen, Kinder und Kierk lachten zusammen, bis einigen die Tränen kamen. Zwei Kinder, die von Kierk geschnitzte Tiere geschenkt bekommen hatten, holten sie aus dem Haus und gingen zu Kierk. Sie muhten und quiekten und ließen die kleinen Tiernachbildungen auf dem Boden vor Kierk wild durcheinanderlaufen. Kierk kniete nieder und spielte einen Moment mit. Als er weiterging, hatte er zwei köstlich duftende Fladenbrote als Proviant mitbekommen. Der alte Mann hatte ihm auch den Ofen zum Backen der Brote hinter dem Haus gezeigt. Der war aus dem Lehm der Umgebung auf Flechtwerk freistehend auf dem Boden erbaut worden.

Die Gruppe Holzfäller, auf die Kierk zuging, stoppte ihre Arbeit und sah ihm ebenso misstrauisch entgegen, wie die Gruppe der Frauen vorher. Bartos war unter ihnen. Er ging auf Kierk zu. Als sie sich gegenüberstanden, blickte Bartos ihm einen Moment direkt in die Augen. Dann lächelte er und schlug Kierk mit der Hand demonstrativ freundschaftlich gegen den Arm.

Bartos ließ sich von Kierk die Axt geben und prüfte mit dem Daumen die Schärfe der Steinklinge. Er nickte zufrieden. Er sagte ein paar wenige Worte an die anderen Holzfäller, von denen Kierk nur „Hilfe" verstand. Die Männer gaben sich damit zufrieden und wandten sich wieder ihrer Arbeit zu. Hilfe war bei der schweren Arbeit immer willkommen. Bartos zeigte Kierk an der Eiche, die er gerade fällen wollte, wie er das Beil einsetzen musste. Bartos schlug in Brusthöhe mit der Dechsel, wie er das Beil nannte, nicht mit einer seitlichen Bewegung auf den Baum, sondern von oben nach unten.

Nach der Demonstration der Arbeitstechnik an seinem Baum ging Bartos mit Kierk zu einer Eiche, die ebenfalls gefällt werden sollte. Sie war alt und sehr hochgewachsen. Der Stamm war auf der Höhe, auf der Kierk ihn fällen sollte, so dick, dass zwei Männer mit ihren Armen Mühe hätten, sie zu umfassen. Kierk schaute hoch in die riesige Krone. In Kierk stieg Panik auf.

‚Ich kann diesen Baum nicht fällen! Das ist die Wohnstätte der Waldgeister. Wie habe ich glauben können, dass ich einen alten Heimatbaum fällen kann.' Kierk ließ die Dechsel sinken.

Bartos sagte nichts, runzelte die Stirn.

‚Die Waldfresser müssen einen Weg gefunden haben, den Zorn der Geister zu besänftigen, da sie schon so viele Bäume gefällt haben und immer noch in Ruhe leben können. Aber wie?' Kierk schaute sich noch einmal um. Er gab hier keinen heiligen Mann, keine Zeremonien wurden abgehalten. Keine Schutzfiguren waren aufgestellt worden.

„Baum ... Geister", sagte er um Worte ringend zu Bartos. Einige Worte kannte er in der Sprache der Siedler, aber es reichte nicht, um Bartos genauer zu erklären, was ihn bewegte. Die anderen Holzfäller schauten inzwischen, wann er wohl anfangen würde, zu arbeiten.

Bartos überlegte. Kratzte sich mit der großen Hand über dem Ohr. „Geister?“, brummte er fragend und zeigte auf den Baum vor ihnen.

Kierk nickte. Bartos drehte Kierk an der Schulter um. Er führte ihn zu einem gefällten, am Boden liegenden Baum. Er zeigte auf den dicken Stamm am Boden. „Geister?“

„Geister nein!“ antwortete Kierk.

Bartos brummte zufrieden und zeigte Kierk, wo und wie er den Stamm mit der Dechsel bearbeiten sollte. Kierk war Bartos dankbar. Er hatte Sorge, dass Bartos und die Männer denken könnten, er hätte Angst vor dem fallenden Baum gehabt, aber Bartos schien einfach wichtig zu sein, dass Arbeit, von der es hier genug gab, erledigt wurde. Und Kierk würde sich nach seiner Freundlichkeit extra anstrengen. Tapferkeit würde er an anderer Stelle beweisen müssen.

Kierk probierte den ersten Hieb. Ein Stück der Borke flog davon. Bartos nickte zufrieden. Er ging zurück zu seiner Arbeitsstelle. Kierk machte weiter. Beim Arbeiten hatte er Zeit zum Nachdenken.

‚Einen gefällten Baum haben die Waldgeister verlassen. In manchen Baumarten wohnen aber auch im abgetrennten Holz noch Kräfte. Sie können sich wiederbewurzeln und neu austreiben. Weiden gehören dazu. Eichen nicht.‘ Bei dem letzten Gedanken schlug Kierk die Steinklinge seiner Dechsel mit Kraft gegen das Holz.

Die Arbeit mit dem Beil war ungewohnt, aber der sichtbare Erfolg machte ihm Spaß. Schnell bekam er an seinen Händen blutige Blasen. Aber Kierk wollte sich weder etwas anmerken lassen noch pausieren. Der Stamm hatte eine erste Kerbe. Bartos kontrollierte den Fortschritt und war zufrieden. Er zeigte Kierk, wie er rund um den Stamm arbeiten musste. Er übergab ihm einen Schleifstein. Kierk signalisierte mit heftigem Nicken, dass er wusste, wie der anzuwenden war.

„Goran gezeigt“, versuchte Kierk es.

„Goran hat erzählt“, antwortete Bartos mit einem kleinen Lächeln. Die Erwähnung seines Sohnes und die knappen Sätze schienen ihm zu gefallen.

Während des Schleifens beobachtete Kierk, wie Bartos mit weiteren Holzfällern einen bereits in der Länge zurechtgehackten, liegenden Baumstamm bearbeiteten. Sie trieben Spaltkeile aus Knochen in den Stamm, um ihn der Länge nach in Bohlen aufzuspalten. Kierk nahm das Hacken wieder auf. Er genoss es, sich körperlich zu betätigen. Die Schmerzen waren ihm egal. Er war im Wald. Er fühlte sich frei.

„Achtung!“, schrie Kierk in seiner eigenen Sprache und sprang mit erhobener Axt vom Baumstamm auf den riesigen Auerochsen zu, der plötzlich aus dem Wald mit gesenkten Hörnern auf die Gruppe der Baumfäller am anderen Baumstamm zulief. Er würde sie alle mit den Hörnern aufspießen und zermalmen. Kierk lief auf das riesige Rind zu. Die Steinaxt hielt er fest umklammert. Die anderen Holzarbeiter sahen völlig überrascht und erschrocken in seine Richtung. Ging Kierk auf sie los? Sie machten sich zum Kampf bereit. Dann schauten sie sich um. Als sie merkten, was Kierk aufregte, rannten sie nicht davon, sondern blieben am Ort und fingen sogar an zu lachen. Kierk stoppte den Lauf. Jetzt erst war zu sehen, dass das Tier ein Geschirr aus Lederriemen und Seilen um die Brust trug. Es war auch kein Auerochse, sondern ein Rind der Siedler. Wieder war er darauf hereingefallen. Reflexe ließen sich nicht einfach abstellen. Ein Junge, tatsächlich ein kleiner Junge, lief hinter dem riesigen Tier her und führte es an einem der Riemen. Kierk fühlte sich dumm und schlecht. Die Männer lachten über ihn. Das Tier blieb auf Kommando des Jungen bei dem Stapel Holzbohlen stehen. Das Geschirr, das es hinter sich hergezogen hatte, wurde an einen der abgespaltenen Balken gebunden. Das Rind schritt los und zog den Holzbalken durch den

Wald Richtung Siedlung. Kierk wischte sich den Schweiß von der Stirn, während er den Abzug des Gespanns beobachtete.

Er dachte an sein Leben als Gojdo zurück. Wälder waren ihm immer als endlos und unzerstörbar vorgekommen. Die Baumfresser und ihre Techniken zeigten ihm, dass dem nicht so war. Er spürte, wie Sorge um die Zukunft der Gojdo in ihm keimte. Er dachte an Sirte.

Erst am späten Nachmittag stellten die Holzfäller die Arbeit an den Stämmen ein. Mittags war Getreidebrei mit Schafsfleisch von der Siedlung gebracht worden. Zum Abschluss des Tagwerks kamen die Männer zu Kierk und begutachteten den Fortschritt seiner Arbeit. Sie nickten zufrieden.

Kierk ging nicht direkt zu seinem Haus zurück. Er ging durch den Wald oberhalb der Siedlung und suchte nach einem Bach. In etwa wusste er, wo dieser sein musste. Als er den Bach gefunden hatte, suchte er nach einer geeigneten Stelle, an der er sich in das Wasser legen konnte. Er pflückte einen Strauß Seifenkraut. Die Pflanze mit den auffällig blasigen, weißen Blüten wuchs überall am Ufer des Baches. Er zog sich aus. Im klaren Wasser wusch er sich, seine Haare und die Kleidung mit Sand und dem Saft des Seifenkrauts. Er hatte inzwischen gelernt, dass die Siedler ihr Trinkwasser ausschließlich aus dem selbst gegrabenen und mit Holz verschalten Brunnen in der Siedlung holten, daher spielte die Qualität des Wassers dieses Baches als Trinkwasser für sie keine Rolle.

Die nächsten Tage entwickelte Kierk eine neue Routine, was die Tagesabläufe anging. Egrie hatte zu keinem weiteren Gespräch gebeten. Kierk konnte wohl nur warten.

Er verließ morgens seine Unterkunft und schloss sich dem Arbeitszug von Bartos an. Abends aß er mit Teta und übte die Sprache der Siedler. Tünda sah er selten und nur aus der Ferne.

Er stürzte sich in die Arbeit und hatte Freude daran, sich täglich körperlich bis zur Erschöpfung zu verausgaben. Was die Arbeiten der Siedler ihm allerdings nicht boten, war Laufen, das vermisste er mehr und mehr. Als Gojdo, als Jäger und Sammler, war Laufen die Grundlage von Allem. Die Menschen hier arbeiteten hart. Sie arbeiteten aber im Stehen, oft in gebückter Haltung oder sogar im Knien. Kierk hatte den Eindruck, manche der Siedler verließen die Siedlung ihr Leben lang nicht. Die Gojdos hingegen waren immer unterwegs. Und sie liefen aufrecht.

Kierk arbeitete mit, wo er gebraucht wurde. Bartos war dabei zu seinem Ansprechpartner geworden. Kierk fand ihn an der Hausbaustelle. Ein neues Langhaus war im Rohbau fertiggestellt. Jetzt sollte das Dach des Hauses in der Art aller Häuser der Siedlung mit Stroh gedeckt werden. Kierk erinnerte das riesige, hölzerne Gerippe des Hauses im Rohbau an das Skelett eines toten Wals auf dem Strand. Die Gojdo jagten, fischten und sammelten auch am Meer. Selten strandeten große Wale an der Küste.

Kierk hatte noch keine reifen Getreidefelder gesehen und wusste nur von Rellan, der es ihm mit Tetas Übersetzungshilfe erklärt hatte, woher das Stroh für die Dächer kam. Rellan hatte ihm an einem der Strohhalme, an dem noch eine Ähre verblieben war, gezeigt, dass bei der Getreideernte zuerst nur die Ähren von den langen, aufrechten Halmen geschnitten wurden, sodass das sogenannte Stroh stehend auf den Feldern verblieb. Das Werkzeug für den Schnitt des Getreides war eine Sichel, die aus einem im Halbkreis gebogenen Holz in dessen innerer Rundung kleine Feuersteinklingen eingeklebt worden waren, bestand. Kierk half den ganzen Tag, Strohbündel auf den Dachstuhl zu tragen und festzubinden. Abends war etwa die Hälfte des Daches gedeckt und alle beteiligten Männer waren stolz auf die erbrachte Arbeit und klopften sich gegenseitig auf die Schulter. Auch Kierk gehörte inzwischen mit dazu.

Kierk schloss sich morgens dem Arbeitstross von Bartos an und kam meist erst kurz vor der Dunkelheit zurück. Niemand hatte sich mehr an ihm gestört. Seine Anwesenheit war zur Gewohnheit für die Siedler geworden, so schien es. Kierk fand diesen Abend an der Feuerstelle in seinem Wohnraum einen Eintopf, der am Feuer warmgehalten wurde. Dort lag ein Brot und es stand ein Krug mit Bier bereit. Er nahm an, dass Tünda ihm das Essen gebracht hatte, sie war aber nicht da. Im Nebenraum hörte er Teta. Sie hatte sich im mittleren Raum des Hauses ihre Wohn- und Liegestätte eingerichtet. Da sie aber nicht zu ihm an die Kochstelle kam, nahm er an, dass sie schon gegessen hatte. Das war ihm auch recht. Er hatte großen Hunger und freute sich sehr auf das Essen. Angelehnt an einen Balken saß er am kleinen Herdfeuer und kaute mit geschlossenen Augen. Er dachte an Sirte, wie oft, wenn er allein war. Er dachte an die Nacht mit ihr. Wie wäre sein Leben mit ihr bei den Gojdo? Wie fühlte sich das Leben bei den Siedlern an? Seine Gedanken wanderten und endeten bei Tünda. Als er merkte, dass er bereits geträumt hatte und kurz eingenickt war, schleppte er sich zu seiner Bettstelle, legte die schmutzige Kleidung ab und kroch unter die Felldecke.

Kierk fuhr aus dem Schlaf hoch. Das Feuer an der Herdstelle war heruntergebrannt. Im Zimmer war es stockdunkel. Jemand kroch zu ihm unter die Decke. Kierk roch die Haare, die Haut, den Geruch einer Frau. Sehen konnte er nichts. Er spürte Hände, die zärtlich über seinen nackten Körper tasteten. Teta. Er mochte Teta. Sie war attraktiv und es tat ihm für sie leid, dass sie ihre ganze Sippe verloren hatte. Aber sie als Partnerin zu gewinnen, hatte er nie gedacht. Teta roch gut. Ihr Körper fühlte sich gut an. Sie hatte sich mit etwas eingesalbt, dass Kierk nicht kannte. Nun konnte er auch keinen klaren Gedanken mehr fassen. Er ließ Teta gewähren.

Als Kierk am nächsten Morgen aufwachte, lag er allein im Bett. Er lauschte. Es war niemand im Haus zu hören bis auf die Sau mit den frisch geborenen Ferkeln im hinteren Teil des Gebäudes. Dass Teta nicht da war, war ihm sehr recht. Er wusste nicht, was er ihr hätte sagen sollen. Sie hatten sich gegenseitig etwas gegeben, was sie wollten. Zu mehr war Kierk nicht bereit. Er dachte an Tünda und fühlte sich nicht wohl in seiner Haut nach dieser Nacht.

Kierk machte sich nicht die Mühe, etwas zum Frühstück vorzubereiten. Er griff nach einem Stück getrocknetem Fleisch, das über der Herdstelle an einer Schnur zum Schutz vor Mäusen hing. Er biss ein Stück ab und füllte sich Wasser aus dem großen Vorratstopf aus Ton in seinen Lederbeutel. Die kühle Luft des frühen Morgens umfing ihn, als er hinausschritt.

Bevor sich seine Augen richtig an das Licht des wolkenlosen Himmels gewöhnt hatten, lief er Absan in die Arme. Dieser sah ihn grimmig an. Offenbar war er auf dem Weg zu ihm gewesen.

„Wir brauchen Teta!“, stellte Absan grußlos fest.

Kierk verstand inzwischen genug von der Sprache der Siedler, um die Frage verstehen und beantworten zu können.

„Nicht da“, antworte er.

Absan stutzte einen Moment, schien zu überlegen, ob sich eine weitere Unterhaltung mit Kierk ohne Dolmetscherin lohnte. Dann winkte er ab, drehte sich um und ging davon.

Kierk war auch das recht. Er wollte jetzt zuerst Zeit unter freiem Himmel haben. Sich körperlich betätigen können. Nicht in einem Haus mit anderen eingepfercht sein. Ausgerechnet jetzt wollte er nicht Egrie Rede und Antwort stehen müssen und dabei auf Tetas Übersetzung angewiesen sein. Am Ende würde er dabei noch Tünda in die Augen blicken müssen.

Kierk ging diesen Abend nach der Arbeit zu der gewohnten Stelle am Bach. Er zog seinen Kittel aus, legte ihn an der Böschung ab und ging in die Mitte des Bachbettes. Dort streckte er sich in der Strömung liegend aus. Rücken, Arme und Beine schmerzten von der Arbeit. Das kalte Wasser betäubte den Schmerz in den Muskeln. Er tauchte den Kopf unter, öffnete die Augen und schaute durch das Wasser zur Oberfläche. Das Wasser war nicht klar, wie er es zu Hause gewohnt war. Das Fällen der Bäume setzte den Boden dem Regen aus. Kierk hatte überall, wo die Siedler lebten, vom Boden ausgewaschene Rinnen im Boden gesehen. Der feine Lößboden färbte das Wasser gelb. Kierk sah die Welt über ihm, die Zweige und Blätter der Bäume im Himmel über dem Bach, glitzernd, wabernd in vielen Gelbtönen. Wo der schützende Wald fehlte, der den Regen abfing, aufsaugte und langsam an die Bäche abgab, entstanden schlammige Sturzfluten.

‚Wenn der Boden wegschwimmt, auf was ackern die Waldfresser dann morgen?' Kierks Gedanken flogen. Er beobachtete weiter das Spiel der gelben Lichtkringel über ihm im strömenden Wasser. Er dachte an Sirte, sah in dem Lichtspiel ihr schönes Gesicht mit den strahlend blauen Augen.

In diesem Moment wurde ihm bewusst, dass er in der Sprache der Siedler dachte. Er hatte den Wechsel nicht bemerkt, aber seine Kenntnisse reichten inzwischen aus. Erschrocken, wie weit er sich von Sirte und seinem alten Leben bereits entfernt hatte, fuhr er aus dem Wasser hoch.

Wann wird Egrie endlich mit ihm sprechen? Hatte Absan heute Morgen etwas dazu sagen wollen? Er dachte an Tünda. Sie hatte er auch heute nur aus der Ferne gesehen. Sie hatte mit anderen Frauen Getreide gedroschen. Ein stetiger Wind ohne Regen hatte den Tag ideal für diese Arbeit gemacht.

Kierk spürte seine Füße und Hände in dem kalten Wasser nicht mehr. Seine Zähne klapperten bereits. Er sprang in einem Satz ans Ufer. Dort schüttelte er das Wasser von seiner Haut und aus seinen Haaren.

Er zog seinen Kittel über den Kopf, als er jemanden sprechen hörte.

„Du bist wie ein Tier! Wie mein Hund!"

Jedenfalls verstand Kierk es so. Als er den Blick wieder frei hatte, stand Tünda vor ihm. Sie schaute ihn abschätzend an. Auf dem Arm hielt sie einen Hundewelpen, der versuchte, von ihrem Arm zu springen, um an das verlockend gurgelnde Wasser des Baches zu gelangen. Der Hund sah mit seiner kurzen Schnauze und dem braunen Fell einem Wolf nicht mal mehr ähnlich.

„Keine Sorge, ich habe dich auch schon nackt gesehen, als du ohnmächtig warst." Sie streichelte dem Welpen über den Kopf. „Ich sollte meinen Hund nach dir benennen. Noch nie habe ich jemanden so baden sehen. Du bist wild und gehorchst vermutlich genauso schlecht, wie dieser unerzogene, kleine Hund." Wieder eine kleine Pause mit Streicheleinheiten für den Hund. „Der Kleine liebt zudem das Wasser."

Kierk fragte sich, ob Tünda von seinem Stelldichein mit Teta erfahren hatte. So wirkte es im Moment auf ihn. Hatte sie ihn deshalb als Tier, als Hund bezeichnet? Oder sah sie ihn vielleicht auch einfach nur als Wilden an, wie die meisten anderen Siedler? Tünda ging in die Hocke und ließ den Hundewelpen auf den Boden springen. Der Hund lief sofort tapsig an das Wasser, schnüffelte, trank ein paar Schlucke und sprang hinein. Sofort packte die Strömung ihn. Mit den kurzen Beinen hatte er keine Chance, gegen sie anzupaddeln und wurde sofort mitgerissen. Kierk sprang zurück in den Bach, erwischte den Hund gerade noch im Nackenfell und hievte ihn zurück ans Ufer auf Tündas Arm. Dabei schleckte der Hund Kierk freudig und dankbar über das Gesicht. Sowohl Tünda als auch Kierk mussten grinsen.

„Nenn ihn Batu. Ist Name von mein Vater. Er liebte baden, wie ich mache. So erzählte man es mir. Sonst kommen Hund und ich gelaufen, wenn du nach mein Name rufst."

Tünda schlug überrascht die Hände vor den Mund. „Oh, Kierk, du verstehst und sprichst unsere Sprache ja schon sehr gut. Ich dachte, du verstehst noch nicht. In der kurzen Zeit, großartig. Entschuldigung ..." Sie brach ab. Ein schelmisches Lächeln stahl sich auf ihr Gesicht.

„Wäre vielleicht gar nicht so schlecht, wenn ich euch beide auf einmal rufen könnte."

An den Hund gewandt, sagte sie immer noch lächelnd: „Batu, das ist der Name eines großen Kriegers. Ja, willst du so heißen? Nein, keine Angst, du dachtest schon, du müsstest Kierk heißen."

In diesem Moment gab Kierk ihr einen leichten, überraschenden Schubs in Richtung Bach und stellte ihr einen Fuß in den Weg, so dass sie zwangsläufig stolperte. Tünda ruderte mit einem Arm, um den drohenden Sturz abzuwenden. Kierk nahm ihr geschickt den Hund vom anderen Arm ab und ließ Tünda in den Bach fallen. Tünda platschte der Länge nach in das Wasser. Prustend kam sie wieder daraus hervor.

„Ist das kalt!", rief sie bibbernd. „Aber ich habe es verdient. Jetzt müssen wir aber schnell zurück. Ich zumindest in dem nassen Kleid."

Kierk musste aufpassen, dass er ihre vom nassen Stoff genau nachgezeichneten Kurven nicht zu auffällig musterte.

„Du musst mir an einem der nächsten Tage mehr von deinem Vater Batu erzählen, wenn du magst." Der Hund auf Tündas Arm wedelte mit dem Schwanz, als ob er sich bei der Nennung des Namens schon angesprochen fühlte.

„Sieht aus, dass Name gefällt." Kierk streichelte den Welpen auf Tündas Arm, während sie schnell nebeneinander in Richtung der Siedlung liefen.

„Entschuldige, dass ich dich beim Baden überrascht habe, aber Absan hatte mich gebeten, dich zu suchen."

Kierk sagte nichts, wartete, was Tünda zu sagen hatte.

„Egrie will dich mit Teta morgen früh sehen. Er sollte dir das wohl schon heute Morgen mitteilen."

„Danke." Kierk nickte dazu, um zu signalisieren, dass er verstanden hatte.

Als sie an der Wegkreuzung zu ihren jeweiligen Häusern am Rand der Siedlung dicht beieinanderstanden, schaute Tünda zu Kierk hoch.

„Du kannst unsere Sprache schon sehr gut. Ich freue mich, wenn ich jetzt mehr von dir, deinem Vater und deinem Volk erfahre."

„Ich spreche Sprache wegen deiner Mühe erste Tage jetzt schon wenig. Danke, Tünda."

Sie lächelten sich an. Kierk streichelte dem Hundewelpen, der inzwischen müde auf Tündas Arm lag, über den Kopf. Eine Berührung mit Tünda vermied er dabei krampfhaft. Er hatte den Wunsch, Tünda zu ergreifen, zu umarmen, zu küssen. Tünda blickte ihn an, als würde sie nicht weglaufen. Etwas ließ ihn zögern. Abrupt drehte er sich um, lief fast. Er winkte über die Schulter und ging schnell in Richtung seiner Unterkunft. Er zwang sich, sich nicht umzudrehen, um zu sehen, ob Tünda noch dort an der Wegkreuzung stand. Er hatte gehen müssen, bevor er es nicht mehr konnte.

Tünda verkörperte für ihn die guten Seiten der Lebensweise der Siedler. Ihre Reinheit, ihr Leuchten. Sie war empfindsam, klug und gerecht. Sie war neugierig, erfinderisch und fleißig. Das Hässliche, wie die Arroganz im Umgang mit der Natur, den Gestank, den Dreck und die Parasiten in der Folge der Tierhaltung und der Lagerhaltung, die Anhäufung von privatem Besitz – all das brachte er nicht mit ihr in Verbindung. Trotzdem, Tünda näher zu kommen, bedeutete für ihn mehr, als sich ihr als Person zu öffnen. Es würde bedeuten, sich der Lebensweise der Siedler anzunähern. Diese Entscheidung hatte er für sich noch nicht getroffen. Es würde ihn nicht nur von seinem Dasein als Gojdo entfremden, sondern auch von Sirte.

Kierk fand Teta am Herdfeuer in seinem Raum sitzend. Sie hatte Essen für Kierk und sich zubereitet. Sie hatte sich aus der Siedlung gestohlen und war auf der Jagd gewesen. Kierk beneidete sie sofort darum. Sie hatte sich früh morgens aufgemacht und briet nun eine Ente und ein Kaninchen an Spießen über dem Feuer. Den Getreidebrei hatte sie, soweit es Kierk nach einem schnellen Blick in den Topf und dem Geruch nach sagen konnte, mit im Wald gesammelten Früchten und Pilzen angereichert.

„Besser, viel besser als das Essen der Siedler", sagte Teta und grinste Kierk mit verschwörerischer Miene an. Kierk freute sich auf das gegrillte Fleisch der Wildtiere und lächelte zurück. So wie er sich über das Essen freute, so hatte er doch schon wieder ein ungutes Gefühl wegen der gemeinsamen Nacht.

Kierk setzte sich zu Teta an die Herdstelle. Er nahm sich vor, dass er ein weiteres Stelldichein mit ihr heute Nacht verhindern würde. Sie hatte ihre Haare frisch geflochten und sie roch wieder so gut, wie gestern. Teta trug das Kleid, das sie von Tünda geschenkt bekommen hatte. Kierk wusste nun, was für einen schönen Körper sie darunter besaß. Er gestand sich ein, dass, wenn sie es darauf anlegen würde, er all seine Kraft bräuchte, um bei seinem Entschluss zu bleiben.

„Teta, was sind Zukunftspläne deine?", fragte er sie in der Sprache der Siedler.

„Egrie will das später entscheiden. Jedenfalls soll ich nicht in die Siedlung an der Acra zurückkehren. Ich würde wohl hier gebraucht. Warum, weiß ich nicht."

Teta biss kräftig von dem Stück Kaninchen ab, das sie in der Hand hielt. Auch Kierk nahm einen großen Bissen von der Ente. Während sie kauten, entstand eine Pause.

„Du sprichst die Sprache der Siedler nach kurzer Zeit so gut, dass ich mich wundere, wie das sein kann. Vielleicht lernt ihr Gojdo Sprachen so leicht? Wofür Egrie mich daher hier noch brauchen sollte, weiß ich nicht."

„Egrie will sprechen dich und mich. Morgen Vormittag. Weiß auch nicht, wofür ich hier bin." Kierk trank einen Schluck Bier.

„Kannst du es dir nicht denken?" Teta schaute Kierk fragend an.

„Nur ungefähr."

„Du bist ein Killer der Rungi! Du bist ein starker Krieger. Du wirst Rungi töten sollen, denke ich."

Kierk schwieg. Überlegte. Klar, das hatte er sich auch schon gedacht. Aber wie sollte das gehen? Sollte er Männer der Siedler anführen, um in das Gebiet der Rungi einzudringen? Sie alle würden nicht zurückkehren. Das wäre Wahnsinn. Die als Krieger erfahrenen Rungi würden die im Kampf unerfahrenen Bauern niedermachen, bevor diese wüssten, wie ihnen geschah.

„Vielleicht du hast recht", antwortete er vage.

Nach dem Essen stand Kierk auf und sagte Teta in der Sprache der Gojdo, damit sie es auch sicher verstand: „Ich bin erschöpft. Ich möchte heute schlafen. Alleine schlafen."

Falls Teta enttäuscht oder gar gekränkt war, so verstand sie es gut, sich nichts anmerken zu lassen. Sie zog sich zu ihrem Lager zurück und kam diese Nacht nicht zu Kierk.

Egries Plan

Egrie und Rellan erwarteten Kierk und Teta im langen Haus. Es hatte die gleiche Bauweise, wie alle Häuser, war nur länger. Dort residierte die Fürstenfamilie während ihres Aufenthaltes in der Siedlung. Der Boden aus gestampftem Lehm war im Wohnabschnitt mit Rinderfellen und gewebten Teppichen ausgelegt. Egrie und Rellan saßen auf dem Boden und winkten die beiden zu sich. Kierk und Teta setzen sich dem Fürsten und dem Weisen gegenüber. Speisen und Getränke standen auf einer flachen Holzbohle bereit.

„Wie ist es dir ergangen, während du in meiner Siedlung gelebt hast? Ich sehe, deine Wunden sind weiter gut verheilt."

Kierk hatte Egrie verstanden. Tetas Übersetzung würde er nur noch in Zweifelsfällen und bei schwierigen Wörtern brauchen. Unbewusst fasste er sich an die Narbe in seinem Gesicht, als Egrie die Wunden erwähnte. Morgens beim Aufstehen tat die Narbe weh, dann aber vergaß er sie über den Tag, da er sie nicht sah und sie nicht mehr schmerzte.

„Danke, Fürst Egrie. Ich wurde gut versorgt." Kierk verbeugte sich. „Ich mich bemüht, zu helfen und Sprache lernen."

„Mir wurde berichtet, dass du fleißig arbeitest. Ich staune, wie gut du unsere Sprache sprichst." Egrie war anzusehen, dass er ehrlich beeindruckt war.

„Teta und Tünda viel geübt mit mir", sagte Kierk.

Egrie nickte Teta zu „Gut, dass wir dich hierhergeholt haben, Teta." Teta lächelte, sagte nichts.

Egrie räusperte sich. „Wir haben viel zu besprechen, aber ich habe heute noch große Pläne. Daher will ich schnell zum Wesentlichen kommen."

Kierk wartete gespannt. Endlich würde er erfahren, warum er hier war.

„Ich muss annehmen, dass mein ältester Sohn Doar und alle Siedler, die mit ihm die neue Siedlung im Westen gegründet haben, tot sind. Getötet wurden!“ Egrie presste die Lippen aufeinander, bevor er weitersprach. „Mir war es wichtig, dass du unsere Lebensweise kennst, bevor wir dieses Gespräch führen.“ Als Kierk Luft holte, um zu antworten, gab Egrie ihm ein Zeichen mit der Hand, dass er selbst weitersprechen wollte.

„Wir sind Bauern. Viehzüchter. Wir sind keine Krieger. Bisher jedenfalls!“ Egrie schaute Kierk nach dieser Feststellung in die Augen. Kierk war klar, dass Egrie noch nicht fertig war und schwieg.

„Du musst wissen, mein Volk ist von einem Land weit entfernt von hier im Südosten bis hierher gewandert. Es werden neue Siedlungen angelegt, indem der Wald gerodet, Häuser gebaut und Felder angelegt werden. Dabei senden die bestehenden Siedlungen ihre Söhne und Töchter voraus und unterstützen sie für die ersten Jahre mit Nahrung und Werkzeug. Ist die Siedlung etabliert, fließt fortan ein Teil der Ernte der neuen Siedlung zurück zu ihrer Ursprungssiedlung. Die Ursprungssiedlung wurde auch bei ihrer Gründung unterstützt und liefert wiederum ein Teil ihrer Ernte zurück zu ihrer Ursprungssiedlung. So zieht sich die Kette der Getreideverpflichtungen zurück bis in die Ursprungsregion im fernen Osten. Dieses Netz einigt uns in unserem Ursprung. Alle Siedlungen stehen bis zu den Ursprungssiedlungen im Kontakt.“

„Sind das mehr Siedlungen als Finger an meinen Händen?“ Kierk nutzte die Pause, die Egrie in seinem Bericht machte, für seine Frage.

„Es sind viel mehr als deine Finger, meine Finger, die Finger aller Menschen in dieser Siedlung. Und Emat, unsere Siedlung hier ist nur eine kleine Siedlung. Es gibt unter den Siedlungen viele, die weitaus größer sind.“

Kierk versuchte sich die Anzahl an Siedlungen und die Menge an Menschen darin vorzustellen. Es schwindelte ihm. Wenn das stimmte, was Egrie behauptete, wäre das Überleben seines Volkes und seiner Lebensweise weniger eine Frage des ‚ob' als vielmehr eine Frage des ‚bis wann noch'. Kierks Gedanken rasten. Wieder musste er sich zwingen, Egries Erläuterungen weiter zuzuhören.

„Den Boden, den wir brauchen und suchen, um zu ackern, nennen wir schwarzen Boden der Götter. Fruchtbar, ohne Steine, mit der Hacke für die Saat gut zu bearbeiten. Dieser Boden lässt viele Ernten wachsen, ohne zu ermüden. Aber dieser Boden ist selten. Andere Bodentypen sind viel häufiger. Sandboden ist zum Ackern ungeeignet. Er ist leicht zu bearbeiten, aber er hält kein Wasser. Das Getreide vertrocknet auf ihm schon im Frühjahr und die Halme tragen keine Körner. Der Boden hat keine Kraft. Der Boden an großen Flüssen ist zwar fruchtbar, die Pflanzen ertrinken dort aber im Regen oder bei Hochwasser, und die Unkräuter überwuchern alles. Auf den Bergen ist der Boden voller Steine, die das Arbeitsgerät zerstören. Das Vorkommen des schwarzen Bodens der Götter ist in der Landschaft vereinzelt wie Inseln im Meer."

Egrie schaute Kierk an, als ob er wissen wollte, ob Kierk soweit verstanden hatte. Kierk hatte immer, wenn er Worte nicht wusste, Teta angesehen und sie hatte Kierk eine Übersetzung zugeflüstert. So funktionierte die Kommunikation gut, ohne Egrie zu unterbrechen.

„Haben eure Götter auch die Tiere für euch zahm gemacht?", fragte Kierk.

„Alle Tierarten, die wir als Haustiere halten, hat uns der große Ursprungsgeist für die Ernährung und zur Weiterzucht gezähmt. Seitdem ziehen sie mit uns. Wir pflegen und züchten sie." Egrie wies auf den Hausaltar, der an der Stirnseite des Hauses an der Wand stand. Auf ihm waren bunt gefärbte Tonfigürchen als stilisierte Darstellungen des Ursprunggeistes in seinen verschiedenen

Formen, halb Mensch und halb Tier, abgestellt. Neben den Figuren lagen Opfergaben auf Tonschälchen.

‚Wir Gojdo haben keine Bildnisse der Geister und unserer Urahnen. Die Geister sind die Seelen der belebten und unbelebten Objekte der Natur selbst. Sie müssen um Erlaubnis gebeten werden, wenn die Natur genutzt oder Jagden abgehalten werden sollten. Sie mussten besänftigt werden, wenn Unglücke passierten. Die Siedler vernichteten die Natur und die Geister. Sie bauten sich einfach eine eigene Welt auf. Waren sie und ihre Götter mächtiger als die Geister?' Kierk wurde klar, wollte er seinem Volk helfen, musste er versuchen, die Welt der Siedler zu verstehen.

Andererseits war Kierk inzwischen ungeduldig, zu erfahren, was Egrie von ihm wollte. Er biss vom Brot ab und sofort breitete sich der Geschmack, den er inzwischen so sehr liebte, in seinem Mund aus.

Egrie schaute Rellan an, als wollte er sich absichern, dass dieser Moment richtig für die kommenden Worte sei.

„Im Nordwesten, etwas westlicher der Stelle, an der dich Absan, Rellan und Bartos gefunden haben, liegen große Ebenen mit dem fruchtbaren Boden, den wir brauchen. Sie befinden sich zwischen dem Fluss Ala, in dem du getrieben bist, und dem Gebirge südlich davon. Es sind die letzten großen Ebenen mit dem Boden der Götter bis zum Meer. Die letzten Inseln, die von uns besiedelt werden können.

Auf diesem Boden soll meine Familie siedeln. Sie soll sich dort vermehren und eine große Gemeinschaft bilden." Egrie starrte geradeaus, machte eine Pause. Kierk wartete.

Egrie knirschte während seiner folgenden Worte vor Wut mit den Zähnen. „Doch wir sind nicht die Einzigen, die dieses Gebiet entdeckt haben. Andere wollen es ebenfalls besiedeln, wie wir teuer bezahlen mussten." Dann spie er den Namen aus. „Gatala!"

Egrie wischte sich mit dem Handrücken die Spucke von der Lippe. „Gatala, der Fürst einer großen Siedlung im Westen hat das gleiche Ziel. Er hat die Siedlung meines Sohnes überfallen und die Spuren seiner Tat verwischt. Wir konnten die Leichen unserer Familienmitglieder nicht finden, aber die Häuser und alles, was dort existierte, war niedergebrannt worden. Niemand ist lebend zu uns zurückgekehrt." Egrie schluckte. „Doch das hilft Gatala nicht. Wir wissen, er hat sie alle getötet." Während Egrie fortfuhr, suchte er den Augenkontakt mit Kierk. „Er hat sich mit den Rungi verbündet. Sie sind seine Kämpfer, so wurde uns berichtet. Gemeinsame Feinde können für Parteien bedeuten, dass sie sich befreunden, um gemeinsam stärker zu sein." Egrie wartete einen Moment, damit der Gedanke sich bei Kierk setzen konnte. „Daher meine Frage an dich. Bist du und sind die Gojdo Feinde der Rungi?" Egrie starrte Kierk fragend an.

Kierk widerstand dem Impuls aufzustehen, bevor er sprach. So war es Sitte bei Ratsversammlungen der Gojdo. Hier aber wohl nicht. „Rungi sind Feinde der Gojdo. Schon immer. Töteten meinen Vater. Wenn Jäger der Rungi in unser Gebiet eindringen und jagen, wir sie töten."

Egrie nickte und schien zufrieden mit dem zu sein, was er gehört hatte. „Ich habe den Wunsch, dass du im Sommer zu deinem Stamm der Gojdo zurückkehrst, berichtest, dass wir dich gerettet und gepflegt haben und du mit Kriegern zu uns zurückkehrst, um gegen die Rungi zu kämpfen. Wir haben letztes Jahr genügend geerntet, um viele Personen zu versorgen. Gemeinsam kämpfen wir gegen Gatala und seine Rungi. Sind die Rungi besiegt, könnt ihr Jagdgründe von ihnen übernehmen und habt genügend Platz für eine große Zukunft."

„Du sagtest, alle Siedler ein Ursprung, eine Kultur, ein Glaube! Nicht wie Gojdo und Rungi verschieden. Wieso tötet Gatala deinen Sohn?"

Rellan mischte sich in das Gespräch ein. „Gatala ist ein machthungriger Hund. Er ist im Westen auf ein fremdes Volk mit einer eigenen Kultur und eigenen Göttern getroffen. Sie halten Vieh und ackern wenig. Egrie und ich glauben, er hat dadurch unseren bisher einheitlichen Glauben und die gemeinsame einzig gültige Lebensweise in Frage gestellt. Er glaubt, er kann sich über den göttlichen Urahn stellen." Rellan schaute Egrie an, ob er fortfahren sollte. Egrie nickte auffordernd.

„Das Gebiet, um das es geht, ist der letzte Bereich mit dem fruchtbaren, schwarzen Boden der Götter, der besiedelt werden kann. Im Süden sind die fruchtbaren Böden bereits besiedelt. Richtung Norden gibt es nur noch Sümpfe, Sand und dann das Meer. Im Westen lebt das wehrhafte Volk, auf das Gatala getroffen ist, und die Ausbreitung in diese Richtung blockiert. Es sind Hirten, die ähnlich leben wie wir, aber sich auf ihre Weidetiere konzentrieren, kaum Getreide anbauen. Sie bauen Pflanzen an, ja, nach den Berichten sogar wundersame Pflanzen mit dem Namen Götterfeuer, aber ansonsten ziehen sie mit ihren Herden umher. Früher, als Gatala noch zu den Besprechungen der Fürsten kam, hat er berichtet, dass er Handel mit diesem Volk treibt. Dieses Volk soll seinen Ursprung weit im Südwesten am südlichen Meer haben."

Egrie übernahm wieder das Wort. „Um es kurz zu machen, Rellan glaubt, dieser Kontakt zu einem anderen Volk, das ganz anders lebt als wir, andere Götter anbetet und sich doch erfolgreich ausbreitet, hat Gatala dazu verführt, zu glauben, er könnte die Einheit unserer Kultur verlassen und sich gegen unsere Gesetze und Bräuche stellen und einfach das Land besiedeln, auf dem wir schon gesiedelt hatten. Bisher gab es keinen Grund für Gewalt, es war immer genug Land zur Besiedelung da. Das ändert sich jetzt." Egrie ließ seine Worte einen Moment wirken. „Das Ende einer langen Epoche der Einheit geht zu Ende. Gatala ist vielleicht nur der erste, der aus unserem alten und bewährten System der

Getreidezahlungen an die Ursprünge und die Befehle der Priester im Süden ausbricht. Dann kommen unruhige Zeiten auf uns zu, in denen es gut ist, Krieger als Freunde an unserer Seite zu wissen."

Egrie und Rellan schauten Kierk fragend an.

„Ich bin nur junger Krieger. Ich nicht sprechen können für die Gojdo. Ich werde dein Angebot, Egrie, zum Häuptling und dem Rat der Ältesten bringen. Sie entscheiden."

„Natürlich." Egrie wirkte ungeduldig. „Wir haben nichts anderes erwartet. Wir wollen erst nach der Ernte gegen Gatala ziehen. Es ist also noch Zeit. Das Fest soll uns ja auch noch zeigen, wie geschickt du stellvertretend für die Gojdo im Kampf bist." Egrie stand auf, bevor er weitersprach. „Rellan kümmert sich mit Absan um die Vorbereitungen für das Fest." Inzwischen waren alle aufgestanden. Egrie nickte Kierk und Teta flüchtig zu. Es war den beiden klar, dass sie damit entlassen waren, und sie verließen das Haus des Fürsten.

In Kierks Kopf wirbelten die Gedanken nach dem Gespräch durcheinander, drohten Knoten zu bilden. ‚Was habe ich nur versprochen. Ich kann doch gar nicht zu meinem Volk zurückkehren. Oder vielleicht doch? Mit dieser Botschaft und den von Egrie versprochenen reichlichen Getreidevorräten und dem in Aussicht gestellten anhaltenden Bündnis als Pfand. Die Rungi als Gegner zu haben, heißt, den alten Feind angreifen zu können und Ehre zu gewinnen.' Kierk schaute zu Teta, die neben ihm ging und kein Volk mehr hatte. ‚Die Gojdo selbst brauchen einen Verbündeten unter den sich ausbreitenden Siedlern, sonst gehen sie unter. Genauso wie die Ubarutu. Ein Verbündeter wird die Grenzen unserer Jagdgründe achten, und die Gojdo gegen die Rungi und den möglichen Hunger unterstützen.' Kierk brummte der Schädel. Er wusste, er würde gehen müssen, auch wenn es ihn selbst vermutlich das Leben kosten wird.

Egrie hatte noch am Tag ihrer Besprechung Emat eilig verlassen, um nach Skrotan, der großen Hauptsiedlung von Egrie, zu reisen. Dringende Angelegenheiten, so wurde Kierk berichtet.

Kierk hatte daher nicht mehr mit ihm gesprochen. Auch von den Vorbereitungen für ein Fest hörte er nichts. Er fiel wieder in die arbeitsreiche Routine der Tagesabläufe, half von früh bis zur Dämmerung bei den Arbeiten, die Bartos ihm antrug. Er lernte weiter die Sprache und wurde immer sicherer im Verstehen und Sprechen.

Teta schien zu warten. Sie blieb freundlich, aufreizend in seiner Nähe, war aber nachts nicht wieder zu ihm gekommen. Auch Tünda hielt sich fern. Kierk hatte sie bei ihrer Begegnung am Bach nicht in den Arm genommen, nicht versucht, sie zu küssen. War das der Grund? Auch die Frage, ob sie von seinem Stelldichein mit Teta wusste, blieb für Kierk unbeantwortet. Er stürzte sich in die Arbeit und versuchte, nicht an Tünda zu denken. Er wusste nun, er würde zu den Gojdo zurückkehren. Dort war Sirte. Auch wenn sie inzwischen die Frau von Tabu war, war dies eine neue Perspektive, die noch einmal alles änderte.

Absan bekam Kierk ebenfalls nicht mehr zu Gesicht. Nicht dass er es bedauerte, aber er hatte sich nach Tündas Worten vorgenommen, an der Beziehung zu arbeiten, sollte es Gelegenheiten geben. Diese kam, als Kierk nach einem Tag harter Arbeit vom Waschen im Bach auf dem Heimweg zu seiner Unterkunft war. Er hörte aus einem Gatter, in dem vor kurzem Schweine gehalten worden waren, das Grölen einer Gruppe Männer. An seiner mächtigen Silhouette erkannte er Bartos, der unter den Männern war. Zwei Männer hatten nackte Oberkörper, waren aber komplett mit Schlamm bedeckt. Um sie herum standen die johlenden Männer. Als Bartos Kierk sah, winkte er ihn herbei.

Kierk duckte sich zwischen den Brettern des Gatters hindurch, um zu den Männern zu gelangen. Erst jetzt erkannte er, dass auch Absan darunter war. Zudem sah er, dass die zwei besudelten

Männer Kämpfer waren, die in einer Mulde gefüllt mit knöcheltiefem, flüssigem, übel stinkendem Mist der Schweine standen. Daher die Freude bei den Umstehenden. Wer hier im Kampf zu Boden ging, landete im Mist.

„Ihr zwei habt doch noch etwas auszufechten", sagte Bartos und legte Absan und Kierk seine Hände auf die Schultern.

Absan nickte langsam. Die Männer klopften ihm freudig auf die Schulter. Absan zog sich das Hemd über den Kopf.

„Kierk, sei vorsichtig. Ringen ist der beliebteste Sport bei uns und Absan hat von klein auf trainiert." Bartos lächelte, während er das sagte. Auch Kierk zog sein Hemd aus.

„Es wird gerungen, nicht geschlagen! Fußangeln sind erlaubt. Wer sich chancenlos im Griff des anderen befindet oder auf den Boden gedrückt wird, hat verloren." Bartos hielt die beiden auf Abstand, während er Kierk die Regeln erklärte.

„Berührt euch die Hand. Dann geht es los." Bartos trat beiseite.

Kierk streckte den Arm aus. Absan ergriff ihn. Ließ ihn aber nicht wieder los, wie Kierk erwartet hatte, sondern versuchte Kierk gleich kräftig in seine Richtung zu ziehen. ‚Ich werde nicht in diesem stinkenden Pfuhl versinken – jedenfalls nicht freiwillig. Mich mit Absan gut zu stellen, dafür werden andere Gelegenheiten kommen müssen.'

Kierk konzentrierte sich. Dieses Mal würde es nicht so leicht sein, Absan zu überrumpeln. Absan tippelte von einem Fuß auf den anderen. Er hatte erkennbar Erfahrung im Nahkampf. Kierk versuchte einen Feger mit dem Fuß nach den Beinen von Absan. Absan sprang außer Reichweite. Die Reaktion der Zuschauer zeigte Kierk, seine Aktion hatte niemanden beeindruckt. Er wartete ab. Absan täuschte einen Angriff mit dem linken Arm vor, dann sprang er Kierk überraschend und geschickt von der rechten Seite an. Sein Tritt in die Kniekehlen von Kierk traf. Kierk würde den Fall in den Schweinedreck nicht mehr verhindern können, wollte Absan aber unbedingt mit sich reißen. Er erwischte den schon im Siegesglauben lächelnden Absan mit einem blitzschnellen Griff nach dessen Handgelenk und riss ihn mit zu Boden in den See aus Dung. Die umstehenden Männer jauchzten vor Freude.

Kierk rang heftig mit Absan. Beide drückten sich abwechselnd den Kopf in den dünnflüssigen Brei. Die Zuschauer schrien den Namen des einen, dann des anderen. Kierk bemerkte, dass Absans Kampftechnik und Tricks gut waren, er aber nie ernsthaft gefährdet war, die Kontrolle zu verlieren. Kierk kämpfte noch eine Weile mit, um den Schein zu wahren, gab dann das Zeichen, dass er aufgab, indem er seine freie Hand hob. Absan nahm an, entließ ihn aus seinem Griff. Sie waren beide über und über mit dem ekligen Schlamm bedeckt. Absan grinste Kierk durch Augenschlitze glücklich an. Kierk grinste zurück. Sie berührten sich noch einmal den Arm. Diesmal herzlicher.

Plötzlich prasselte Wasser auf Kierk und Absan nieder. Die Männer hatten einen Vorrat an gefüllten Gefäßen parat, um die Kämpfer abzuduschen. Es wurden zwei neue Kämpfer ausgewählt. Kierk eilte zurück zum Bach.

Die nächsten Wochen arbeitete Kierk fleißig weiter mit. Das Getreide schob die Ähren. Beim Anblick der grünen Felder mit den Tausenden im Wind wogenden Ähren ahnte er, was Tünda gemeint hatte. Es war bisher für den Ackerbau ein gutes Jahr gewesen, hatte Tünda ihm gesagt. Spätfröste, die im Frühjahr gesäte Kulturen, wie Erbse, Linse und Flachs bedrohten, hatte es nicht gegeben. Es hatte genug geregnet. Viel Arbeit machte der stetige Kampf gegen Unkräuter. Ständig schritten alle Siedler, Männer, Frauen und die Kinder in Reihe in gebeugter Haltung über die Äcker und entfernten mit der Hacke alle unerwünschten Pflanzen.

Kierk half lieber im Wald. Er begriff auch nicht die Begeisterung der Männer für ihre Tiere.

Kierk verbrachte seine Pausen gerne im Schatten der Giebelwand eines der Siedlungshäuser. Dort konnte er ungestört sitzen und in die Landschaft blicken. Er entdeckte Tünda, die langsam durch eins der Getreidefelder strich und immer wieder Ähren von einzelnen Getreidepflanzen genauer betrachtete. Kierk bemerkte nicht, dass Rellan neben ihn trat und zuckte zusammen, als Rellan ihn ansprach.

„Sie ist ein ganz besonderes Mädchen, nicht wahr?"

Kierk versuchte seine Überraschung zu verbergen und antwortete schnell, ohne den Blick von Tünda zu nehmen. „Du hast Recht, Rellan. Sie ist etwas Besonderes."

„Seit sie ein kleines Kind ist, mahnt sie die Bauern, bei der Auswahl des Saatgutes eine strenge Auslese zu treffen. Nur die Ähren mit vielen, großen Körnern und mit Blättern ohne Spuren von Krankheiten sollen sie als Saatgut für das nächste Jahr auswählen. Es würde sich lohnen, dafür über das Feld zu laufen und die besten Ähren zu wählen, statt wahllos einen Teil des Getreides als Saatgetreide zu verwenden."

Kierk schaute interessiert zu Rellan. Was wollte er ihm sagen?

„Tünda ist klug und war schon als kleines Kind sehr interessiert an allem. Und sie ist die Tochter ihres Vaters. Wenn du sie magst, versuche auch ihren Vater zu verstehen. Und unterschätze ihn nicht. Zu keiner Zeit. Durch die Trauer um seinen ältesten Sohn Doar ist er sehr abgelenkt, manchmal habe ich den Eindruck, er ist nur noch um seine Rachepläne an Gatala bemüht."

Rellan machte eine Pause, kratze sich am Kopf. Dann fuhr er fort. „Andererseits ist Fürst Egrie immer pragmatisch gewesen und das ist er geblieben."

Die Blicke von Kierk und Rellan fanden sich für einen Moment, dann beobachteten beide wieder Tünda auf ihrem Streifzug durch das Getreidefeld, während Rellan weitersprach.

„Egrie hat mit dem Überfall auf Gatala neben seiner Rache auch ein ganz pragmatisches Ziel im Sinn. Unser Getreide wächst im Nordwesten nicht.“ Rellan wartete einen Moment, damit Kierk das Problem klar werden konnte. „Doar hat es beim Anbau bemerkt. Wir kommen aus den Steppen im Süden. Dort ist das Klima ähnlich wie hier. Hier wie dort, weit weg vom Meer, ist es im Winter kalt und schneereich und im Sommer ist es heiß und trocken. Das Getreide, das wir aussähen, liebt dieses Klima. Im Nordwesten, näher am nördlichen Meer, herrscht ein anderes Klima. Im Sommer regnet es viel. Im Winter ist es nicht richtig kalt. Das Getreide von Gatala wächst schon seit vielen Generationen unter diesen vom Meer geprägten Wetterbedingungen im Westen. Auch wenn sein Getreide früher unserem glich, seine Saatkörner sind heute die Kinder von vielen Generationen von Getreidepflanzen, die unter den westlichen Wetterbedingungen gewachsen sind. Das Saatgut ist angepasst an die Wetterbedingungen dort. Die Halme, die Krankheiten bekamen, haben keine Körner ausgebildet. So hat sich durch Auslese der fruchtenden Pflanzen das Getreide von Gatala an das neue Klima angepasst. So etwas dauert lange, viele Jahre.“ Wieder machte Rellan eine Pause.

„Egrie braucht, wenn er die Gebiete im Nordwesten besiedeln will, also das Getreide, das Saatgut von Gatala. Das will er sich beim Überfall auf Gatalas Siedlung, die übrigens Suozaza heißt, genauso holen, wie er Gatala das Herz rausschneiden will.“

Tünda hatte Kierk und Rellan im Schatten des Hauses sitzend entdeckt und kam vom Feld zu ihnen.

„Habt ihr zwei nichts zu tun, dass ihr anderen bei der Arbeit zuschauen könnt?“ Sie versuchte streng zu schauen, musste aber doch schmunzeln. Sie stellte sich neben die beiden und schaute über das bestellte Land vor ihnen.

„Getreidefelder haben eine besondere Schönheit und einen angenehmen Geruch. Findet ihr nicht auch?“

Weder Kierk noch Rellan antworteten. Alle drei genossen den Anblick der sich in Wellen harmonisch im Wind hin und her bewegenden Getreidepflanzen auf dem Feld unterhalb des Hauses.

Kierk erblickte jetzt erst den Hund, den Tünda am Tag ihres Badeausfluges auf dem Arm gehabt hatte. Er schoss aus dem Feld heraus auf den Weg. Kläffend verfolgte er eine Ratte. Ratten waren zahlreich wie die Mäuse in der Siedlung.

Auch Rellan hatte die Jagd beobachtet. „Wenn wir die Hunde nicht hätten, würde dieses Ungeziefer die ganze Ernte und am Ende uns auffressen."

„Woher kommen sie?", fragte Kierk.

„Es gibt viele Schädlinge, die die Dichte der Menschen in den Siedlungen und der Nutztiere in den Ställen ausnutzen und sich dort vermehren."

Das jämmerliche Quieken einer Ratte signalisierte, dass Batu erfolgreich gewesen war. Er lief, die Ratte in der Schnauze, zu der Gruppe der Beobachter und legte sich in den Schatten des Hauses.

„Hast du ihn Batu genannt?", fragte Kierk.

Als Kierk den Namen „Batu" aussprach, hob der Hund den Kopf und schaute zu den Dreien hoch.

Tünda brauchte nicht zu antworten. Sie lächelten sich schüchtern an. Rellan schaute auf das Feld hinaus. „Tünda, du hast die Ähren angeschaut. Wird es eine gute Ernte geben?"

„Wenn kein Hagel, Sturm oder Feuer über dieses Feld fegt, werden wir eine gute Ernte haben." Tünda schaute weiter Kierk an.

‚Hat sie mir verziehen?', fragte er sich und versuchte in ihren dunklen Augen zu lesen, was sie dachte. „Was soll aus Teta werden, da Kierk unsere Sprache schon so gut spricht?" Tünda hatte sich an Rellan gewandt.

„Egrie hat nichts dazu gesagt. Wenn sie hier keinen Mann findet, werden wir sie vermutlich mit nach Skrotan nehmen, um dort einen Kandidaten zu finden oder eine Familie, bei der sie helfen kann und versorgt ist."

‚Wohl doch nicht verziehen', schloss Kierk daraus, dass sie sofort an Teta dachte, wenn sie ihn anschaute.

„Ich muss los." Tünda drehte sich abrupt um. „Batu! Komm!"

Auch die nächsten Tage waren für Kierk mit harter Arbeit ausgefüllt. Die Siedler ruhten nie. Die kurzen Pausen verbrachte er gerne weiterhin an dem Platz am Fuß der Hauswand des Hauses, an dem er auf Rellan und Tünda getroffen war. Tünda besuchte ihn dort nicht. Rellan hingegen schien den Platz auch als guten Ort zum Entspannen zu schätzen und kam manchmal zu ihm.

Auch diesmal traf Rellan ein, als Kierk dort bereits saß. Rellan setze sich neben Kierk auf den freien Holzklotz, der dort lag. Er nahm die Dechsel in die Hand, die Kierk zur Pause an der Hauswand angelehnt hatte. Kierk wartete ab. Er schätzte die Minuten mit Rellan sehr.

„Die wertvollsten Hornblendeschiefer zur Herstellung von Beilen für die Dechsel kommen aus den Bergen weit entfernt im Süden aus dem Ursprungsgebiet unserer Kultur hierher. Das ist eine sehr weite Reise. Die Verbindung zu unserem Ursprung ist stark." Rellan stellte die Dechsel zurück. „Die Priester in Tisza bestimmen den Sonnenkalender. Damit geben sie die Anweisungen für den Rhythmus unseres Lebens." Rellan stand auf. „Du bist heute Abend zum Sonnenfest eingeladen. Heute ist der längste Tag des Jahres. Die kürzeste Nacht. Das Fest findet im langen Haus statt. Es gibt viel zu essen und zu trinken. Es ist ein wichtiges Fest. Die Sonne und ihr Lauf sind für die Aussaat, die Ernte und alles Wichtige in unserem Leben Taktgeber. Diesen Tag wollen wir feiern." Rellan lachte verschmitzt, während er anfügte: „Mach dich zurecht, die jungen Frauen des Dorfes suchen in dieser Nacht nach ihrem Bräutigam."

Sonnenfest

Das Sonnenfest war das wichtigste Fest des Jahres bei den Tisza. Das wusste Kierk nun. Trotz der Trauer um die Vermissten sollte das Fest auch dieses Jahr nicht ausfallen. Die Vorbereitungen hatten vor Tagen begonnen. Kierk hatte sich bereits gefragt, ob er auch eingeladen werden würde. Seit dem gestrigen Tag war im größten Haus der Siedlung gewerkelt worden. Starkbier war gebraut und in großen Tontöpfen ins Haus getragen worden. Vor dem Haus drehten sich bereits seit Stunden ganze Rinder, Schweine und Schafe über dem Feuer an Spießen. Aus allen Häusern roch es köstlich nach Getreidebrei, Brot und Gemüse, das für den Abend vorbereitet wurde.

Das Fest begann nach dem Sonnenuntergang. Kierk legte seine Hände neben den Trinkbecher auf die Holzbohle. Sie waren durch die Arbeit mit Dechsel und Hacke schwielig und mit Blutblasen bedeckt. Er sollte seinen Platz zwischen Tünda und Teta einnehmen. Sie saßen nicht weit von Egrie. Für die Siedlung war es eine Ehre, dass er das Sonnenfest hier und nicht in der Hauptsiedlung in Skrotan feierte.

Die Stimmung war ausgelassen. Das Bier floss bereits in Strömen. Laut wurde erzählt und gelacht. Mit dem Essen wurde gewartet. Kierk war hungrig, hatte er den ganzen Tag doch schon die köstlichen Gerüche in der Nase gehabt. Ein guter, ein lustvoller Hunger. Anders als der beißende, stechende Hunger, der mit Verzweiflung einherging.

Draußen erscholl der eindringliche Rhythmus einer Trommel. Der Lärm im Haus erstarb. Alle lauschten. Weitere Trommeln nahmen den Takt auf. Die Köpfe drehten sich zum großen Seiteneingang des Gebäudes. Die Siedler wussten, was das Trommeln bedeutete. Mit wiegenden Schritten im Takt des

Trommelns stolzierte eine Gruppe erschreckender Wesen herein. Der Körper schien menschlich zu sein. Nackt, bis auf einen Lendenschurz. Die Köpfe aber waren die von Tieren. Nutztieren. Kierk wollte schon aufspringen, bis er erkannte, dass die Männer Masken, die aus echten Tierköpfen präpariert worden waren über den Kopf gezogen hatten. Der lang herunterhängende Lendenschurz und die Haut eines jeden Mannes waren kunstvoll mit bunten Strichen und Punkten bemalt worden. Die Prozession führte ein Mann mit riesigem Stierkopf an. Ihm folgte ein Widder mit mächtigem, gedrehtem Gehörn. Dahinter ein ebenfalls beeindruckend gehörnter Ziegenbock und schließlich ein Keiler mit fürchterlichen Hauern im Unterkiefer. Die Männer zogen durch den Raum. Sie imitierten in übertriebener Darstellung die Laute und typischen Bewegungen der Tiere, die sie darstellten. Als sie am großen Hausaltar an der Wand des Hauses angekommen waren, hörten die Trommeln auf zu schlagen. Die Tierwesen blieben stehen. Vor dem großen Eingang des Hauses in der Seitenwand startete das zarte Rasseln von Schellen. Ein im Kontrast zu den Trommeln sanfter Rhythmus, der sich dafür schnell im Takt steigerte. Durch den Eingang tanzte eine Gruppe von Frauen in den Festsaal hinein, Schellen aus Muschelschalen an den Fußknöcheln angebunden. Die Trommeln, die geschwiegen hatten, fielen in den Takt der Frauen ein. Damit begannen auch die Tiermänner wieder, sich zu bewegen. Die Frauen waren kaum bekleidet. Eine verschwenderisch aufgetragene Schicht Mehl färbte sie weiß und milderte alle Konturen. Auf die weißen Körper waren Muster ähnlich denen der Männer mit rotem Eisenoxid gemalt. Kierk erkannte verdutzt, dass es sich um die alten, weisen Frauen der Siedlung handelte, die herumwirbelten wie junge Mädchen. Die Frauen hatten auf dem Kopf eine Krone sitzen, geflochten aus den wichtigsten Nutzpflanzen der Tisza.

Auf ein Zeichen, dass Kierk nicht mitbekommen hatte, standen alle Siedler auf. Die Männer schlossen sich den tanzenden

Männern mit den Tiermasken an. Die Frauen fielen in den Tanz der weisen Frauen ein.

Zuerst zaghaft, dann immer wilder sprang Kierk, von der Erregung im Raum mitgerissen, mit den Tiermännern im Kreis herum. Dabei muhte, blökte und meckerte er laut, wie es die anderen taten. Die Frauengruppe kreiste in der entgegengesetzten Richtung um die Festgesellschaft. Immer wenn die Gruppen sich begegneten, versuchte jede Partei die andere an Verrücktheiten zu übertreffen. Kierk konnte nicht anders. Er konnte seinen Blick nicht von Tünda lassen. Sie wirkte im Tanz mit ihrem hellen, durchsichtig scheinenden Teint, den wehenden goldenen Haaren und den zarten Proportionen noch weniger als sonst wie ein Wesen dieser Welt. Auch Tünda starrte Kierk an, wenn sie sich begegneten. Ihr Blick, fest und sicher, hatte im Gegensatz zur Erscheinung nichts Zerbrechliches an sich.

‚Was denkt sie?' Kierk war irritiert. Zudem bemerkte er, dass auch andere junge Männer im zunächst chaotisch wirkenden Tanztrubel versuchten, mit irrwitzigen Tanzeinlagen Tündas Aufmerksamkeit zu gewinnen.

‚Natürlich! Wie konnte ich so dumm sein? Tünda hat natürlich ihre Verehrer in ihrem Volk. Was sollte sie da von mir wollen? Der Wilde, der nichts von ihrem Leben, ihrer Lebensweise weiß.'

Den anfänglichen Spaß des Tanzes konnte Kierk nicht mehr spüren. Hier war es wie in seinem früheren Leben bei den Gojdo. Er dachte an Sirte. Auch sie war längst versprochen gewesen. Trotzdem hätte bei den wilden Tänzen zu den Frühlingsmonden, bei denen sich die Jugendlichen des Volkes in rituellen Tänzen gegenseitig den Hof machten, ein Fremder nicht erkennen können, wessen Eltern längst eine Hochzeit für welche Paare arrangiert hatten. Als Teil der Sippe wusste man aber natürlich ganz genau, wo sein Platz war. Für Kierk hatte es keinen Platz gegeben. Kierk nahm einen der bereitstehenden randvoll mit Bier gefüllten Becher mit Bier und trank ihn in einem Zug aus.

Kierk hoffte, der Tanz würde bald aufhören. In dem Augenblick, als die Gruppe der Tiermänner und Frauen sich am Eingang neben dem Altar trafen, hielt der Stiermann die Prozession an. Ihm wurde ein mit Eisenocker rot bemaltes Kälbchen gereicht. Den anderen Tiermännern wurden ebenfalls zu ihnen passende Jungtiere gegeben. Die Tiermänner verbeugten sich in Richtung des Hausaltars. Kierk bemerkte überrascht, dass auch eine seiner geschnitzten Tierfiguren, eine Kuh mit Kalb, die jemand mit bunten Farbtupfern und Strichen versehen hatte, dort abgestellt worden war. Egrie ging zu den Männern mit den Tiermasken. Beim Stiermann blieb er stehen. Er hielt ein aus Obsidian geschlagenes, langes Messer in der Hand. Er verbeugte sich zum Altar. Dann schnitt er dem Kälbchen mit einem geübten Schnitt die Halsschlagader auf. Der Stiermann fing das Blut mit einer Keramikschale auf. Das Gleiche wiederholte sich bei den anderen Tieren. Als das Zicklein an der Reihe war, musste im Publikum ein Vater seinen kleinen Sohn beruhigen, der offensichtlich an dem Tier hing, es aber hatte opfern lassen müssen. Kierk tat der Junge leid. Die Tiere für das Opfer waren vermutlich genau ausgesucht worden, dachte er. Nach dem Tod der Tiere wurden die Schalen mit dem Blut auf dem Altar aufgestellt. Die weißen Frauen nahmen die Kronen, gebunden aus Nutzpflanzen, vom Kopf und warfen sie in die Feuerschalen neben dem Altar. Die teilweise noch grünen Pflanzen verbrannten mit stechendem Geruch. Teta, die nun neben Kierk stand, flüsterte ihm zu, dass sich später alle vom Blut und der Asche für ihre eigenen Hausaltäre holen würden.

Den Tiermännern und den weisen Frauen wurden Ehrenplätze in der Nähe des Altars zugewiesen. Die Männer nahmen die Tiermasken ab. Wie Kierk vermutet hatte, war Rellan als Stiermann der Anführer der Prozession gewesen. Bartos hatte im Widderkopf gesteckt. Alle hatten nach dem Tanz großen Durst und freuten sich auf den Beginn des Festessens.

Kierk nahm einen weiteren großen Schluck Bier aus dem Tonbecher an seinem Platz. Brot wurde ausgeteilt, er riss von einem Fladen ein großes Stück ab und steckte es sich in den Mund. Er schloss die Augen, um den Moment zu genießen, als sich der köstliche Geschmack des Brotes in seinem Mund ausbreitete.

Der Geschmack des Brotes und die angenehme Wirkung des Bieres waren großartige Erfahrungen für Kierk in der Welt der Siedler. Vielleicht sogar die Besten? Er vermisste nach wie vor das Leben im Wald. Seine kühle Stille. Dessen Gerüche. Die Siedler wussten wenig bis nichts von diesem Leben in der Natur. Der Gestank der vielen Tiere und Menschen auf engem Raum, die Fliegen, der Dreck.

Kierk tränten die Augen. Der Rauch der Feuer außerhalb des Hauses war vom Wind in den Innenraum geweht worden. Niemals würde er oder ein Angehöriger seiner Sippe so stark rauchende Feuer entfachen. Es vertrieb das Wild und zeigte jedem Feind und Raubtier, wo man sein Lager hatte.

Er wischte sich mit dem verschmutzten Handrücken die Tränen aus den Augen.

Er lauschte aufmerksam. Nachdem die ersten Platten voll mit Fleisch hereingetragen worden waren, war niemand mehr von draußen hereingekommen, obwohl Frauen und Männer noch einmal hinausgegangen waren, um mehr gebratenes Fleisch hereinzubringen.

‚Ist das Rauschen des Feuers nicht zu laut, um von den Grillstellen zu kommen? Auch andere Siedler merkten auf. Von draußen schien ein heller Schein in das Haus.

Jemand schrie. „Unser Haus brennt!“ Ein Mann lief zum Ausgang des Hauses. Im Durchgang stoppte er jäh, fiel rittlings um. Aus seiner Brust ragte ein langer Pfeil befiedert mit pechschwarzen Federn. Im Haus brach Panik aus.

„Gatala und die Rungi!", wurde aufgeregt geschrien. Zwei Siedler sprangen zum Getroffenen, um ihm zu helfen. Auch sie wurden augenblicklich von Pfeilen gespickt. Weitere Pfeile flogen aus der Dunkelheit ins Haus. Kierk sah, wie ein Pfeil einer Frau durch den Hals fuhr. Ein alter Mann wurde im Sitzen getroffen.

Kierk sprang von einer Gruppe verwirrter und panischer Siedler zur nächsten, schrie: „Hinwerfen!"

Er suchte nach Bartos und anderen wehrfähigen Männern, die er zur Verteidigung versammeln wollte. Er sah Absan. Dieser stand mit dem Rücken gegen die Wand in der Nähe des großen Eingangs des Hauses und starrte mit weit aufgerissenen Augen auf das Chaos. Kierk packte ihn an der Schulter, riss ihn mit sich. „Such irgendetwas, und wenn es ein Knüppel oder ähnliches ist, das man als Waffe benutzen kann. Sag anderen Männern Bescheid. Dann komm wieder hier her."

Absan schaute Kierk an. Nach einem Moment des Zweifels veränderte sich sein Gesichtsausdruck. Er nickte. Er hatte verstanden und war bereit zu kämpfen. Er rannte geduckt davon.

Die überlebenden Siedler hatten sich an die Hauswand des großen Eingangs gerettet. Von draußen war das Brüllen der Flammen der brennenden Siedlungshäuser zu hören. Kierk entdeckte Bartos, der an der Hauswand in Deckung gegangen war. Mit einem Hechtsprung war er bei ihm. Ein Pfeil flirrte knapp über ihn hinweg und bohrte sich in den Stützbalken hinter ihnen. Bevor er Bartos sagen konnte, was er vorhatte, sah er ein weiteres Opfer des Pfeilhagels. Nicht weit von dem Platz an dem sie eben beide noch gesessen hatten, saß Teta auf dem Boden mit dem Rücken an der Hauswand. Ihre Augen waren weit aufgerissen, starrten zur Decke. Ein Pfeil hatte sie auf Brusthöhe durchbohrt. Sie war tot, wie viele andere, die eben noch fröhlich zusammen gefeiert hatten. Kierk ließ den Kopf in den Staub des Bodens sinken. Er schloss die Augen.

‚Bin ich es vielleicht, der das Unglück über andere Menschen bringt? Warum Teta?‘

Bartos packte Kierk an der Schulter. Er hatte seinen Blick zu Teta registriert. Nun nickte er Kierk einmal kurz zu, dann zeigte er zum Dach. An mehreren Stellen quoll dicker weißer Rauch durch die Strohlagen in das Innere des Raums. An einer Stelle fielen bereits Funken herunter. Die Angreifer hatten das Dach des Hauses angesteckt, um die Siedler ins Freie zu zwingen. Dort würden sie ein leichtes Ziel für die Pfeile der Angreifer sein. Wer im Haus blieb, würde elendig verbrennen.

„Bartos, die kräftigsten Männer sollen die Holzbohlen als Schutzschild vor uns halten, und alle Männer müssen hinter dieser Schutzwand als Gruppe hinauslaufen und die Bogenschützen angreifen. Jeder sollte mindestens einen Knüppel als Waffe aus der Wandverstrebung reißen. Dort werden natürlich neben den Bogenschützen mehr Männer mit Äxten und Speeren auf uns warten, aber wir haben keine Wahl.“

Bartos griff schon nach den Seiten der Eichenbohle, um sie aufzustellen. Kierk hechtete mit einem weiten Sprung aus dem Gefahrenbereich vor dem Eingang des Hauses zu den Männern, die sich mit Absan an der Hauswand versammelt hatten. Bartos sprang auf und hielt dabei die Holzbohle wie einen Schutzschild vor sich. Drei weitere kräftige Bauern taten es ihm mit anderen Holzplatten gleich. Inzwischen brüllte das Feuer über ihnen. Dicker Rauch begann den Raum zu füllen. Brennendes Holz fiel von der Decke. Egrie, Absan und Kierk verständigten sich kurz zum Vorgehen mit den Männern. Die Männer mit den Holzbohlen würden zuerst rausstürmen. Die anderen Männer mit den Knüppeln und den paar Dechseln und Hacken, die im Haus an den Hauswänden gehangen hatten, würden gebückt hinter diesen auf die Gruppe der Bogenschützen zustürmen.

Direkt dahinter sollten alle anderen aus dem Haus ins Freie laufen und versuchen, sich so schnell wie möglich irgendwo in der Dunkelheit zu verstecken.

Sie stürmten los. Kierk hatte eine der wenigen Dechsel überreicht bekommen. Kierk wog sie in der Hand, um den Schwerpunkt zu erspüren. Von beiden Seiten sprangen auf ein Zeichen von Egrie die kräftigsten Männer mit den schweren Holzbohlen in den Eingang. Die anderen versammelten sich dahinter, und die ganze Gruppe lief blindlings nach, in die Richtung, aus der die Pfeile gekommen waren. Sehr schnell fiel der Holzbohlenträger ganz links. Kierk entdeckte eine Gruppe von drei Bogenschützen seitlich des Hauseingangs. Vor ihren Pfeilen schützten die Holzplatten nicht. Er musste sie dringend ausschalten. Schon wurde der nächste Mann von der Seite ins Bein getroffen. Er lief entschlossen weiter. Kierk gab Absan, der neben ihm lief, ein Zeichen, ihm zu folgen. Dann sprang er aus der Gruppe und lief ihm Zickzackkurs so schnell er konnte auf die Bogenschützen seitlich der Siedlergruppe zu. Absan folgte ihm. Hinter den Männern strömten aus dem lichterloh brennenden Haus die Frauen, Kinder und alten Männer und versuchten, in einem wilden Lauf nach links und rechts Rettung in der Dunkelheit zu finden. In der Nähe der brennenden Häuser war es allerdings taghell. Müssten die Bogenschützen sich nicht auf die heranstürmende Männergruppe konzentrieren, hätte sicher kaum jemand von ihnen sein Leben durch Flucht retten können. Kierk vermutete, dass auch hinter dem Haus Angreifer warteten, so dass es vergebens gewesen wäre, einen Fluchtausgang in die hintere Wand des Hauses zu hacken. In geduckter Haltung und mit schnellen Sprüngen bewegte sich Kierk weiter auf die Gruppe der Bogenschützen zu. Es waren drei Rungi in voller Kriegsbemalung. Ihre Gesichtshälften leuchteten rot im Schein der brennenden Häuser und die Muscheln leuchteten weiß in den geflochtenen schwarzen Zöpfen der Haare. Nur einer der drei sollte sich um den heranstürmenden Kierk kümmern, während die beiden anderen weiter auf die Gruppe der Siedler und Absan schossen. Das war ihr Fehler. Kierk war schnell. Mit einem mächtigen Sprung waren er und die von ihm geschwungene Axt über ihnen. Er traf den ersten Rungi am Kopf. Dieser war sofort tot. Absan traf ein und stieß seinen Knüppel auf die Brust des zweiten Rungi, dem die Luft ausging. Der dritte Rungi wurde gleichzeitig von Kierks Axt und von Absans Knüppel getroffen. Auch er hatte sich zu spät entschlossen, den Bogen fallen zu lassen und seinen Totschläger oder ein Messer für den Nahkampf zu zücken. Auch dieser Rungi brach zusammen.

Kierk nickte Absan anerkennend zu. Er nahm einen der Bögen und beide Köcher mit den verbliebenden Pfeilen an sich. Absan übergab er die Axt, die so furchtbare Wirkung im Kampf entfalten konnte. Sie liefen ein Stück auf die Hauptgruppe der Feinde zu. Absan sollte die Gruppe der Feinde von der Seite angehen, während Kierk ihn mit Pfeil und Bogen decken konnte.

Während Kierk nun begann, auf die Rungi zu schießen, näherte sich Absan ihnen mit der Axt schnell von der Seite. Die Gruppe der Siedler aus dem Haus rückte von vorne stetig näher. Bei den Rungi brach Unruhe aus. So hatten sie sich das bestimmt nicht vorgestellt. Sie gaben ihre Formation auf und liefen geduckt in Richtung Waldkante. Immer wieder einen flüchtigen Schuss mit dem Bogen abgebend. Die Siedler warfen die schweren Holzbohlen beiseite und liefen den Angreifern brüllend hinterher. Kierk konnte nur hoffen, dass sie sie nicht bis zum Wald verfolgten, denn dort wären die Rungi sofort wieder im Vorteil und würden sie leicht niedermachen. Er traf mehrere von ihnen auf ihrer Flucht mit einem Pfeil. Das Licht der brennenden Häuser wurde ihnen nun zum Verhängnis.

Kierk hob den Totschläger des toten Rungi auf und lief um das brennende Siedlungshaus herum. Längst war das brennende Dach eingestürzt. Nur noch die dicken Eichenbalken, die vorher das Dach getragen hatten, standen brennend in die Höhe. Kierk wollte sicherstellen, dass sich zwischen den Häusern keine Rungi mehr versteckt hielten. Er entdeckte weitere tote Siedler. Die Angreifer hatten ermordet, wen immer sie erwischen konnten. Kierk fand keine Angreifer mehr. Eine der Sippenmütter lag nahe dem brennenden Haus auf dem Rücken am Boden. Sie leuchtete weiß vom Feuer angestrahlt. Das Blut, das aus einer Kopfverletzung über ihre weiße Bemalung geflossen war, wirkte schwarz, nicht rot. Mit einer schwachen Handbewegung winkte sie Kierk. Schnell lief er zu ihr, kniete neben ihr nieder. Vorsichtig zog er ihren Oberkörper, den Kopf stützend, hoch vom Boden. Die alte Frau sah ihn an, hatte aber Schwierigkeiten den Blick zu fixieren. Ihr Lebenslicht flackerte bereits und würde in Kürze ganz verlöschen.

„Tünda", hauchte sie. „Sie haben Frauen und Mädchen mitgenommen ...!" Ihr Oberkörper bäumte sich krampfartig auf. Mit einem Seufzer starb sie.

Kierk ließ ihren Körper zurück auf den Boden sinken. Er sprang auf. In seinem Kopf rasten die Gedanken.

Er sammelte seine Waffen auf und lief los in Richtung der Waldkante oberhalb der Siedlung hinter den Angreifern her.

Er erreichte die Gruppe der Siedler, die die Rungi bis zum Wald verfolgt hatten. Als ihnen aus der Dunkelheit zwischen den Bäumen wieder Pfeile entgegengeflogen waren, hatten sie die Verfolgung aufgegeben und waren im sicheren Abstand stehengeblieben.

Kierk lief über den Acker, folgte den Spuren der Angreifer und ihrer Verfolger. Mitten auf dem Feld lag ein toter Rungi auf dem Bauch. Die Siedler hatten ihn wohl eingeholt. In seiner Wade steckte ein Pfeil, der ihn am schnellen Laufen gehindert haben musste. Ein Axtschlag genau zwischen die Schulterblätter hatte ihn getötet. Aber etwas sah merkwürdig aus an dem toten Rungi. Kierk blieb stehen. Drehte den Toten um. Inzwischen waren die ersten Siedler bis zu ihm zurückgekommen. Das Gesicht und die Haare sahen aus, als waren sie schwarz gefärbt worden. Die Haare waren auch sehr nachlässig geflochten und mit wenigen, schlechten Muscheln verziert. Kierk spuckte auf seine Finger und rieb das Gesicht des Toten. Unter der schwarzen Farbe kam hellere Haut, wie sie Siedler haben, zum Vorschein. Kierk und die ihn Umstehenden stießen verblüffte Laute aus. Falls es Überlebende des Überfalls bei den Siedlern gab, sollten sie offenbar nur von Rungi-Angreifern berichten. Die Theorie von Fürst Egrie, dass eigentlich ein abtrünniger Siedlerstamm hinter den Überfällen steckte, schien sich zu bewahrheiten. Egrie, Absan und Rellan bückten sich zum Toten nieder, drehten sein Gesicht im Schein der inzwischen niedergebrannten, ausglimmenden Brände ihrer Häuser. Niemand kannte diesen Mann.

Egrie sog scharf die Luft ein, als er sich aufrichtete. Ein Pfeilschaft steckte in seinem Oberschenkel. Einen Teil des Pfeils hatte Egrie abgebrochen, um trotz der Verletzung weiterkämpfen zu können.

„Schade, wäre schön gewesen, wenn wir jemanden aus Gatalas Familie erwischt hätten. Ihn will ich eigenhändig töten." Egrie lief Blut von der Pfeilwunde das Bein hinunter. Er stützte sich auf Rellans Schulter ab.

„Diesen Feigling habe ich im Laufen niedergestreckt, wie einen tollwütigen Hund. Bin weitergelaufen, hatte keine Zeit, ihn mir näher anzusehen."

„Sehr gut gemacht, Bartos. Was hätten wir ohne dich heute nur gemacht!" Rellan klopfte Bartos auf die Schulter.

„Ja", riefen die anderen Männer. Das viele Adrenalin in ihren Adern machte auch sie euphorisch. „Bartos, Bartos, Bartos!", riefen sie im Chor.

„Halt!", rief Absan in die Rufe. „Wir verdanken unser Überleben sicher Bartos und auch anderen. Aber ohne diesen einen Mann hier", Absan legte eine Hand auf Kierks Schulter, „wären wir heute verloren gewesen."

Die Männer drängten sofort heran. Alle wollten Kierk auf die Schulter klopfen. Als sie alle nicht gleichzeitig an ihn herankamen, hoben sie ihn gemeinsam vom Boden hoch und warfen ihn in die Luft. Bei jedem Wurf riefen sie „Kierk, Kierk, Kierk!“

„Halt! Stopp!“ Kierk versuchte sich Gehör zu verschaffen. Als sie ihn wieder auf den Boden heruntergelassen hatten, wandte er sich an Egrie.

„Es ist nicht vorbei. Sie haben Tünda und weitere Frauen und Mädchen entführt. Wir müssen ihnen schnell folgen.“

Egries Gesichtsausdruck verzerrte sich augenblicklich von der Erleichterung über den abgewehrten Überfall seines Feindes Gatala wieder in Schmerz.

„Wir müssen unauffällig im Wald sein. Die Rungi sind im Wald zu Hause. Sie sind erfahren. Sie werden eine Nachhut gebildet haben, die möglichen Verfolgern auflauern wird. Ich kenne ihre Strategien. Diese müssen wir zuerst unauffällig ausschalten. Vielleicht erwischen wir auch einen Rungi lebend, der uns verraten wird, wohin sie die Gefangenen bringen wollen. Ein größerer Trupp kann uns mit ein paar Stunden Abstand folgen.“

„Ich komme sofort mit!“ Egrie hob den Arm mit der Axt in seiner Hand.

Doch die Augen der Männer wanderten von der erhobenen Axt zum Oberschenkel des Fürsten, in dem der Pfeilschaft steckte. Keiner wagte etwas zu sagen, außer Rellan.

„Fürst Egrie, ihr müsst behandelt werden. Wenn ich gesehen habe, wie der Pfeil in Eurem Bein steckt, könnt Ihr vielleicht mit der Nachhut gehen.“

Absan räusperte sich. „Ich gehe mit Kierk, Bartos folgt uns mit dem größeren Trupp.“

Egrie schaute einen Moment seinen Sohn an. Dann nickte er. „Rette deine Schwester, Absan!“

Egrie drehte sich abrupt um und humpelte Richtung Siedlung. Über die Schulter rief er. „Rellan, komm, wir müssen sehen, wie es im Dorf aussieht."

Viele der Männer hatten Familie und wussten im Moment nicht, wie es ihren Angehörigen ging. Hatten sie überlebt, waren sie verletzt oder entführt worden? Sie drängte es, zurückzulaufen und ihre Familien zu suchen. Kierk wählte zwei weitere junge, unverheiratete Männer aus, die er vom Hausbau kannte. Zuka war groß gewachsen und trotz seiner Kraft sehr schlank. Obul war klein und schnell. Kierk hatte die beiden als dicke Freunde kennengelernt, die immer die Köpfe zusammensteckten. Zuka und Obul waren sofort bereit, Teil von Kierks Vorhut zu sein. Die anderen Männer entließ Kierk. Die Gruppe sollte ihnen in ein paar Stunden folgen.

„Wir nehmen uns an Waffen, Nahrung und Wasserbeuteln, was wir bei den toten Angreifern finden können, dann treffen wir uns gleich wieder hier. Alle Häuser sind verbrannt, dort nach Nahrung und Ausrüstung zu suchen, hat wohl keinen Sinn."

„Doch, es gibt den Getreidespeicher im Boden. Der kann nicht verbrannt sein. Ich hole Proviant von dort für uns." Zuka sagte es und lief los.

„Ich helfe dir." Obul folgte ihm.

„Mein Vater wird sicher mit den Überlebenden für den Winter zurück zur Siedlung Skrotan an der Acra gehen. Gatala hat damit sein Ziel erreicht, die Siedlung von uns, die sich am nächsten zur großen Löss-Ebene befindet, zu zerstören."

Bartos wandte ein: „Doch eigentlich hatte er wieder alle Siedler töten wollen, um keine Zeugen für seine Überfälle zu haben."

Kierk nickte. „Dieses Ziel hat er nicht erreicht und das wird sich nun rächen. Los!"

Absan und Kierk liefen zu dem Platz vor dem Haupthaus, an dem hauptsächlich gekämpft worden war. Dort hofften sie, die meiste noch brauchbare Ausrüstung zu finden.

Am Kampfplatz angekommen, bot sich ihnen ein grausames Bild. Kierk ging in die Hocke. Musste sich einen Moment abstützen. So viel Tod, so viel Gewalt. Er würgte. Teta, sie hatte ihn mit offenen Augen angestarrt. Für sie konnte er nichts mehr tun. Er betrachtete die Stelle, an der sie gestorben war. Das Dach des großen Langhauses war brennend herabgestürzt und hatte alles, was sich innerhalb seines Grundrisses befand, zu grauer, schwelender Asche verbrannt. ‚Wofür das alles nur?'

Natürlich, es gab auch Kämpfe zwischen den Gojdo und den Rungi. Zu töten war aber nicht das eigentliche Ziel. Es gab Tote, natürlich, aber die Kämpfe waren in gewisser Weise ritualisiert. Junge Krieger wollten ihren Mut beweisen, indem sie Krieger der anderen Seite besiegten. Der Sieg war das Ziel. Den anderen zu überwältigen, ohne ihn zu töten, galt als höchste Heldentat. Der Tod eines Gegners eher ein unvermeidbarer Begleitschaden des gefährlichen Spiels. Wurde ein Krieger gefangen genommen und hatte er Ehre bewiesen, konnte er frei gelassen werden oder sich mit seinem Hab und Gut freikaufen. Krieger ohne Ehre, Feiglinge, wurden hingegen auch geopfert.

Einige überlebende Siedler hatten Kierk, der noch immer am Boden hockte, entdeckt. Sie liefen zu ihm. Wollten sich bei ihm bedanken. Mit ausgetrecktem Arm winkte er ab und rief ihnen zu: „Wir wollen die Angreifer verfolgen. Ihr könnt helfen. Sucht Pfeile, die noch intakt sind. Egal, ob sie sich noch im Köcher befinden oder abgeschossen wurden. Jetzt! Macht schnell! Bringt sie Absan und mir."

Die Siedler stockten kurz. Dann schwärmten sie aus, um Pfeile zu suchen.

Zu viert liefen sie los und nahmen die Verfolgung auf. Die große Gruppe der Angreifer mit den gefangenen Frauen und

Mädchen hatte eine deutliche Spur hinterlassen, die Kierk als erfahrener Fährtenleser mit Leichtigkeit auch im Dunkel der Nacht sehen konnte. Die Angreifer kamen nur langsam voran. Kierk nahm an, da die Tritte tief in den Boden drückten, dass sie Vorräte schleppten, die sie geplündert hatten. Sie würden sicher auch Verletzte in ihren Reihen mittragen müssen. Bei einzelnen Spuren hatte Kierk den Eindruck, dass ihre Verursacher taumelten.

‚Betranken sich Rungi-Krieger am erbeuteten Bier?' Die Wirkung des Alkohols waren sie nicht gewöhnt. Für das Fest war starkes Bier gebraut worden. Nicht so dünn wie das für den täglichen Gebrauch.

Schon bald hatten sie den Bereich im Wald verlassen, der durch das Weidevieh der Siedlung und die Baumfäller aufgelichtet worden war. Dichter Urwald umschloss sie nun. Die vier liefen in einem leichten Trab. Kierk hätte dieses Tempo stundenlang durchhalten können, doch seine Gefährten aus der Siedlung nicht. Obul, der die kürzesten Beine von ihnen allen hatte, signalisierte als erster, dass er so nicht weiterlaufen konnte. Zuka und Absan atmeten ebenfalls schwer.

Kierk ließ die Gruppe daher abwechselnd laufen und gehen. Dort, wo das Gelände unübersichtlicher und schwerer zu durchqueren war, gingen sie. Dies war auch deshalb angeraten, da sie mit einer Nachhut bei den Gegnern rechneten, die mit Abstand zur Hauptgruppe etwaige Verfolger abfangen sollte. Daher mussten sie besonders dort, wo Vegetation die Fernsicht behinderte, achtsamer sein.

Dass sie die Siedler nicht vollständig hatten töten können und sogar selbst Verluste erlitten hatten, hätte die Angreifer warnen sollen. Sie trauten den Siedlern im Kampf aber offenbar immer noch nichts zu. Sonst wären sie jetzt vorsichtiger. Kierk entdeckte im Mondlicht die Nachhut der Männer von Gatala zuerst. Zwei Rungi-Krieger, die sich in einem Abstand von etwa zwei Dutzend Metern zueinander parallel durch den Wald bewegten. Kierk gab seinen Gefährten ein Zeichen, zurückzufallen. Kein Geräusch sollte die Rungi alarmieren.

Kierk fiel auf, dass die beiden auffällig oft an ihren Wasserbeuteln sogen. Sie schwankten.

‚Sind selbst die Wächter betrunken? Unglaublich!', dachte Kierk.

Vorsichtig, um sich nicht zu verraten, nahm er den Bogen von der Schulter. Er griff nach drei Pfeilen und zog sie aus dem Köcher von seinem Rücken. Einer zur Reserve, falls er nicht traf. Ein Gedankenblitz an Sirte durchfuhr ihn in der Bewegung. Auch sein Pfeilköcher mit dem Raben, der ihn bis zu den Siedlern begleitet hatte, war in den Flammen heute vernichtet worden. Seine letzte Verbindung zu Sirte war somit verloren gegangen.

Er schob die Gedanken an ein Früher, das es nicht mehr gab, beiseite. Er musste sich konzentrieren und Tünda retten. Mit geübtem Blick kontrollierte er, ob die Feuersteinspitzen und die Befiederung der drei Pfeile intakt waren. Er visierte den ersten Rungi an. Wartete, bis dieser durch ein Dickicht aus krautigen Pflanzen und Farnen schritt – und schoss. Der Pfeil durchfuhr den Hals des Rungi, der mit einem Gurgeln zusammenbrach und in der Vegetation des Bodens verschwand. Der zweite Rungi vermisste erst nach einigen Schritten den Sichtkontakt zu seinem Partner. Als er sich leicht aufrichtete, um besser sehen zu können, durchschlug Kierks Pfeil sein Herz. Er war tot, bevor sein Gesicht auf den Boden schlug.

Kierk fühlte sich nicht gut. Unvorsichtige, vermutlich sogar betrunkene Krieger von hinten zu erschießen, gefiel ihm nicht. Das war kein Weg der Ehre.

Kierk wartete, bis Absan, Zuka und Obul zu ihm aufschlossen. Leise berichtete er, dass er die Wächter der Nachhut ausgeschaltet hatte. Schnell liefen sie weiter, die Hauptgruppe konnte nicht mehr weit weg sein. Aus dem Waldabschnitt vor ihnen hörten sie Schreie und Gelächter. Vorsichtig pirschten sie sich näher heran.

In der ersten Dämmerung des Morgens sahen sie, dass der Tross aus Angreifern und Gefangenen auf einer Lichtung angehalten hatte. Offenbar wollten sie dort rasten. Die gefangenen Frauen und Mädchen waren an den Händen gefesselt und mit einem Strick aneinandergebunden. Die geraubten Vorräte aus Krügen, Lederschläuchen und Säcken stapelten sich auf dem Boden. Fünf Rungi hatten sich um eine der Frauen versammelt und lachten. Die Frau schrie, weil die Krieger sie von den anderen trennen wollten. Sie klammerte sich an ihre Nachbarinnen.

„Es sind nur Fünf. Fünf Krieger!", hauchte Kierk zu seinen drei Begleitern.

„Sie müssen sich getrennt haben. Der Rest scheint bereits weitergezogen zu sein. Tünda ist nicht unter den Gefangenen." Absan schaute Kierk an. Kierk nickte, prüfte unbewusst den Sitz seines Totschlägers und seines blutroten Feuersteinmessers.

„Wir müssen handeln, bevor sie Ayaka, Hourts Frau, etwas antun." Obul lenkte ihre Aufmerksamkeit wieder auf die Gruppe vor ihnen.

Absan wollte aufspringen. Kierk hielt ihn zurück.

„Wir brauchen mindestens einen Überlebenden, der uns sagen kann, wohin der Rest gezogen ist. Ich brauche freies Schussfeld. Also lauf so, dass du sie etwas von den Gefangenen weglockst, damit sie diese nicht als Schutzschilder benutzen können."

Gern hätte Kierk Absan noch mehr gesagt. Zum Beispiel, dass er aufpassen solle. Die Krieger da unten übten seit ihrer jüngsten Kindheit den Kampf. Ernsthaft wie Kierk, nicht wie die Siedler, die lustige Zweikämpfe im Schlamm veranstalteten. Doch Absan war bereits aufgesprungen.

„Sei vorsichtig!", war daher das einzige, das Kierk ihm noch zuraunen konnte. Absan schlich zuerst ein paar Schritte zur Seite, dann rief er mit einem markerschütternden Schrei laut seine angestaute Wut heraus. Die Axt schwang er hoch über dem Kopf.

Die Rungi waren einen Moment überrascht. Vermutlich hatten sie sich auf ihre Nachhut, die nun tot im Wald lag, verlassen. Doch sie fingen sich schnell. Routiniert griffen sie nach ihren Waffen und antworteten Absan mit ihrem Kriegsruf. Nun sprangen Zuka und Obul auf. Auch sie liefen schreiend auf die Krieger zu. Ein Rungi hatte sich für seinen Bogen entschieden. Die vier anderen warteten mit Totschlägern, Messern und Äxten in den Händen auf die heranstürmenden Siedler. Kierks erster Pfeil traf den Rungi mit dem Bogen genau zwischen die Augen.

Schnell schoss er einen zweiten Pfeil ab, doch der Rungi konnte sich etwas aus der Schussbahn drehen. Der Pfeil durchbohrte seine linke Schulter. Mit dem Totschläger in der rechten Hand blieb er ein gefährlicher Gegner. Kierk sprang auf und rannte wie seine Gefährten auf die Rungi-Krieger zu. Mit dem Bogen war nun nicht mehr viel auszurichten gewesen, da sich Feind und Freund gleich im engen Handgemenge befinden würden. Absan hatte seinen ganzen Schwung des Laufs auf die Lichtung hinunter in einen Sprung auf einen der Rungi-Krieger gelegt und diesen mit sich auf den Boden gerissen. Durch die tägliche harte Arbeit mit der Hacke, der Axt und der Sichel konnte er davon ausgehen, dass seine Kraft der eines Jägers und Sammlers mindestens gleichkam. Im Kampf am Boden, hatte sich Absan wohl überlegt, hatte er die besten Chancen auf einen Sieg.

Kierk erreichte mit Zuka und Obul den Kampfplatz. Zuka und Obul versuchten, es Absan gleich zu tun und im vollen Lauf einen Krieger umzureißen. Diese drehten sich jedoch geschickt im letzten Moment beiseite, und ließen die beiden Siedlerjungen ins Leere laufen. Während Zukas Gegner durch den Pfeil von Kierk behindert war und nicht sofort nachsetze, erwischte Obuls Gegner Obul mit dem Totschläger in einer geschickten Drehung am Kopf. Obul blieb bewegungslos am Boden liegen. Für Kierks Gegner musste es so aussehen, dass auch Kierk ihn im vollen Lauf umreißen wollte. Er breitete sich breitbeinig auf ein entsprechendes Ausweichmanöver vor, wie es seine Kumpane ausgeführt hatten. Doch Kierk erinnerte sich an Tanas Geschichte vom Krieger Onas, der das Mammut besiegt hatte. Er glitt kurz vor dem Rungi zu Boden, ließ den Bogen fallen, griff nach Totschläger und Messer und rutschte auf dem Rücken liegend zwischen den Beinen seines Gegners hindurch. Mit dem Totschläger schlug er auf den Körper des Rungi. Dieser brach überrascht mit einem Schrei zusammen. Kierk sprang auf die Füße. Mit dem Messer tötete er seinen im Augenblick wehrlosen Gegner.

Absan, nahm Kierk aus dem Augenwinkel wahr, stand wieder. Er hatte eine stark blutende Schnittwunde am Oberarm, aber vor ihm lag ein Rungi leblos am Boden.

Obul dagegen befand sich in Schwierigkeiten. Er lag am Boden, sein Gegner stand über ihm und holte weit zu einem Schlag mit seiner Keule aus. Absan und Kierk stürzten sich von zwei Seiten auf ihn. Kierk verpasste dem Krieger einen Stoß in Absans Richtung. Dem gelang es dadurch, dem Rungi sein Messer in die Brust zu stoßen.

Zukas Gegner hatte durch seine Pfeilverletzung gezögert. Jeweils mit Messer und Totschläger hatten sie sich bis jetzt belauert. Als der Rungi alle seine Gefährten gefallen am Boden sah, entschied er sich zur Flucht. Kierk hatte alle Zeit, seinen Bogen aufzunehmen, zu spannen und dem Flüchtenden einen Pfeil hinterherzuschicken, bevor dieser im Schutz der Bäume verschwinden konnte. Kierk traf den rechten Oberschenkel, auf den er gezielt hatte. Sie benötigten Informationen über den Verbleib des Rests des Trupps, der bereits weitergezogen sein musste.

Der Rungi fiel im vollen Lauf, kroch weiter, bis Kierk ihn eingeholt hatte. Mit einem Arm auf den Rücken gedreht und einer drohenden Messerspitze unter dem Kinn, schleppte Kierk ihn zu den anderen zurück.

Absan hatte sein Messer einer der entführten Frauen gereicht, die sie jetzt gegenseitig die Fesseln durchschnitten und sich vor Freude weinend in die Arme fielen. Ayaka legte über der stark blutenden Schnittwunde an Absans Arm mit einem Stück Stoff einen Verband an. Zuka kniete über dem bewusstlosen Obul und untersuchte den Kopf seines Freundes.

„Hinter dem rechten Ohr ist der Schädel eingedrückt. Ich kann es deutlich fühlen. Obul muss möglichst schnell zu Rellan gebracht werden. Er weiß, was zu tun ist."

Mit besorgtem Blick sah Zuka zu Absan und Kierk.

Kierk drehte den Gefangenen zu sich um. Als dieser ihn nun zum ersten Mal richtig anschaute, erstarrt sein dunkles Gesicht, dessen eine Hälfte rot angemalt war, plötzlich.

„Gojdo! Du bist ein Gojdo." Der Rungi wollte Kierk ins Gesicht spucken, doch Kierk verstärkte den Druck seines Messers unter dessen Kinn und der Rungi senkte seinen hasserfüllten Blick. Er war geschlagen. Er war weggerannt. Was sollte er jetzt noch seinen Mut beweisen. Er war bereits tot und er hatte es verdient. Kierk sah ihm an, was er dachte und empfand.

„Wenn du mir sagt, wohin der Rest von euch unterwegs ist und was ihr mit der Frau vorhabt, die nicht unter diesen Gefangenen ist, gewähren wir dir einen schnellen Tod." Kierk war sich nicht sicher, ob der Rungi sein Gojdo gut genug verstand, um zu wissen, was er von ihm wollte.

Der Rungi hielt den Blick gesenkt.

‚Er wird nicht so leicht reden.' Das war Kierk eigentlich schon vorher klar gewesen.

Er sprach weiter auf den Rungi ein. Bisher hatte er noch nie die Gelegenheit gehabt, mit jemandem aus dem Volk der Rungi zu reden.

„Ihr Rungi seid die Feinde der Gojdo und anderer Stämme des Nordens. Was habt ihr mit den Konflikten der Siedler zu schaffen? Sie wollen Land besitzen. Sie sind gierig. Sie werden auch über unser Land, das Land der Rungi und der Gojdo kommen. Jetzt kämpfen sie um dieses Land. Was denkst du, wird aus den Rungi werden, wenn die Siedler am Ende Frieden schließen?“

Der Rungi hob den Blick, sah Kierk einen Moment in die Augen. Kierk spürte, es war eine stumme Aufforderung, sich die Frage selbst zu beantworten.

„Sie verschonen euer Land, das Land der Rungi und besiedeln das der Gojdo!“, Kierk war schockiert.

Absan, der zwar nichts verstand, aber sah, dass der Rungi nichts sagte, stürzte sich auf den am Boden sitzenden Rungi. Er hatte sein Messer von den Frauen zurückerhalten und drückte die Klinge drohend gegen den Brustkorb des Entführers.

„Sprich endlich. Es ist meine Schwester, die ihr verschleppt und ich werde nicht zögern, dir die Eingeweide herauszuschneiden, um zu erfahren, wohin ihr sie bringen wollt!“

Der Rungi griff nach Absans Hand mit der Feuersteinklinge, drückte sie hinunter unter seinen Rippenbogen und stieß sie sich aufwärts zum Herz in den Brustkorb. Dem überraschten Absan grinste er dabei ins Gesicht. Absan starrte ungläubig und deprimiert auf den sterbenden Rungi. Seine Ungeduld hatte sie ihren einzigen Zeugen gekostet. Wohin sollten sie sich nun wenden, um Tünda zu retten?

„Absan, er hätte uns nichts verraten. Er hat seine Ehre wiederstellen können. Das ist gut. Was hätten wir mit ihm gemacht?“ Kierk stand aus der Hocke auf.

Absan spuckte zu Boden. „Ehre, pah, es sind alles feige Mörder und Entführer.“ Absan drehte sich weg. Kierk ließ ihn in Ruhe. Zuka und die Frauen versorgten Obul und bauten bereits an einer Trage für seinen Transport zurück zur Siedlung.

„Entschuldigung, Kierk." Absan hatte sich beruhigt und war zu Kierk gegangen, der half, Obul auf das ziehbare Tragegestell zu binden.

„Auch ohne dass wir einen Rungi befragen, können wir uns ausrechnen, wohin die anderen Rungi und die verkleideten Männer von Gatala unterwegs sind. Und wohin sie Tünda bringen werden."

Absan nickte. „Du hast recht. Diese Gruppe hier wollte vermutlich mit den Frauen und den erbeuteten Vorräten ins Lager der Rungi marschieren. Die andere Gruppe mit Tünda wird auf dem direkten Weg zu Gatala sein."

Kierk und Absan schwiegen. Beide dachten über die Konsequenzen nach.

„Was wird Gatala als nächstes unternehmen? Was hat er mit Tünda vor? Du kennst die Siedler besser."

Bevor Absan eine Antwort auf Kierks Frage geben konnte, tauchte der Tross, angeführt von Bartos, am Rande der Lichtung auf. Sie hatten sich sehr beeilt, um schnell zu der kleinen Gruppe von Kierk aufzuschließen, was ihnen deutlich anzusehen war. Die Männer waren verschwitzt und atmeten heftig. Unter ihnen waren viele, denen die Frau oder ein Kind entführt worden war. Entsprechend groß war die Freude, als sich Männer und ihre Familienangehörigen in die Arme fielen.

Bartos stapfte zu Absan und Kierk. „Ihr wart erfolgreich!" Er legte Absan und Kierk jeweils eine seiner Pranken auf die Schulter.

„Ist mein Vater mitgekommen?"

„Er wollte unbedingt. Aber Rellan hat ihn überzeugt, dass er uns mit seinem verletzten Oberschenkel aufhalten würde."

Absan wirkte ein wenig enttäuscht, berichtete dann aber schnell Bartos. „Wir haben hier nur einen Teil der Angreifer vorgefunden. Die anderen sind weitergezogen und haben Tünda mit sich genommen."

Kierk sah Bartos an, dass auch ihn diese Nachricht traf.

„Bartos, was ist mit deiner Familie?“ Kierk traute sich kaum zu fragen.

„Alle überlebt. Goran hat meine Frau und die Kleinen in Sicherheit gebracht.“

Kierk war erleichtert. Absan nickte Bartos ebenfalls zu.

„Kierk, Egrie hat mir für dich mitgegeben: Gatala muss sterben. Und wenn es das Letzte ist, was er unternimmt. Dafür braucht er dich. Du sollst uns, wie ihr es besprochen hättet, mit den Kriegern der Gojdo unterstützen. Er will so schnell wie möglich gegen Gatala ziehen. Das gilt jetzt mehr als zuvor. Sie haben die Rungi als Kämpfer. Wir brauchen Krieger der Gojdo, um siegen zu können.“

Kierk nickte Bartos und Absan zu. „Wir müssen Tünda befreien. Sie ist unschuldig in diese Fehde hineingezogen worden. Egries Rache interessiert mich nicht. Ich hasse die Rungi seit meiner Kindheit. Eine Kindheit ohne Vater. Aber diese Fehde steht zwischen den Rungi und mir – sie bildet keine Grundlage dafür, ganze Dörfer oder Siedlungen abzuschlachten. Ich gehe zurück, um bei meinem Volk nach Kriegern für Egrie gegen die Rungi zu fragen. Ich selbst will Tünda befreien und meinen Vater rächen. Ich überfalle keine Siedlungen. Egrie will Land. Wie es auch Gatala will. Vergesst das nicht.“

„Aber wir sind im Recht. Das ist Land, das wir benötigen und das uns zusteht.“ Absan setzte sich für seinen Vater ein. „Doar hat auf dem Boden die erste Siedlung gegründet. Damit ist nach alten Traditionen dieses Gebiet mit dem fruchtbaren Boden unser Land.“

„Traditionen, die es wohl nicht mehr gibt.“ Kierk schaute auf die toten Rungi und die verstörten Kinder der Siedler. „Und wer fragt die Jäger, die dieses Land zuvor durchstreift haben?“ Kierk spürte, wie in ihm Ärger über Absans plumpe Sicht der Dinge aufwallte.

„Die südlichen Ureinwohner leben an Seen, an großen Flüssen. Sie haben keine großen Jagdgründe wie die Gojdo. Wir handeln mit ihnen. Es sind wenige, sie brauchen so viel Land nicht." Absan hatte scheinbar nicht wahrgenommen, wie sehr Kierk sich ärgerte.

„Nun, dann geht zu Gatala und pocht auf die Tradition. Mal sehen, was er antwortet."

Bartos mischte sich ein. „Genau das wird Egrie machen, wie er mir sagte. Falls wir Tünda und die anderen Frauen und Mädchen nicht zurückbringen, will er persönlich zu Gatala gehen. Gatala muss sterben, so sagt er, aber weiterer Krieg lässt sich vielleicht vermeiden. Lasst uns zurück zur Siedlung ziehen und überlegen, wie wir jetzt am besten vorgehen."

Es war Nachmittag, als sie die Siedlung wieder erreichten. Die Siedler kamen ihnen freudeschreiend entgegengelaufen, sobald ihr kleiner Tross am Rand des Waldes sichtbar war. Wo früher inmitten der Felder und der Gärten ein Dorf gestanden hatte, ragten jetzt nur noch einige verkohlte Stützpfeiler in die Höhe. Die Überlebenden des Überfalls hatten neben den Brandflächen ein provisorisches Lager aus Holzbalken mit Dächern aus Rindenstücken und Strohlagen errichtet. Die verstreuten Haustiere waren eingefangen und in der Nähe der Unterkünfte gepfercht worden. Um das Lager herum standen Männer Wache.

Kierk, Absan und Bartos gingen gemeinsam direkt zu Egrie. Sie fanden ihn in der größten der schnell errichteten Hütten. Auch Rellan war anwesend. Egrie empfing sie mit fragendem Blick und wies auf eine Stelle am Boden, damit sie sich setzten.

„Mein Sohn Absan! Bartos. Kierk. Gut, dass ihr lebend zurückgekehrt seid. Ihr habt viele unserer Leute retten können. Gut gemacht."

Egrie schaute Absan an. „Wo ist deine Schwester? Ihr habt sie nicht bei den anderen vorgefunden?"

Absan zuckte mit den Schultern. „Wir hätten es uns denken können, dass sie sie als Geisel in den Westen schleppen."

Egries Gesichtsausdruck verfinsterte sich. „Gibst du mir die Schuld, nicht richtig gehandelt zu haben?"

Kierk war wichtig, die Rolle von Absan richtig darzustellen. „Absan hat sehr tapfer gekämpft. Als wir auf die Rungi trafen, war Tünda bereits mit dem Haupttrupp der Angreifer nach Westen weiter verschleppt worden. Wir konnten sie nicht mehr einholen. Niemand trägt Schuld, dass Tünda nicht hier ist."

„Nun. Gatala wird sie als Pfand halten. Wir können also hoffen, dass er ihr so schnell nichts antut."

Dann machte Egrie eine ungeduldige, abschneidende Bewegung mit der Hand. Offensichtlich wollte er dieses Detail nicht weiter besprechen.

Nach einer Pause, in der alle still vor sich hinstarrten, ergriff Egrie wieder das Wort. „Seht ihr die Wachen um das Lager? Die Wachen draußen sind ein Zeichen. Ein Zeichen dafür, dass das Leben zukünftig vermutlich nie mehr so sein wird, wie früher. Sie zeigen unsere Angst. Angst vor Überfällen von Menschen, die gestern noch Teil unserer großen Familie waren. Alle Tisza waren eine Gemeinschaft mit einer Herkunft, einem Glauben, gemeinsamen Ansichten und einer gemeinsamen Zukunft. Wachen und Kriegskünste waren nicht notwendig. Gatala hat für sich eine neue, eine eigene Identität entschieden, die mit dem Land und dem Besitz der alten Herkunft in Konkurrenz getreten ist. Jetzt ist zur gemeinsamen Angst vor Hunger und Krankheit die neue Angst vor Überfällen hinzugekommen. Wer sich jetzt nicht rüstet, ist dumm und wird untergehen. Wir sind nicht dumm und auch nicht schwach." Egrie schaute für den folgenden Satz Kierk direkt an. „Wenn die Gojdo uns helfen, werden wir Gatala und seine Leute diese neue Angst schneller lehren, als er gedacht hat. Werden die Gojdo uns unterstützen?"

Kierk hatte gewusst, dass die Frage nun umso drängender noch einmal gestellt werden würde, und er hatte auf dem Rückweg zur Siedlung Zeit gehabt, sich für eine Antwort zu entscheiden.

„Fürst Egrie. Ich werde helfen, Tünda zu befreien." Kierk machte eine Pause, um seine Wahl der Worte bei Fürst Egrie, der bereits zustimmend nickte, sacken zu lassen.

„Ich werde zu meiner Sippe gehen und dort nach Kriegern für einen Zug gegen Gatala und die Rungi werben." Wieder machte er eine kurze Pause.

„Ich werde mich aber an keinen Überfällen auf Siedler beteiligen. Ich bin ein Krieger. Ich kämpfe gegen andere Krieger. Die Rungi in den Grenzen ihres Territoriums zu halten, ist das Ziel der Gojdo."

Als Kierk nun schwieg, fragte Egrie ihn: „Wird das auch die Haltung der anderen Gojdo sein?"

„Ich bin kein Häuptling der Gojdo. Wir werden abwarten müssen, wie die Ältesten der Gojdo entscheiden."

„Gut. Gatala muss sterben. Das steht außer Frage. Doch auch ich will ihn zuerst sprechen. Eine Fortsetzung des Krieges ist dann vielleicht vermeidbar. Ich brauche aber eine kampffähige Begleitung, sonst wird es kein Gespräch geben. Wir müssen Gatala, an dessen Händen bereits so viel Blut klebt, zwingen. Ihn töte ich aber ohne Zweifel und persönlich." Sichtbar flackerte der Hass in Egries schwarzen Augen, während er das sagte. Er wandte sich ungeduldig an Rellan. „Was gibt es noch an Details zu besprechen?"

„Kierk, du kehrst am besten mit uns zur Siedlung Skrotan an der Acra zurück. Von dort kannst du am schnellsten zu deiner Sippe gelangen. Du fährst mit einem Kanu zuerst die Acra und dann den großen Strom, den wir „Weißen Strom“ nennen, bis zum Siedlungsgebiet deiner Sippe hinab. Gegen die Strömung schafft ihr es auf diesem Weg aber nicht zurück. Wir machen besser gleich einen Treffpunkt im Westen aus. Etwa dort, wo wir dich an der Ala gefunden haben.“

Kierk nickte. „Ich werde mit nach Skrotan gehen und so schnell wie möglich mit dem Boot nach Norden aufbrechen.“ „Gut“, sagte Rellan. Er stand auf, verbeugte sich vor Egrie. „Ich muss den eingedrückten Knochen an Obuls Kopf operieren. Ich muss schnell sein.“ Rellan stand auf und eilte aus dem großen Unterstand zum Zelt mit den Verletzten. Auch Absan und Kierk wurden von Egrie mit einer knappen Geste entlassen. Der Fürst wirkte in sich gekehrt, nachdenklich, wesentlich älter als noch am Tag vor dem Sonnenwendfest.

Während Kierk und Absan sich von Egries Hütte entfernten, trat Absan wütend gegen eine zerbrochen am Boden liegende Tonschale. „Ich interessiere ihn einfach nicht. Ich kann nur alles falsch machen. Nichts hat sich geändert. Er trauert um meinen Bruder. Gut, Tündas Gefangennahme nimmt ihn auch mit. Hat er gefragt, wie ich mich fühle, wie ich gekämpft habe, wie es um meine Verwundung steht? Ich hätte für ihn nicht zurückkehren brauchen. Das hätte nichts geändert.“

„Du hast sehr tapfer und gut gekämpft. Hab Selbstvertrauen, Absan. Der Verlust deines Bruders ist für deinen Vater noch zu nah. Gib die Hoffnung nicht auf, dass sich sein Blick weitet.“

Kierk litt mit Absan. ‚Wie oft habe ich mir vergebens Anerkennung durch meinen Stiefvater gewünscht, der seinen Hass auf meine Blutlinie nicht überwinden konnte. Wie kann ich da Absan Hoffnung zureden? Aber Hass auf ein Stiefkind und Blindheit für die Qualitäten eines eigenen Kindes sind unterschiedliche Dinge. Absan hat ein Recht zu hoffen. Hatte ich das auch?‘ Kierk beschleunigte seinen Schritt, verabschiedete sich von Absan.

‚Für mich bleibt nur, Karo und Tabu zu töten, wenn ich bei den Gojdo leben will. Für Absan gibt es hoffentlich einen anderen Weg.'

Kierk wollte jetzt allein sein, sich vom Schweiß und Blut reinigen und nachdenken. Er lief in Richtung Wald davon. Auf seinem Weg erkannte er neben den schwelenden Resten eines Wohnhauses den Platz, auf dem Absan und er im Schlamm gerungen hatten. Ihm fiel das geplante Fest ein. ‚Ein Fest braucht es nicht mehr', dachte er. ‚Für die Siedler wird es ab jetzt tödlicher Ernst sein, sich im Kampf zu üben und nicht nur ein lustiger Zeitvertreib'.

Schnell eilte er zum Bach.

Skrotan

Bartos blieb mit wenigen kampffähigen Männern und ihren Familien in der Siedlung, um den Wiederaufbau einzuleiten und die dringendste Feldarbeit zu erledigen. Auf die Ernte der nicht verbrannten Felder konnten die Siedler nicht verzichten. Bartos und Kierk verabschiedeten sich. Sie wünschten sich gegenseitig wohlgesinnte Götter und Geister für ihre Unternehmungen. Bartos und Kierk sprachen gleichzeitig ein „Danke“ an ihr Gegenüber aus und mussten darüber lächeln. Goran schlang kurz seine Arme um die Beine von Kierk, da er höher nicht reichte, drückte ihn und rannte schnell verschämt davon.

„Hier bist du immer willkommen“, sagte Bartos, drehte sich um und folgte seinem Sohn.

Kierk brach mit Egrie, Absan, Rellan und den meisten Siedlerfamilien zur Stammsiedlung Skrotan des Fürsten Egrie auf. Sie waren eine Woche unterwegs, als sie von einer Anhöhe aus das erste Mal Skrotan vor sich liegen sahen. Obwohl er von Erzählungen von Tünda und Teta vorgewarnt war, erschrak Kierk über die Ausdehnung der Siedlung und die große Zahl der Häuser. Die gleiche Bauweise der Häuser, teilweise noch etwas länger als in Emat. Und überall Felder. Der Wald war nur noch zu erahnen. Wohin Kierk blickte, waren Häuser, Felder und Gärten. Es gab ein paar Hecken und Einzelbäume, aber keinen Wald. Auf einzelnen Flächen ästen Tiere, von Hirten bewacht. Kierk drehte sich noch einmal in alle Richtungen. Weitere, kleinere Siedlungen waren in der Ferne zu sehen. Den Wald konnte er erst wieder auf den in der Ferne blau schimmernden Höhenzügen entfernter Hügelketten ausmachen. Kierk hatte Sehnsucht nach den Wäldern seiner Heimat. Das Licht unter den Baumkronen, das Rauschen der Blätter, der erdige Geruch des stets feuchten Waldbodens.

Sie kamen in Skrotan an. Häuser, so weit Kierk die Straße entlang schauen konnte. Menschen. Lärm. Ein Gestank, modrig, scharf und unbekannt. Unvermutet schlug Absan Kierk auf die Schulter und rief fröhlich: „Heute ist der Tag des Tausches. Wir haben Glück! Oh ja, Viehtausch. Wie habe ich den vermisst in dem Waldnest!"

Er packte Kierk am Ärmel seines Hemdes und wollte ihn mit sich ziehen.

„Halt!" Fürst Egrie hatte sich für den Einzug in seine Siedlung ein fein gegerbtes Wolfsfell über die Schultern gelegt und eine Halskette, einen Armreif und eine Gürtelschnalle, die er nicht täglich trug, angelegt. ‚Er sieht wirklich fürstlich aus', schoss es Kierk durch den Kopf.

„Wir besprechen erst die Verteilung der Flüchtlinge mit dem Vorsteher von Skrotan. Dann zeige Kierk den Tauschplatz, wenn du willst. Kierk muss schnell die Ausrüstung für seine Reise zusammenstellen. Ich lasse einen Einbaum für ihn am Ufer bereitmachen." Egrie schaute Absan streng an. Er schien sich zu ärgern, dass er Absan das überhaupt hatte sagen müssen.

Absan gehorchte, zog aber eine enttäuschte Grimasse Richtung Kierk, als Egrie es nicht sehen konnte. Denn Absan hatte Kierk vor ihrer Abreise nach Skrotan aufgefordert, unterwegs möglichst viel zu schnitzen. Er hatte nur gesagt, er würde die geschnitzten Figuren in Skrotan gut gebrauchen können. Nichts weiter.

Als sie nun durch Skrotan gingen, flüsterte Absan Kierk zu: „Wenn du hier etwas siehst, dass du haben möchtest, kannst du versuchen, deine Schnitzereien zum Tausch anzubieten."

Als sie an einem Haus mit vielen reich verzierten und bunt bemalten Tontöpfen vorbeikamen, wie sie so kunstvoll in der Siedlung im Wald nicht hergestellt worden waren, begann Kierk zu ahnen, was hier anders lief.

Kierk zog nachdenklich die Augenbrauen zusammen. Er fragte Absan. „Hier gibt es Menschen, ganze Familien, die ihre ganze

Zeit für die Herstellung einzigartiger, langlebiger und schöner Produkte aufwenden. Wie kommen sie dann an Nahrung und die anderen notwendigen Dinge des täglichen Lebens?"

„Sie tauschen!"

Kierk bemühte sich, den Gedanken fertig zu denken. ‚Das bedeutet, dass sie sich auf die Nahrungsmittelversorgung durch die anderen verlassen. Sie selbst bauen ja nichts an. Was ist, wenn die anderen nichts mehr abgeben wollen, wenn die Nahrung im Winter knapp wird?' Die Situation kannte Kierk nur zu gut. Er schüttelte den Kopf.

Kierk dachte daran, wie schön es wäre, wenn er mit Tünda all die Sachen anschauen und sich erklären lassen könnte, statt mit dem mundfaulen Absan. Oft hatte er an Tünda gedacht und gehofft, dass sie gut behandelt wurde. Trotzdem war ihm klar, sie schwebte als Geisel in großer Gefahr, wenn sie noch lebte.

Kierk war so in Gedanken versunken, dass er die bösen Blicke der Bewohner von Skrotan erst wahrnahm, als sich eine Gruppe von Männern am Straßenrand zusammengerottet hatte.

Grimmig funkelten sie Kierk an. Kierk legte eine Hand auf den Griff seines Feuersteinmessers an der Hüfte. Auch Egrie hatte die feindlichen Blicke bemerkt und blieb auf der Höhe der Männer stehen. „Er ist ein Freund, kein Feind. Dieser Jäger hat uns beim Angriff auf unsere Siedlung geholfen. Er wird uns auch weiterhin helfen."

Eine der Männer trat einen Schritt vor. „Fürst Egrie, schön, dass Ihr zurückgekehrt seid. Wir verstehen nicht. Bitte erklärt uns, was passiert ist. Es gibt Gerüchte, dass Siedler aus dem Westen an den Überfällen beteiligt sein sollen. Das kann doch nicht sein. Wir Siedler hängen alle voneinander ab. Es müssen Wilde sein, die die Überfälle durchgeführt haben. Wilde, wie der da." Der Sprecher zeigte mit dem Finger auf Kierk.

„Du bist Atos, Sohn des Galan. Ich erkenne dich. Galan war Mitbegründer dieser Siedlung zusammen mit mir. Wenn ich dir sage, dass dieser Mann hier nicht euer Feind ist, willst du dann etwas anderes behaupten?“ Egrie hatte seine Frage am Ende scharf betont.

Atos senkte den Blick. „Nein, Fürst Egrie, so war das nicht gemeint. Wir werden warten, was du uns zu sagen hast und was weiter geschehen soll.“ Atos machte einen unterwürfigen Schritt rückwärts.

Egrie blieb noch einen Moment hochaufgerichtet vor der Gruppe stehen, fixierte Atos. Dann drehte er sich zu den anderen Menschen, die die Szene beobachtet hatten und starrte auch sie an. Niemand traute sich mehr etwas zu sagen oder zu fragen. Egrie ging weiter und der Tross der Flüchtlinge aus der Waldsiedlung folgte ihm.

Mitten in der Siedlung trat ihnen ein Mann in den Weg. Er verbeugte sich vor Egrie. Er lächelte, rieb aber seine Hände aneinander, als würde er sie waschen. „Fürst Egrie! Absan! Und du, Rellan! Wie schön, dass ihr zurück seid. Viel wird erzählt, wenig gewusst. Bitte tretet in mein Haus ein.“ Der Mann war merkwürdig nervös. Er zeigte auf den Hauseingang eines großen Langhauses seitlich des Weges. Schnell wandte er sich auch an die Siedler in Begleitung von Egrie aus Emat.

„Die Familien und Kinder bitte zum Haus am Tauschplatz. Ihr kennt euch aus? Dort wird meine Frau Essen und Trinken auftischen.“

Fürst Egrie legte dem Mann eine Hand auf die Schulter. „Nalog! Auch schön, dich zu sehen.“

„Gut, dass Ihr heil zurück seid. Ich war in Sorge. Aber jetzt ist es ja gut.“ Nalog drehte sich beim Sprechen schon Richtung Haus und winkte Egrie, Absan und Rellan zu, ihm zu folgen. Als Kierk sich anschickte, ihm mit Egrie, Absan und Rellan zu folgen, stutzte Nalog und schaute Egrie fragend an.

„Das ist Kierk“, sagte Egrie. „Er kommt mit uns. Wir haben einiges mit dir zu besprechen und Kierk wird dabei benötigt.“

Sie betraten das Haus durch den Haupteingang in der Mitte der Langseite. Neben dem Eingang zum Haus standen Tonschalen auf einem Dreibein aus Holzstangen. Daneben eine Tonflasche mit Wasser. Egrie ging als erster an die Tonschale, schüttete Wasser hinein und wusch sich den Staub der Reise vom Gesicht und den Händen. Das Wasser goss er anschließend in einen leeren Tonkumpf. Absan machte es ihm nach. Kierk vollzog die Waschung, wie er es beobachtet hatte.

„Dies ist das Getreide, das wir als Gründeranteil unserer Ursprungssiedlung dieses Jahr senden werden." Nalog zeigte auf einen Stapel Säcke an der Wand.

Egrie nickte zufrieden. „Gut! Darüber werden wir uns später unterhalten. Jetzt möchte ich mit dir die nächsten Schritte gegen unseren Feind, Gatala, besprechen."

Nalog zeigte auf die Tür, die vom mittleren Raum des Langhauses in den Wohnbereich führte. Im großzügig mit Fellen und gewebten Teppichen ausgelegten Wohnbereich seines Hauses hatte er bereits Getränke und Speisen auftischen lassen. Er war offenkundig frühzeitig vom Eintreffen Egries informiert worden.

„Setzt Euch, Fürst Egrie, und schont Euer verletztes Bein. Dass Ihr verwundet wurdet, war mir noch nicht bekannt."

Als sie im Kreis auf dem Boden saßen, wies Egrie auf Kierk. „Er beherrscht unsere Sprache."

Nalog nickte, kam dann sofort zum Punkt. „Die östlichen Städte haben zugestimmt. Gatala hat sich von ihnen losgesagt. Es ist nunmehr nicht nur unser Kampf aus Rache für Doar und die anderen Siedler. Wir sollten Gatala fangen oder töten, egal. Falls er Siedlungen im nördlichen Gebiet gegründet hat, in dem unsere Siedlung mit Doar die erste war, wird diese zerstört." Egrie nahm einen kräftigen Schluck Bier aus dem Trinkbecher, bevor er antwortete.

„Die Lage hat sich verkompliziert, als Gatala Tünda bei dem Überfall als Geisel genommen und in den Westen verschleppt hat."

„Oh, das tut mir leid.“ Mit zusammengezogenen Augenbrauen fragte er: „Was ist Euer Plan, Fürst Egrie?“

„Wir drehen den Spieß um. Kierk ist vom Stamm der Gojdo. Sie sind Feinde der Rungi. Er wird mit Kriegern seiner Sippe mich und eine Schar Kämpfer begleiten und wir überfallen Gatala in seiner eigenen Siedlung. Wir nehmen ihn gefangen. Wir befreien Tünda und dann wird Gatala sterben.“ Egrie füllte seinen Becher aus dem bereitstehenden Tonkumpf nach und trank ihn in einem Zug aus. Dann fuhr er fort. „Da er Tünda hat, müssen wir uns sehr beeilen. Kierk wird so bald wie möglich mit einem Kanu nach Norden fahren. Er soll sich mit einer Gruppe Krieger mit uns an der Ala treffen. Gemeinsam ziehen wir dann weiter. Kierk braucht ein Kanu mit Ausrüstung. Geschenke für die Gojdo. Ich nehme zwanzig Männer aus Skrotan mit, die mit uns ziehen.“

„Was sind das für Zeiten, in denen wir so etwas planen müssen. Ich beeile mich, die notwendigen Vorkehrungen zu treffen. Gojdo, ja? Habe ich noch nie von gehört.“ Nalog musterte Kierk vom Kopf bis zu den Füßen. Kierk tat das gleiche mit dem hektischen Mann. Was sollte er ihm antworten?

„Was ist meine Rolle in deinem Plan, Vater?“

Egrie war sichtlich überrascht von der Frage Absans. Er war bereits dabei, aufzustehen, hatte die Sitzung beenden wollen. „Du hilfst Bartos beim Wiederaufbau der Waldsiedlung und führst die Familienlinie fort, wenn wir nicht wiederkehren.“

„Auf keinen Fall. Ich komme mit. Ich will gegen Gatala und seine Truppe kämpfen.“

Fürst Egrie, der keine Widerrede gewohnt war, holte gerade Luft, um zu antworten, als Kierk sich einmischte.

„Verzeiht, Fürst Egrie, Absan hat tapfer gekämpft, als wir von den Rungi überfallen wurden. Er hat Rungi im Kampf getötet, als wir die anderen Geiseln befreit haben. Fürst Egrie, ich würde nur ungern auf Absan verzichten, wenn wir kämpfen müssen. Ich kann auch gut verstehen, dass er seinen Bruder rächen und seine Schwester befreien will."

Egrie ließ die Luft langsam durch die Zähne wieder entweichen. Er schien zu überlegen. Dann nickte er. „So sei es denn. Du kommst mit uns."

Egrie stand mühsam, mit schmerzverzerrtem Gesicht auf. Das verletzte Bein behinderte ihn. Auch das schien ihn zu ärgern. Als er stand, wandte er sich brüsk an Rellan. „Du begleitest mich zu meinem Haus! Wir haben noch einiges vorzubereiten. Mein Bein muss dringend versorgt werden und muss schneller heilen." Vor dem Haus von Nalog wandte er sich an Absan. „Absan, du hilfst Kierk, die Vorbereitungen für seine Reise schnell abzuschließen. Ich verlasse mich auf dich."

Absan sah zu, dass er und Kierk so schnell wie möglich aus der Sichtweite von Egrie gelangten. Er hatte Kierk an der Schulter gepackt und schob ihn förmlich vor sich her in Richtung Tauschplatz. Er fürchtete offensichtlich weitere Aufträge seines Vaters, die sie am Ende noch ganz vom Tausch abhalten könnten.

Als Tauschplatz diente eine große Fläche der Siedlung, die sonst zum Dreschen des Getreides genutzt wurde. Es gab Stände mit Tauschwaren und Stände, die Essen und Getränke anboten. Viele Menschen waren auf dem Platz. Es wurde diskutiert, gezankt und gelacht.

‚Das Tauschen bedeutet viele Menschen, viel Lärm', dachte Kierk für sich. Er verspürte Zeitdruck, die Vorbereitungen für die Abfahrt am nächsten Morgen zu starten.

„Der Tauschplatz wird von Händlern aus der Umgebung von Skrotan und von Händlern aus weit entfernten Gegenden besucht", erklärte Absan.

Er hatte Kierk inzwischen bis zum Ende des Platzes mit dem Viehtausch gezogen. Hier waren Gatter aufgestellt worden, in denen sich Schafe, Ziegen, Schweine und Kühe befanden. Wie sehr das Herz vieler Siedler, vor allem der Männer, für die Nutztiere schlug, zeigte sich hier deutlich. Um die Gatter standen Gruppen aus Männern und Jungen, die laut untereinander und mit dem Anbieter über die Farbzeichnung und die Ausbildung bestimmter Körperteile der Tiere debattierten. Kierk sah, dass verschiedene Siedler um die gleichen Tiere feilschten.

Absan schaute Kierk glücklich an. „Ist das nicht großartig? Schau dir die schönen Tiere an. Der Schafbock da zum Beispiel. So einen Bock mit seinen riesigen Hörnern habe ich noch nie gesehen, glaube ich. Es gibt aber auch Betrüger. Du musst aufpassen beim Vieheinkauf."

Kierk freute sich für Absan, dass er sich hier so begeistern konnte. Er selbst wollte sich lieber für die Abreise vorbereiten.

Als er aber einen Tierhändler entdeckte, der Hundewelpen und Wildtiere, anbot, ging er zu dessen Stand. Absan blieb bei den Nutztieren. Er wollte sehen, wer den Schafbock ersteigerte. Auf der Holzplatte vor Kierk saßen Vögel in geflochtenen Körben. Schnepfen, Rebhühner, Singvögel, ein junger Rabe. Umringt von Kindern, befanden sich zwei Braunbärjungen in einem aus Stöcken zusammengebundenem Käfig. In einem Korb entdeckte Kierk vier Welpen. Alle hatten ein braunes, wild gelocktes Fell. Ihre Pfoten und Köpfe waren viel zu groß für die kleinen Körper.

‚Die werden bestimmt mal sehr groß bei den Pfoten', dachte Kierk und beobachtete die jungen Hunde. Drei Welpen tollten munter im Korb herum, das Vierte lag apathisch am Rand des Körbchens. Das Fell dieses Welpen sah stumpf aus. Der Nase und den Augen fehlte der Glanz gesunder Hunde. Trat eines seiner munteren Geschwister beim Toben auf ihn, hob der Welpe nicht mal den Kopf.

Der Händler, der Kierk ignorierte, rief laut in die Menge vor seinem Stand: „Drei Wolfshundwelpen habe ich anzubieten!"

Gleichzeitig packte er den vierten Welpen im Genick. Ohne Widerstand des Welpen hob er ihn hoch.

„Aus dir wird nichts mehr“, murmelte er dabei. „Vor allem kein Geschäft. Nachher muss ich dir wohl oder übel den Hals umdrehen. Du verschreckst mir die Kunden und weitertragen werde ich dich nicht.“ Er steckte den Welpen in einen geflochtenen Korb und ließ diesen hinter sich verschwinden.

„Was willst du für den Hund haben?“ Kierk hatte eigentlich nicht vorgehabt, einen Hund zu erstehen. Er hatte Mitleid. Der Verkäufer musterte den merkwürdig und fremd aussehenden Kunden. Taxierte seine Möglichkeiten für ein Geschäft.

„Was bietest du?“, fragte er. Seine schlaksige Figur und das ausgemergelte Gesicht gaben ihm etwas Geiziges.

„Du wolltest ihn töten, gib ihn daher mir! Ich kümmere mich.“

„So einfach ist das nicht, ich hatte Aufwendungen. Die Aufzucht, der Transport, das Futter. Ich bin hier, um meine Ware einzutauschen. Wenn du nichts tauschen willst, dann verzieh dich.“

Der Händler wandte sich von Kierk ab. Er vermutete wohl, dass bei dem Wilden nichts zu holen sei. Kierk fielen die Schnitzereien ein, zu denen Absan ihn gedrängt hatte, sie herzustellen.

Kierk holte den Beutel, der an seiner Seite am Gürtel hing, hervor und schüttete den Inhalt auf den Boden. Es purzelten wunderschöne, sehr lebendig wirkende Schnitzereien eines Rindes, eines Schafbocks, eines Hundes und eines Rothirsches, dessen weißes Geweih Kierk aus einem Knochen geschnitzt und an den Kopf des Hirsches gesteckt hatte, heraus.

Der Händler stutzte. Dann wurde er hektisch.

„Die nehme ich“, sagte er schnell und griff gierig nach den Schnitzereien. Blitzschnell wickelte er sie in einen Stofflappen, den er zwischen seinen Auslagen gegriffen hatte und ließ das Bündel hinter sich verschwinden.

Dann griff er nach dem Korb. Er legte den schlaffen Welpen in Kierks Arme. Kierk ahnte, er hatte das Prinzip des Handelns, wie es hier gelebt wurde, nicht verstanden. Der Tausch von Gütern war ihm nicht unbekannt. Es war ein notwendiges Prinzip der Versorgung mit Dingen, auch im Leben der Gojdo. Das Ziel bei den Gojdo war aber stets, beide Seiten zufriedenzustellen. Jedem Gojdo war klar, war eine Seite beim Tausch unzufrieden, wäre dies der Beginn für Zwietracht und Streit zwischen den Tauschpartnern. Daher wurde bei einem Tausch auf die Zufriedenheit des Gegenübers geachtet, nicht der eigene Vorteil verfolgt.

Kierk wandte sich mit dem kranken Hundewelpen auf dem Arm, der sich schwach an seine Brust andrückte, vom Stand ab und machte sich auf den Weg, Absan zu suchen.

Er streichelte dem kleinen Hund beruhigend über das lockige Fell. Der Hund fiepte, hob den Kopf und öffnete kurz die Augen. Wie zwei schwarze Moorseen funkelten sie zu Kierk auf. Der Hund ließ den Kopf wieder zurücksinken, entspannte sich spürbar in Kierks Arm.

Kierk sprach, während er sich über den belebten Tauschplatz bewegte, in deren Nähe er Absan vermutete, leise auf den Hund ein. „Was mache ich denn mit dir? Knochiges Knäuel aus Fell, Pfoten und großen Augen? Ich habe dich gefunden, ohne dich zu suchen. Erst mal finden wir Absan, dann sehen wir weiter."

Er fand ihn auf dem Platz für den Viehtausch.

„Du hast dir einen toten Hund andrehen lassen!" Absan schüttelte den Kopf. „Hatte ich dir die Regeln beim Tierhandel nicht eben erklärt?" Absan wollte Kierk mit sich ziehen. „Komm, wir gehen zurück. Dem Händler erzähle ich was!"

„Nein, nein. Absan, ich habe ihn mitgenommen, weil der Händler ihn töten wollte. Vielleicht überlebt er, dann habe ich einen Hund."

„Okay, wie du meinst. Dann zeige ich dir etwas anderes." Absan wies auf den Ring aus dicht an dicht in den Boden eingegrabenen Baumstämmen, der sich am Ortsrand von Skrotan befand.

Als sie kurz vor ihrer Ankunft vom Hügel oberhalb der Siedlung auf Skrotan geblickt hatten, war Kierk bereits das etwa vierzig

Männerschritte im Durchmesser messende, kreisrunde Bauwerk aus Palisaden aufgefallen. Jetzt ging Absan mit Kierk darauf zu. Stämme waren dicht an dicht stehend in den Boden eingegraben worden und ragten, als sie sie erreichten, etwa zwei Mann hoch vor ihnen auf. An die Palisadenwand war außen ein Gestell aus dünneren Stämmen und Bohlen angebaut worden. Auf diesem standen Menschen dicht an dicht und schauten über den Rand des Palisadenkreises ins Innere. Mal johlten diese im Chor, dann stöhnten sie gemeinsam entsetzt auf, um dann gespannt zu verstummen.

„Die Balken umschließen die Himmelsscheibe. So nennen wir den Platz." Absan musste gegen den Lärm der aufgebrachten Menge anbrüllen. „Die Priester feiern darin mit uns die wichtigen Tage des Jahres, wie die zu den Sonnenwenden. Sie können an den Balken und dem Sonnenstand die Tage im Jahr abzählen. Wenn die Priester den Platz nicht brauchen, dann wird er allerdings auch für anderes verwendet." Absan grinste verschmitzt.

Über eine provisorische Leiter gelangten sie hoch auf das Gestell. Die dicht an dicht stehenden Menschen machten Absan und Kierk nur widerwillig auf den schmalen Bohlen Platz.

„Stierkampf!", schrie Absan und zeigte auf einen Stier im Inneren des Palisadenkreises.

Im Innenkreis der Palisaden befand sich eine freie Fläche. Ein riesiger, wild schnaubender Stier stand etwa in der Mitte der Fläche. Um ihn herum, nahe den Palisaden liefen junge Männer, nackt bis auf einen Lendenschurz, die ihren Körper mit Eisenocker rot gefärbt hatten. Der Stier schnaubte wütend. Die jungen Männer änderten ständig die Richtung, um den Stier zu verwirren. Der warf Staub mit den Hufen hinter sich. Seinen Kopf bewegte er ruckhaft hin und her. Er versuchte, einen der Männer zu fixieren, die sich, wenn sie die Gelegenheit für günstig hielten, dem Stier vorsichtig näherten.

„Sie versuchen, die rot eingefärbten Haarbüschel zwischen den Hörnern zu berühren, um ihren Mut zu demonstrierten." Die

Spitzen der Hörner waren zwar mit Stoff umwickelt, aber das würde nur wenig helfen, wenn der massige Stier richtig traf. Die Menge brüllte auf. Der Stier hatte den Vorwitzigsten der Stierkämpfer gerade mit den Hörnern hochgehoben und katapultierte ihn hoch in die Luft. Als er anschließend ansetzte, um dem verletzt am Boden Liegenden den Rest zu geben, versuchten die anderen jungen Männer ihn abzulenken. Sie sprangen vor den Stier, liefen durcheinander und brüllten. Das Spiel begann von vorn. Ein Tor in der Palisadenwand öffnete sich und Männer mit langen Spießen liefen zum Verletzten, nahmen ihn hoch und trugen ihn schnell zum Tor hinaus.

„Es gibt auch Kämpfe mit Bären. Hundekämpfe sind auch beliebt. Bären mit Hunden auch." Absan grinste Kierk an. Ihm war anzusehen, dass er diese Kämpfe liebte.

Weder Kierk noch Absan hatten auf ihre Nachbarn auf der schmalen Tribüne geachtet. Erst jetzt, als auf einmal einer der Männer die Arme von Kierk von hinten festhielt und ein zweiter ihm den Hund vom Arm riss und in den Innenkreis der Palisaden warf, erkannten Kierk und Absan, dass sie von den Männern der feindseligen Gruppe bei ihrem Einzug in die Siedlung praktisch umgeben waren.

„Hunde und Wilde verboten!", schrie der Sprecher ihrer Begegnung. „Wenn du so ein toller Kämpfer bist, wie erzählt wurde, dann kannst du dir dein Hündchen ja einfach zurückholen." Der Sprecher, der Kierk frech ins Gesicht grinste, hatte die Figur von Bartos und fühlte sich offenbar Kierk kräftemäßig überlegen. Kierk wollte sich gerade von dem Mann, der ihn festhielt, losreißen, um sich auf den Mann vor ihm zu stürzen, als er sah, dass sein Hund nicht unten an den Palisaden liegen geblieben war, sondern kläffend auf den Stier zuwankte. Die Zuschauer tobten. Freuten sich, gleich würden sie zusehen können, wie der aufgebrachte Stier den Hund in den Boden der Arena stampfen würde.

Kierk schlug mit dem Kopf nach hinten und traf das Gesicht seines unsichtbaren Gegners. Er spürte, wie dessen Nasenbein brach und sich die Umklammerung seiner Arme löste. Kierk stürzte sich nicht auf den Mann vor ihm, der seinen Hund hinuntergeworfen hatte, sondern sprang über die Baumstämme hinunter in das Rund mit dem tobenden Stier.

Kierk brüllte und rannte auf den Stier zu, um ihn von dem Hund abzulenken. Er roch die Ausdünstungen und die Wut des Stiers vor ihm nur zu deutlich. Der hatte den Kopf gesenkt und die Hörner auf den bellenden Hund gerichtet. Nun zögerte er, war verwirrt, als mit Kierk plötzlich ein weiteres Ärgernis auftauchte. Er stürmte los. Mit einem unmotivierten, seitlichen Stoß seines Kopfes schleuderte er den kleinen Hund aus dem Weg und rannte auf Kierk zu.

Absan lief auf einmal dicht an Kierks Seite. Er musste sofort nach Kierk über die Stämme gesprungen sein.

Ohne dass sie es hätten besprechen müssen, wussten sie, was zu tun war. Kurz bevor sie auf den Stier trafen, warf sich Kierk nach links und Absan nach rechts. Der Stier stürmte genau zwischen ihnen durch ins Leere. Kierk, auf dessen Seite der Hund lag, sammelte diesen im Laufen auf, und er und Absan rannten, so schnell sie konnten, zu dem Tor im Palisadenzaun, das sich vor ihnen öffnete und sie hinausließ. Erst als sie durch die Holzwand hindurch waren, hörte Kierk das jubelnde Geschrei der Zuschauer. Alle seine Sinne waren vorher auf den Stier und die unmittelbare Gefahr gerichtet gewesen.

Absan atmete heftig. Er lächelte Kierk glücklich an. „Wahnsinn. Was für eine Geschichte. Ich wollte immer schon beim Stierkampf mitmachen."

Kierk hatte inzwischen überprüft, dass es dem Hund gut ging. Jetzt legte er seine freie Hand auf die Schulter von Absan und blickte ihn dankbar an. „Ich danke dir!"

„Du hast dich bei meinem Vater eingesetzt, dass ich mit auf den Feldzug gegen Gatala mitkommen darf. Da konnte ich ja schlecht zulassen, dass du hier von einem blöden Rindvieh niedergemacht wirst und die ganze Sache abgesagt wird.“ Absan zuckte mit den Schultern, als hätte es keine Alternative zu seiner Handlung gegeben.

Der Hund hob den Kopf und leckte Kierk übers Gesicht.

„Da ist noch jemand dankbar“, stellte Absan lachend fest.

Egrie blies wütend Luft durch die Nase aus und blitzte Absan mit zusammengezogenen Augenbrauen an.

„Wie konnte das passieren?“, fragte er zischend.

„Wir wollten nur kurz den Stierkampf anschauen. Der beste Kampfstier von Skrotan übrigens.“

Kierk zuckte entschuldigend mit den Schultern. „Ich wurde von hinten gepackt.“

Rellan mischte sich ein. Er flößte dem jungen Hund gerade eine Medizin ein, die diesem offensichtlich nicht schmeckte. „Die Leute sind wegen der Überfälle durch die Rungi aufgebracht. Nicht, dass die Angehörigen der Jägerstämme je besonders gut behandelt wurden, aber seit den Überfällen sind die Menschen verunsichert.“

„Okay, Schluss. Kierk kann fahren und die Krieger für unser Vorhaben anwerben. Das ist das Wichtigste.“ Egrie hatte sich schon ungeduldig umdrehen wollen. „Ein Wort noch, die Täter sind identifiziert. Sie werden beim nächsten Tauschtag auf der Himmelsscheibe beweisen können, ob sie einem wilden Stier auch so gut entkommen können, wie ihr.“ Egrie grinste böse. „Ich fürchte allerdings, eher nicht.“ Und er lachte.

Rellan übergab den Hund an Kierk. „Sein Fieber ist bereits gesunken. Er kann mit dir gehen.“

„Gut! Wir sehen uns zur verabredeten Zeit an der Ala, Kierk vom Volk der Gojdo. Gute Reise.“ Egrie entließ seine Gäste mit einer knappen Geste.

Rückkehr

Kierk saß im hinteren Ende des Einbaums. Der Hund lag vor seinen Füßen und schaute interessiert über die Bordwand des Kanus in die vorbeiziehenden Flusslandschaften.

Neben sich hatte Kierk einen Bogen und Pfeile für die Jagd auf Wassergeflügel griffbereit liegen. Auch ein Speer zum Fischen, der eine Knochenspitze mit geschnitzten Widerhaken hatte, lag neben ihm.

Egrie hatte das Boot üppig mit Geschenken für die Gojdo beladen wollen, aber Kierk hatte darauf bestanden, dass es nur ein paar geschliffene Axtbeile und Schmuckperlen sein sollten.

„Sie müssen hungrig auf mehr sein", hatte er argumentiert. Und so war das Boot leicht und schnitt mit wenig Tiefgang durch die Wellen des Flusses. An den Ufern und auf den vielen Inseln des Flusses mit seinen ungezählten Windungen stand ein dichter Galeriewald mit Weiden, Pappeln, Erlen und anderen Baumarten, die Überflutungen ertragen konnten. Tief atmete er die frische Luft in seine Lungen. Jetzt spürte er, wie stark ihn die baumlose Enge, der Schmutz und der Lärm der vielen Menschen und der Nutztiere belastet hatten. Die guten Dinge hatte er dabei. Frisch gebackenes Brot und Bier, er hatte von beidem einen guten Vorrat mitgenommen.

Gelegentlich begegnete er anderen Booten. Üblich war hier ein Gruß mit dem Paddel, den Kierk ebenso ausführte. Er ließ sich aber auf keine Gespräche ein. Stetig paddelte er voran. Er wollte nicht aufgehalten werden, sondern schnell ankommen. Er musste die Acra hinunter bis zur Mündung in den Mutterstrom fahren und diesen bis zur Höhe des vermuteten Lagerplatzes seiner Sippe hinunterfahren. Kierk konnte nur Vermutungen darüber anstellen, welchen Lagerplatz seine Sippe jetzt im Sommer gewählt hatte. Die kräftige Strömung half ihm voranzukommen.

‚Der Empfang wird nicht herzlich ausfallen. Das ist klar. Ob ich überhaupt vorsprechen darf, ist mehr als fraglich.' Kierk machte sich keine Illusionen.

‚Die Alten werden erst unter sich diskutieren, bevor sie mich überhaupt sprechen lassen. Und da hat Karo ein gewichtiges Wort mitzureden. Er und Tabu werden es verhindern wollen, dass ich angehört werde.'

Kierk tauchte das Paddel wieder einmal so in das Wasser ein, dass er sich selbst bespritze. Es war ein heißer, sonniger Tag mit wolkenlosem Himmel.

‚Vielleicht werden sie mich gleich verjagen, höchstwahrscheinlich aber gefangen nehmen und töten.'

Er griff in seinen Vorratsbeutel nach einem Fladenbrot und riss ein großes Stück davon ab. Mit dem Paddel so unter dem Arm geklemmt, dass er damit weiter die Richtung des Einbaums dirigieren konnte. Auch dem Hund gab er ein Stück von dem Brot ab. Der schlang es hinunter. Als dieser anschließend abwechselnd Kierk in die Augen und den Rest des Brotes in seiner Hand anschaute, musste Kierk lächeln. Er gab ihm ein weiteres Stück.

„Armer Hund, hast du Hunger? Du hast noch keinen Namen, das ist traurig. Ich könnte mich revanchieren und dich Tünda nennen." Kierks Lächeln wurde noch breiter bei dem Gedanken an das Zusammentreffen mit Tünda und ihrem Welpen am Bach.

Der Hund schaute Kierk aufmerksam an, während dieser mit ihm sprach, wedelte mit dem Schwanz.

„Keine Angst, wir finden deinen Namen." Kierk kraulte den Hund, griff dann das Paddel wieder mit beiden Händen, um Fahrt ins Boot zu bringen.

Nicht lange dachte er über einen Namen für den Hund nach. Seine Gedanken flogen stattdessen zu Sirte.

‚Ich werde sie in wenigen Tagen sehen. Wird sie mit Tabu verheiratet sein?' So oft sich diese Frage in sein Bewusstsein schob, quälte sie ihn.

Der Mix widersprüchlicher Gefühle verengte ihm den Hals. Er schluckte.

Mit einem schabenden Geräusch lief das Boot auf eine Sandbank auf. Untiefen waren durch das schlammige Wasser schwer unter der Wasseroberfläche auszumachen. Mit einem Ruck blieb der Einbaum stecken.

Kierk ärgerte sich. ‚Nicht so viel Nachdenken, sondern sich auf den Fluss konzentrieren. Das kabbelige Wasser über der Sandbank hätte ich sehen müssen.'

Das Boot, das nur mit dem Bug festsaß und von der Strömung geschoben wurde, begann, sich langsam um seine Spitze in die entgegengesetzte Richtung zu drehen. Kierk wartete, bis das Boot ganz gewendet hatte, dann zog er mit Hilfe der nun unterstützenden Strömung das Boot mit kräftigen Paddelstößen rückwärts von der Untiefe. Er konnte die Fahrt fortsetzen.

Der Hund, in kurzer Zeit gesund und lebhaft, erwies sich als guter Jagdgefährte. Meist lange vor Kierk entdeckte er im Schilf und den Gebüschen der Ufervegetation Wasservögel und zeigte dies Kierk mit einem leisen „Wuff" an.

Kierk genoss die Fahrt. Jeden Tag mehr. Auch wenn er das Ende fürchten musste. Kurz hinter der Mündung der Acra in den breiten Mutterstrom hatte er die letzten Zeichen einer Besiedelung des Umlandes durch Siedler gesehen. Ein totes Schaf, das aufgedunsen, mit den Beinen in die Luft gestreckt, im Wasser trieb. Das schwarze Wasser der Acra mischte sich nach seiner Einmündung nicht sofort mit dem braunen Wasser des Mutterstroms. Lange noch konnte Kierk es als dunkles Band im Wasser des Mutterstroms erkennen. Nach der Schätzung von Rellan musste er jetzt noch gut sieben Tage fahren, bis er im Siedlungsgebiet seiner Sippe ankommen würde.

Kierk hoffte, dass er den Uferabschnitt vom Boot aus erkannte, an dem seine Sippe jedes Jahr im Herbst die Stellnetze für den Fang der stromaufwärtsziehenden Lachse ausbrachte. Jetzt war nicht Herbst, aber von diesem Punkt aus konnte er die Suche nach dem aktuellen Standort des Lagers starten.

Dann war es leichter als gedacht. Die ersten Anzeichen der Anwesenheit von Gojdos am Fluss, auch wenn es längst noch nicht Angehörige seiner Sippe waren, sah er bereits Tage bevor er sich dem möglichen Standort des Herbstlagers seiner Sippe näherte, die weiter stromaufwärts siedelten. Kierk entdeckte kleine Einbäume, die auf den Ufersand gezogen worden waren und von Fischern das ganze Jahr über genutzt wurden. Er sah Holzpfosten, an denen Stellnetze festgemacht waren. Kierk würde fragen können, wie weit es noch bis zum Gebiet seiner Sippe war.

Schließlich hatte Kierk den Eindruck, dass er angekommen sein musste. Er blieb vorsichtig. Vielleicht sahen sie ihn kommen, lagen auf der Lauer. Als er einen sandigen Uferabschnitt mit darauf liegenden Einbäumen sah, erkannte er den Fangplatz seiner Sippe. Die alte Weide mit dem markanten dreifachen Stamm und dem auf den Fluss weisenden dicken Ast kannte er. Er paddelte auf das Ufer zu und rief laut in der Sprache der Gojdo, dass er Mitglied des Volkes der Gojdo sei. Hier hatte er Schwimmen und Fischen gelernt. Als Kierk nah dem Ufer war, fuhr er das Boot mit Schwung auf den Sand des Ufers. Er stieg aus und zog das Kanu sofort weiter auf den trockenen Boden. Als Kierk sich umdrehte, traten zwei Gojdo mit schussbereiten Bögen aus dem Wald auf den Strand.

„Wer bist du?“, rief der eine.

„Wir kennen dich nicht und deine Kleidung ist nicht die eines Gojdo“, ergänzte der zweite.

Kierk kannte die beiden nur zu gut. Es waren ausgerechnet zwei der übelsten Spießgesellen von Tabu. Sein Magen drehte sich um. Sofort war das Gefühl der Hilflosigkeit seiner Kindheit wieder da.

„Doch, ich erkenne dich", sagte Katos, der Kleinere der beiden. „Du bist Kierk, auch wenn du im Gesicht ganz anders aussiehst." Katos kniff die Augen zusammen und ergänzte etwas kleinlauter: „Und gewachsen bist du auch, scheint mir."

„Kierk. Natürlich. Jetzt erkenne ich dich auch. Bist du zurückgekommen, damit wir wieder mit dir spielen, wie früher?" Sama, der Größere, grinste hämisch. „Du weißt, dass du besser nicht zurückkommen wärst?"

Kierk lenkte das Krächzen von ein paar Raben ab. Die waren ebenfalls am Strand gelandet und stritten ein paar Meter entfernt um einen toten Fisch.

‚Nein, ich will nicht mehr der sein, auf dem andere herumhacken! Ihr spielt nicht mehr mit mir. Die Zeit ist vorbei!' Kierk schaffte es, das schlechte Gefühl beim Anblick seiner Peiniger von früher niederzuringen.

Der Hund stand an Kierks Füßen und fixierte die beiden Gojdo. Sein Schwanz stand steil hoch, bewegte sich nicht. Er spürte die angespannte Atmosphäre zwischen den Menschen und wartete, was Kierk tun würde.

„Ihr wollt spielen? Seid ihr euch da ganz sicher?" fragte Kierk scharf.

Immer noch waren die Bögen auf Kierk gerichtet. Aber die Unentschlossenheit stand ihnen ins Gesicht geschrieben.

Kierk sprang auf die zwei zu, ohne auf eine Antwort von ihnen zu warten. In der gleichen Sekunde ging auch sein Hund auf die beiden los. Knurrte böse. Katos und Sama waren, wie erhofft, von der plötzlichen Notwendigkeit einer Entscheidung überrascht. Von Katos Bogen löste sich mehr vor Schreck, denn aus gezielter Absicht der Pfeil vom halb gespannten Bogen und flog kraftlos an Kierk vorbei. Sama ließ den Bogen fallen und griff nach seinem Totschläger am Gürtel. Der Hund sprang Sama an und verbiss sich in dessen Hose aus zusammengenähten Tierhäuten. Kierk erreichte Katos, griff im Sprung nach dessen Totschläger an seiner Hüfte, riss ihn aus der Lederschlinge und gab dem überrumpelten Katos einen Schlag auf den Kopf, der ihn außer Gefecht setzen, aber nicht töten sollte. Katos und Kierk stürzten zu Boden. Während Katos liegenblieb, sprang Kierk wieder auf die Füße und lief mit wenigen schnellen Schritten hinter den mit dem Hund kämpfenden Sama. Er setzte ihm sein Messer an die Kehle. Sama streckte die Arme ab, um zu zeigen, dass er nicht weiterkämpfen wollte. Der Hund ließ vom Leder der Hose von Sama ab, knurrte diesen aber weiter böse an.

„Loko, du überfällst uns hier ...", weiter kam Sama nicht, da Kierk ihn mit einem Schlag auf den Kopf ebenfalls kampfunfähig schlug. Loko gab es nicht mehr. Er würde jeden bestrafen, der ihn fortan so nannte. Kierk fesselte den beiden die Hände und die Füße, damit sie nicht wegliefen. Er zog sein Boot hoch bis unter das erste Gebüsch des Ufers und drehte es so um, dass sich darin kein Regenwasser sammeln konnte.

Er hockte sich in den Sand und kraulte seinen Hund ausgiebig. ‚Du hast dir einen Kämpfer-Namen verdient. Ich habe das Gefühl, wir werden deinen Namen bald gefunden haben.'

Er kehrte zu Sama und Katos zurück. Beide waren aufgewacht. Sie lehnten sitzend mit dem Rücken an einem Baumstamm. Beide funkelten ihn böse an.

„Wollt ihr noch ein wenig spielen?" Kierk näherte sich den beiden mit seinem Messer in der Hand. Der Hund knurrte. Katos wandte sich ab. Sama blieb aufrecht sitzen und schaute Kierk stolz an. Er zuckte erst erschrocken, als Kierk sich mit dem Messer in der Hand in einer schnellen Bewegung zu ihnen hinunter hockte. Kierk schnitt die Fußfesseln der beiden durch.

„Einzeln und auch zu zweit habt ihr beide euch schon nicht an mich herangetraut als wir noch Jungen waren. Ihr habt immer in der Gruppe geprügelt. Wenn ihr jetzt etwas versucht, da ich euch losgeschnitten habe, töte ich euch. Ohne weitere Warnung."

„Wir müssen gar nichts unternehmen. Wir können in aller Ruhe abwarten, bis wir im Lager sind. Dort wird man sich um dich kümmern. Ich hoffe, sie schneiden dir die Haut in Streifen vom Körper und verfüttern die Stücke an Tiere. Dann sind wir dich endlich los." Sama spukte aus.

Katos stand schwankend auf. Seine Füße schienen durch die Riemen abgeschnürt gewesen zu sein.

„Letzten Herbst haben nicht nur wir nach dir, Versager, gesucht. Auch die Rungi suchten nach dir, haben deine Auslieferung gefordert, weil du zwei ihrer Leute kaltblütig von hinten überfallen und getötet hast. Nur der Sohn des Häuptlings ist deinem feigen Überfall entkommen. So einer bist du."

„Der Sohn des Häuptlings der Rungi ist ein Feigling und ein Lügner wie sein Vater und die ganze Bande der Rungi. Habt ihr unter der Führung von Karo und Tabu vergessen, wer eure Feinde sind, wer unsere Leute hinterrücks ermordet?"

Sama und Katos wirkten einen Moment nachdenklich. Katos schien antworten zu wollen, aber Sama gab ihm mit dem Ellbogen einen Stoß in die Rippen.

„Nehmt euer Gepäck auf, wir gehen zum Lager!" Kierk achtete darauf, dass die beiden mit ausreichendem Abstand vor ihm blieben. Sein Hund machte es ihm nach. Hin und wieder knurrte er, wenn einer der beiden ihnen zu nahe kam.

Zwei Tage dauerte der Weg zum Lager. Kierk hatte den Eindruck, dass Kato eine mögliche Versöhnung nicht grundsätzlich ausschloss. Sama wirkte völlig unversöhnlich.

Kurz bevor sie das Lager erreichten, befreite Kierk Katos und Sama von ihren Fesseln.

„Ich will euch nicht als meine Gefangene in das Lager schleppen. Ich will im Ältestenrat sprechen. Ich habe für die Zukunft unserer Sippe eine wichtige Botschaft mitgebracht. Ich wäre nicht zurückgekehrt, wenn es nicht so wäre. Ich warte hier auf die Erlaubnis, das Lager betreten zu dürfen."

Kierk ließ sein Gepäck am Fuß einer dicken Eiche, die am Rand des ausgetretenen Pfades, auf dem sie die letzte Stunde unterwegs gewesen waren, stand. Die Existenz des Pfades zeigte die Nähe des Lagers an.

Sama ging ohne ein weiteres Wort los. Katos blickte Kierk in die Augen.

„Du weißt, dass das höchstwahrscheinlich nicht gut für dich ausgehen wird. Ich werde ihnen erzählen, was dein Wunsch ist. Vielleicht lassen sie dich vor dem Martern sprechen. Ich würde an deiner Stelle aber umkehren und schnell wieder wegpaddeln."

Kierk nickte Katos dankbar zu. Auch Katos machte sich Richtung Lager der Gojdo auf. Kierk legte die Kleidung der Siedler ab. Er zog eine Lederhose und eine Weste aus Leder an. Er bemalte sich das Gesicht und den Oberkörper mit schwarzen und weißen Streifen, die Kriegsbemalung der Gojdo. Die Pigmente für die Farbe hatte er sich mitgebracht. Sein Hund beobachtete ihn. Als Kierk ihn anschaute, legte dieser den Kopf fragend schief.

„Na, erkennst du mich nicht mehr?"

„Wuff", war die Antwort.

Kierk setzte sich an den Baumstamm zu seinem Gepäck. Er teilte ein Stück Trockenfleisch mit seinem Hund.

Dann stand er wieder auf. „Komm, wir gehen!" Kierk wollte nicht warten, lieber den sicher ausgeschickten Kriegern entgegengehen. Er kontrollierte den Sitz des Messers, band sich einen Totschläger an die Hüfte, nahm den Bogen in die Hand und das Gepäck und einen Fächer mit Pfeilen über die Schulter. Er machte sich auf Richtung Lager.

Eine kleine Schar Krieger unter der Führung von Katos war Kierk entgegengeschickt worden. Katos ließ nicht zu, dass Kierk die Waffen oder andere Gegenstände abgenommen wurden. Als sie das Lager erreichten, hatte sich die Nachricht der Wiederkehr von Kierk bereits im ganzen Lager verbreitet. Die Stimmung war gespannt. Kierk wäre auf andere Menschen weit im Süden getroffen. Er war seinem Urteil damals entflohen, jetzt würde es nachgeholt werden, hieß es.

Fast die gesamte Sippe stand Spalier. Alte, Männer, Frauen und Kinder. Die Krieger um Katos schoben Kierk durch die Menge. Sie gingen auf die Hütte des Häuptlings zu. Niemand sagte etwas. Sie starrten ihn nur an. Kierk machte sich so groß er konnte. Er überragte die meisten Jäger und Krieger der Sippe deutlich. Sein Gesicht wirkte durch die schwarzen und weißen Streifen bereits gefährlich, und die Narben des Wolfsbiss verstärkte dies noch. Kierks Hund blieb dicht an seiner Seite. Kinder versteckten sich hinter den Beinen ihrer Eltern. Die Erwachsenen begannen zu flüstern.

„Ist das wirklich Kierk? Das ist doch nicht Loko."

„Er ist sehr groß. Größer als Karo und Tabu. Doch, er sieht aus wie sein Vater Batu. Ja, er sieht aus wie unser Kriegshäuptling Batu."

„Er soll Rungi getötet haben in großer Zahl."

„Wegen ihm haben wir den vergangenen Winter gehungert."

Bis sie vor dem Zelt des Häuptlings stehenblieben, hatte Kierk einiges gehört. Der Vergleich mit seinem Vater hatte ihn glücklich gemacht und gab ihm Kraft. Doch wirklich beschäftigte ihn dieser Gedanke: ‚Wo war Sirte?'

Sie war nicht unter den Wartenden gewesen. Während er durch das Spalier der Gaffer gegangen war, hatte er die Augen geradeaus halten müssen, wie es sich für einen Krieger der Gojdo gebot, er konnte nicht suchend herumblicken. Aber er war sich sicher, Sirte war nicht unter ihnen gewesen. Auch Tabu hatte er nicht gesehen.

Karo trat aus dem Zelt. Er setzte wie Kierk auf die Wirkung von Äußerlichkeiten. Er hatte die Insignien des Häuptlings angelegt. Die Fellmütze mit den Hörnern eines Wisents. Um den Hals baumelten viele Ketten. Ketten mit den Krallen von Bären, Ketten aus geschliffenen Muschelschalen, Lederschnüre mit kleinen Lederbeuteln, deren Inhalt nur Karo und der Schamane kannten. Er hatte einen Umhang aus Biberfell über die Schulter gelegt. Über dem Biberfellmantel lag ein Kranz, der aus Federn des Seeadlers gearbeitet war. In der linken Hand hielt er einen Speer mit einer großen, fein gearbeiteten Feuersteinspitze, die zu schön gearbeitet war, um den Speer tatsächlich für die Jagd nutzbar zu machen. Kierk bemerkte, dass Karo, als er aus dem Zelt trat, sich auf den Speer abstützte.

‚Er hat Probleme am linken Bein und will es nicht zeigen.'

Kierk konnte für einen Moment in das Zelt des Häuptlings blicken.

‚Sie ist die Frau von Tabu geworden!' Dort saßen sie. Sirte und Tabu nebeneinander. Kierk stolperte fast. Natürlich, er hatte gewusst, dass es so sein konnte. Aber die Gewissheit traf ihn trotzdem wie ein Schlag.

„Du bist kein Gojdo. Du bist hier nicht willkommen. Du hast kein Recht die Kriegsfarben unseres Volkes aufzulegen. Du bist geächtet und vogelfrei. Jeder kann dich töten."

Karo stand direkt vor Kierk und spukte ihm die Worte förmlich ins Gesicht.

Kierk blinzelte. Er hatte den Moment nicht mitbekommen, in dem Karo vor ihn getreten war. Der Anblick von Sirte neben Tabu hielt seine Sinne gefangen.

Kierk sammelte sich.

„Ich bin der Sohn von Batu. Ein Jäger der Gojdo. Ich bin zurückgekehrt, weil ich Dinge erfahren habe, die wichtig für die Zukunft aller Gojdo sind. Ich will den Rat der Alten sprechen."

„Bindet ihn auf den Opferstein! Er ist vor seinem Urteil davongelaufen. Wenn er dieses überlebt, kann der Ältestenrat entscheiden, ob er ihn anhören will." Karo gab einer Gruppe älterer Krieger ein Zeichen, Kierk zu ergreifen. Ohne ein weiteres Wort drehte er sich um und ging zu seinem Zelt zurück.

Kierk leistete keinen Widerstand. Streckte sogar die Hände vor, damit sie ihn ergreifen konnten. Sein Hund begann gefährlich zu knurren.

„Still! Ist in Ordnung."

Der Hund fiel vom Knurren in ein leises Winseln. Dann drehte er sich um und lief im Zickzack durch die Menschenmenge in den Wald, der direkt am Rand des Lagers begann.

‚Kluger Hund', dachte Kierk und freute sich, diesen Gefährten gefunden zu haben.

Sama war unter den Männern, die Kierk zu dem Findling brachten, auf den er gebunden werden sollte.

Als sie an dem großen Stein auf der Lichtung angekommen waren, trat Sama ihm ins Kreuz, so dass er auf die Knie fiel.

„Bindet den Verräter auf den Opferstein." Sama grinste hasserfüllt.

Kierk blickte Sama direkt in die Augen. „Ich hätte dich als meinen Gefangenen ins Lager schleppen sollen. Ich habe dir ermöglicht, dein Gesicht zu wahren ..."

„Schluss!", fiel Sama ihm ins Wort. „Und wir ermöglichen dir, langsam zu sterben, damit du über deine Untaten nachdenken kannst."

Im Lager unter seinen Kumpanen fühlte Sama sich wieder stark. Die Erinnerung an den verlorenen Kampf gegen Kierk machte ihn nur wütender.

Mit dem Rücken auf dem Stein, die Arme und Beine in vier Richtungen gezogen und mit Steingewichten beschwert, wurde Kierk auf den flachen Felsen gebunden. Der Blick zum Himmel. Der raue kalte Fels in seinem Rücken erzeugte sofort tiefe

Druckstellen, die schon bald wund sein würden. Kierk spürte, wie der Stein die Wärme aus seinem Körper zog.

Die Krieger waren gegangen, nachdem sie Kierk festgebunden hatten. Niemand durfte nun die heilige Lichtung betreten. Während die Stunden vergingen, die Sonne durch das Himmelsrund über ihm wanderte, begann Kierk zu kämpfen.

Ein Rabe landete auf einem Ast der Eiche. Er schaute auf Kierk herab. „Kroak, Kroak!", erklang es über Kierk. Was rief ihm sein Totem-Geist zu? Kierk wusste nicht, ob er träumte oder wach war.

‚Du bist zurückgekehrt. Ich habe auf dich gewartet. War eine magere Zeit. Ich fliege immer mit dem erfolgreichen Jäger. Fällt am meisten für mich ab. Bist du soweit? Bist du einer? Sonst picke ich morgen, spätestens übermorgen das Fleisch von deinen Knochen. Ich kenne dein Geheimnis, das dich mit diesem Ort verbindet. Jetzt können die Geister wählen, was sie mit dir machen.'

Kierk wusste, was der Rabe meinte. Ein einziges Mal hatte er als Junge Nahrung vom Opferstein gestohlen. Er war so hungrig gewesen und konnte nicht widerstehen. Ein einziges Mal nur. Seitdem lebte er in Sorge, dieses Vergehen würden die Geister ihm nachtragen und ihn bestrafen. Jetzt lag er hier auf dem Stein.

Kierk wurde durch ein Geräusch aus seiner Trance gerissen. Es raschelte ganz in seiner Nähe. Aber sehen konnte er niemanden. Plötzlich sprang sein Hund auf den Stein, stand über ihm, leckte sein Gesicht. Die nasse Zunge kühlte sein von der Sonne verbranntes Gesicht. Gegen Kierks Durst konnte er nicht helfen.

Er hatte eine Eingebung. Nun wusste er den Namen für den Hund. „Du heißt Takat! Was hältst du davon?"

Der Hund winselte, sah Kierk wieder mit schief gelegtem Kopf an.

„Takat heißt ‚Überraschung' bei den Gojdo. Das passt zu dir. Überraschend bist du zu mir gekommen. Ich bin überrascht, wie hilfreich du bist und unsere Gegner hast du auch schon überrumpelt. Takat!"

Takat hob den Kopf. Er schien etwas gehört zu haben. Er sprang vom Felsen herunter und Kierk hörte ihn in Richtung Wald davonlaufen. Danach Stille. Kierk lauschte, konnte aber nichts hören, bis jemand direkt neben ihm sprach.

„Kierk, ich bin es, Sirte. Ich habe mich aus dem Lager geschlichen." Sirte blieb hinter dem Felsen in Deckung, drückte mit ausgestrecktem Arm aber ein Moospolster, das voller Wasser gesogen war, über Kierks Mund aus. Gierig schluckte er das Wasser.

„Ich dürfte nicht hier sein."

„Warum bist du es doch?" Die Frage und der kühle Ton waren Kierks Mund unwillkürlich entschlüpft.

„Weil ich dich sehen und sprechen wollte und dir helfen will, diese Qualen zu überstehen."

„Wieso darfst du nicht hier sein?" Kierk stellte die Frage, obwohl er die Antwort schon kannte.

„Ich bin die Frau von Tabu." Sirte machte eine Pause.

Kierk wartete.

„Ich habe auch ein Kind geboren." Wieder machte Sirte eine Pause.

Kierk sackte in sich zusammen. Hatte er mit Sirtes Kommen auf etwas gehofft, von dem er selbst nicht genau wusste, was es war, so erlosch dieser Funke. In seinem Kopf kämpften verschiedenste Gedanken und Gefühle miteinander, ein heilloses Durcheinander. Das Blut rauschte in seinen Ohren.

„Tabu hat mich im Monat nach deiner Flucht in sein Zelt geholt. Wir wurden verheiratet, wie es zwischen unseren Vätern vereinbart war." Sirte hielt die erneut mit Wasser vollgesogen Mooskugel über Kierks Mund.

„Geh Sirte, geh bitte! Geh zu Tabu ins Häuptlingszelt. Dein Kind braucht dich!" Kierk wollte allein sein.

„Kierk, du musst mich verstehen."

„Nein, Sirte, muss ich nicht." Kierk hatte aus Enttäuschung viel lauter gesprochen, als er es gewollt hatte.

„Kierk, ich bin eine Gojdo. Ich bin eine Frau dieses Stammes. Ich bin die Tochter meiner Eltern, deren Eltern und ihrer Vorfahren. Das will ich sein und das wollte ich immer sein."

Sirte steckte Kierk eine Kugel aus Brei, der nach Honig und Nüssen schmeckte, in seinen Mund.

„Du bist besonders. Ich liebe dich schon seit wir kleine Kinder waren. Mir war immer klar, was du sein kannst. Du wusstest das aber nicht. Du hast dich versteckt."

Kierk rasten Bilder ihrer Kindheit durch den Kopf.

„Mir war klar, ein Kierk, der weiter auf der Flucht ist, der sich herum schubsen lässt, ist nicht der Kierk, mit dem ich leben kann. Mit dem du leben kannst. Darum habe ich dich damals verlassen. Ich habe gehofft, dass du überlebst, dass du deinen Weg, deine Identität findest. Aber ich musste umkehren, solange du das nicht wusstest."

Kierk hatte zugehört. Vielleicht zum ersten Mal?

‚Ich habe mich verändert. Ich habe meinen Weg selbst bestimmt. Ist es das, was Sirte meint? Ich bin zurückgekehrt, bereit zu kämpfen oder zu sterben. Und Sirte? Sie hat nie ein Geheimnis daraus gemacht, wie sehr sie eine Gojdo, eine Tochter unseres Volkes ist und sein will.'

Kierk versuchte seinen Kopf so weit zu drehen, dass er einen Blick auf Sirtes Gesicht werfen könnte. Es gelang ihm nicht.

„Kierk, ich muss bald gehen. Bitte erzähl mir, wie es dir ergangen ist."

Kierk schloss die Augen. Hatte er eben noch gewollt, dass Sirte wegging, so war er jetzt froh, dass sie da war.

Er erzählte von den Rungi, die er töten musste, von der Kälte im Winter im Moor, den Wölfen und den Siedlern, beschrieb die Wunder, die er gesehen hatte. Erklärte, dass er zurückgekehrt war, um mit Kriegern der Gojdo den Rungi und den östlichen Siedlern Einhalt zu gebieten und die Tochter von Egrie zu befreien.

Im Moment als Kierk Tünda erwähnt hatte, hörte er das Knöttern eines Säuglings. Eines Säuglings, der wohl gerade aufwachte.

„Zeig mir dein Kind, Sirte."

Sirte stand vorsichtig auf. Kierk drehte wieder den Kopf, so weit er konnte, zur Seite. Er sah ein rotes, pausbäckiges Gesicht, das aus einem Tragesack aus Fell herauslugte. Das Kind hatte die Augen geschlossen, war noch halb im Schlaf. Dahinter das Gesicht von Sirte so nah. Sein Herz begann zu rasen. Sirtes wunderschönes Gesicht. Schmerzhaft stark schlug jetzt sein Herz. Gern würde er jetzt nach ihrem Gesicht greifen, sie spüren, aber die Fesseln mit den Gewichten fixierten ihn stramm auf dem Felsen.

„Sein Name ist Ulat." Sirte wiegte ihn vorsichtig hin und her.

„Ein wunderschönes Kind mit einem guten Namen, Sirte." Kierk musste den Kopf wegdrehen, damit sie die aufkommenden Tränen nicht sah.

„Kierk, deine Flucht ist genau zehn Monde her. Ich habe die Tage gezählt." Sirte streichelte dem Kleinen über die Stirn. „Ulat ist vor einem halben Mond geboren. Die weisen Frauen hatten die Geburt für einen späteren Mond nach der Hochzeit vorhergesagt. Aber er ist dann eben sehr früh gekommen, sagen sie."

„Was heißt das? Ist er krank, wenn er früher geboren wurde?"

„Nein, Kierk, er ist gesund. Alles ist in Ordnung."

Kierk war verwirrt. Er spürte, etwas stimmte nicht, wusste aber nicht, was es sein könnte. Mit Säuglingen kannte er sich nicht aus.

„Ich muss gehen, bevor wir vermisst werden. Kierk, halte durch. Du musst die Nacht durchstehen. Ich weiß aus den Diskussionen im Häuptlingszelt, dass der Schamane dich nicht opfern wird. Halte durch. Nur die Nacht. Die Alten werden dich anhören und dann kommt es auf dich an, sie zu überzeugen. Ich glaube an dich."

Kierk hörte wie Sirte und Ulat sich entfernten. Er war wieder allein. Der Rest der Nacht wurde zur Tortur. Die Gewichte, die mit den Fesseln an seine Arme und Beine gebunden worden waren, hatten erst so leicht gewirkt. Jetzt zogen sie mit der unerschöpflichen Ausdauer der Schwerkraft an seinen Armen und Beinen. Rissen langsam, aber unaufhörlich bei zunehmend ermüdenden Muskeln an den Gelenken. Bald dämmerte Kierk mit unermesslichen Schmerzen vor sich hin. Die Kälte der Nachtluft und des Felsbrockens, der sich mit seinen Spitzen in seinen Rücken bohrte, wurde Teil der Folter. Gleich würde er den Verstand verlieren oder laut um Gnade winseln. Mitten in der Nacht kamen fremde Hände. Überraschend, aber lindernd, versorgten sie ihn mit Getränken und Essen. Eine Stimme, die Beschwörungen flüsterte. Er war nicht mehr klar im Kopf. Sirte hätte er erkannt, sie war es nicht. Die Hände rochen nach Räucherwerk und Pilzen. Er glitt in einen Zustand der Schwerelosigkeit. Gewichte und Schmerzen spielten in dieser Welt keine Rolle.

Der Morgen kam, und mit der aufgehenden Sonne ein Tross von Menschen. An der Spitze ging der Schamane der Sippe. Selten war er tagsüber zu sehen, kam nur aus seinem Zelt, wenn es unbedingt nötig war. Seine Zeit war die Nacht. Er erschien bei Dunkelheit, wenn der Mond aufgegangen war. Er leitete die Zeremonien für die Anbetung des Mondes und der Geister. Aus seinem Zelt roch es nach berauschendem Räucherwerk. Manches Mal hatten fürchterliche Schreie aus diesem Zelt Kierk und die anderen Kinder der Sippe erschreckt. Auch die Erwachsenen der Sippe hatten Angst vor diesem Mann. Er erschien, wenn die Sippe auf der Lichtung zu Ritualen oder Festen versammelt war, schlüpfte aus der Dunkelheit ins diffuse Flackern der Feuer. Er mischte die Tränke, die die Männer und Frauen beim Tanz in Trance versetzten. Er opferte auf dem Stein. Er bestimmte die Zeitpunkte, wann diese Feste oder Opferungen stattzufinden hatten.

Nun kam er in der Morgendämmerung auf Kierk zu. Der Schamane selbst war allerdings nicht zu sehen. Er steckte in einem riesigen Mantel aus den Fellen verschiedenster Tiere und einer Kopfbedeckung, die das Gesicht vollständig verhüllte. In die Bedeckung seines Kopfes waren Körperteile von Tieren, aber auch Äste von heiligen Bäumen eingearbeitet. Flügel von Vögeln, Hörner eines Wisents, Teile eines Geweihs. Irgendwie hielt alles zusammen.

Hinter dem Schamanen erkannte Kierk die weise Frau der Sippe, die Kräuterfrau. Bei ihr hatte Sirte die Kunst des Heilens gelernt. Es folgte der Feuerwächter. An seinem ewigen Feuer wurden alle Feuer der Sippe entzündet. Sippenangehörige holten sich bei ihm neue Glut, sollte ihr eigenes Herdfeuer einmal erloschen sein. Dieses Feuer wurde auf Reisen mit großem Tamtam als glimmendes Kohlestückchen mittransportiert, bei der Ankunft im neuen Lager bildete dieses als erstes Feuer die wärmende, zentrale Kraft der Sippe.

Auf den Feuerwächter folgten Karo und Tabu und dahinter die gesamte Sippe. Karo stützte sich wieder auf seinen Speer. Kierk wurde klar, dass die Ablösung des Häuptlings durch Tabu oder einen anderen gewählten Häuptling bald erfolgen würde. Die Menschen bildeten einen Kreis um Kierk und den Felsen. Eine erwartungsvolle Stille erfüllte die Lichtung. Niemand wagte zu sprechen.

Kierk füllte sich benommen, er wusste, er war nicht bei vollem Verstand. Er kniff die Augen zusammen, um besser sehen zu können. Sein ganzer Körper fühlte sich taub an, sein Bewusstsein kippte nur zu leicht ins Halluzinieren.

Plötzlich schrie der Rabe auf dem Ast der alten Eiche über Kierk wieder sein heiseres „Kroak!“

Der Schamane hatte das Steinmesser für die zeremoniellen Opferungen in der rechten Hand. Er hob den Arm mit dem Messer über seinen Kopf.

„Kierk, dein Totem, der Rabe, entscheidet“, rief der Schamane mit heiserer Stimme. Alle Augen richteten sich auf den Raben und beobachteten den Aasfresser. Der Schamane drehte sich einmal um seine Achse, so dass sein Mantel flatterte. Er hob auch den linken Arm an das Messer, bereit für den Stoß.

„Kroak!“, schrie der Rabe. „Auf ein nächstes Mal. Heute nicht.“ Kierk hörte die Stimme in seinem Kopf. Der Rabe breitete die Flügel aus und flog Richtung Süden davon.

Laut rief der Schamane: „Die Raben kommen zur Opferung, denn es gibt Fressen für sie. Sie fliegen nicht vor der Opferung davon. Sein Totem hat über ihm gewacht in der Nacht, so dass er die Schmerzen ausgehalten hat. Der Rabe will kein Opfer. Der Rabe hat den Weg nach Süden gewiesen.“ Er steckte das Opfermesser weg. „Bindet ihn los. Der Ältestenrat soll ihn anhören.“

Ohne Worte drehten Karo und Tabu sich um und gingen an den nicht mehr schweigenden, sondern laut durcheinanderredenden Menschen vorbei Richtung Dorf. Männer schnitten Kierk los. Katos war darunter und half Kierk vom Stein. Auf dem Weg zurück zum Dorf mussten sie Kierk stützen. Kierk hielt nach Sirte und Ulat Ausschau, konnte sie aber nicht entdecken. Auch Takat blieb unsichtbar.

Im großen Zelt des Häuptlings waren die Ältesten und Weisen der Sippe der Gojdo versammelt. Sie saßen im Kreis auf dem Boden. Ein Platz war frei für Kierk. Im Zelt war auch sein Gepäck. Auf den ersten Blick unberührt, doch Kierk merkte schnell, als er die Dinge, die er zeigen wollte, heraussuchte, dass es durchwühlt worden war.

Karo hatte die Fellmütze mit den Wisenthörnern abgelegt. Er hatte sich ein Bärenfell über die Schultern gelegt, schien zu frieren.

‚Er ist krank‘, dachte Kierk bei sich.

„Ich habe Kierk nach dem Tod seiner Eltern aufgezogen. Doch er wollte nicht gelingen. Kein Vergleich zu seinem Vater Batu, den wir alle als großen Jäger der Gojdo gekannt haben. Er hat die Zukunft unseres Volkes leichtfertig gefährdet und wurde ausgestoßen. Als Vogelfreier ist er zurückgekehrt und ich sage, er hat den Tod verdient und nicht das Recht gehört zu werden." Karo hatte im Sitzen gesprochen.

Der Schamane erhob sich. Kierk konnte sich nicht erinnern, ihn vorher ohne seine Kopfhaube gesehen zu haben. Aber Kierk war auch noch nie bei einer Sitzung des Ältestenrates anwesend gewesen. Ein scharf geschnittenes, hellbraunes Gesicht mit blutunterlaufenden Augen. Die Augen zuckten zudem unruhig, ruhten nie.

„Die Geister haben ein klares Zeichen gegeben. Kierk soll angehört werden." Der Schamane setzte sich wieder.

Sirtes Vater, der Feuerwächter, die Kräuterfrau und andere der anwesenden Alten der Sippe gaben ihre Zustimmung durch Kopfnicken.

Tabu stand auf. „Was soll es bringen, einer falschen Schlange beim Zischen zuzuhören?" Einen Moment blickte er in der Runde umher. Ahmte mit dem Arm und der Hand eine schlängelnde und zustoßende Giftschlange nach. „Wenn es mit rechten Dingen zuginge, wäre er im Winter da draußen einfach gestorben. Jetzt steht er hier vor uns. Hat zwei Gojdo-Jäger überfallen. Wer weiß, mit welchen bösen Kräften er verbündet ist. Ich bin für den sofortigen Tod." Tabu setze sich neben seinem Vater wieder nieder.

Die Erwähnung der bösen Geister rief ein intensives Gemurmel und Diskussionen unter den anwesenden Ältesten aus.

Die Kräuterfrau stand auf, lächelte in die Runde. „Wir sind hier als weise, alte Menschen versammelt, nicht als Kinder, die Angst vor bösen Geistern haben. Unser junger, starker Jäger Tabu wird sicher auch keine Angst haben." Die Kräuterfrau nickte dem verdutzt dreinschauenden Tabu kurz zu. So wollte er seinen Schachzug bestimmt nicht gedeutet haben. Die Kräuterfrau fuhr fort. „Der Schamane hat die Zeichen gelesen und sie sagen uns, dass wir zuhören sollen, was Kierk zu sagen hat. Erst dann kommt die Zeit zu richten." Lächelnd wie sie aufgestanden war, setzte sie sich wieder.

Das zustimmende Gemurmel und Nicken ebbten nun nicht mehr ab, und so stand der Feuerwächter auf, legte ein Holz auf das Feuer im Zentrum des Zeltes und forderte Kierk auf, zu sprechen.

Kierk stand mit Mühe auf. Seine Beine wollten nach den Folterungen der Nacht noch nicht wieder richtig gehorchen. Als er schließlich stand, streckte er sich so hoch auf, wie er konnte. Er war eine große und muskulöse Erscheinung, das wusste er. Erinnerungen an seinen Vater Batu würden für ihn wirken.

„Ich habe mich dem Urteil der Älteren vor Monaten entzogen und meinem Volk der Gojdo den Rücken gekehrt. Das war nicht, weil ich mein Volk nicht liebe, sondern weil ich nicht erwarten konnte, ein gerechtes Urteil zu erhalten. Ich bin zurückgekehrt und habe mich dem Urteil der Geister gestellt, weil ich Wissen erlangt habe, das überlebenswichtig für die Gojdo ist." Kierk machte eine Pause und blickte in die Runde. Karo schaute grimmig. Tabu starrte ihn böse an. Die Ältesten verstanden es hingegen, ihre Gefühle zu verbergen und zeigten neutrale Gesichtsausdrücke. „Ich musste Krieger der Rungi töten. Ich habe eine Übermacht von ihnen besiegt. Ich habe den Winter und einen Kampf mit einem Wolfsrudel überlebt." Kierk zeigte auf seine Narben im Gesicht. „Ich bin weit in den Süden gewandert und dort auf andere Menschen getroffen, die nicht an die Geister des Waldes glauben, nicht auf dem Land ihrer Vorfahren leben."

Älteste murmelten leise miteinander.

„Ich wurde von einer Gruppe der anderen Menschen gerettet und ich habe für sie gekämpft, als sie von anderen Menschen ihresgleichen, die mit den Rungi verbündet sind, angegriffen wurden."

Fragende Gesichter waren auf Kierk gerichtet.

„Diese Menschen zerstören Wälder, Täler und Berge wie Stürme. Sie haben neue Tierarten und Pflanzenarten erschaffen, die ihnen dienen und für sie in großer Zahl wachsen, um gegessen zu werden. Die Tiere fliehen nicht. Sie sehen sich selbst als Gestalter, die über die Natur herrschen. Sie bauen Städte mit riesigen Hütten. Eine einzige dieser Hütten ist so hoch und lang wie unser ganzer Dorfplatz. Viele dieser Häuser stehen zusammen. Die Häuser sind voll mit Menschen und Kindern, die neues Land suchen, um es zu bearbeiten, um es aufzuessen." Kierk wartete einen Moment, damit die Zuhörer die Informationen verarbeiten konnten. „Wo sie siedeln, ist kein Platz mehr für das Wild der Gojdo. Doch was sind die Gojdo ohne Wild?" Kierk schaute in die Runde der nachdenklich dreinblickenden Menschen. „Diese Menschen sind keine guten Jäger und keine Kämpfer. Aber sie sind so viele, dass ein Kampf der Gojdo gegen sie wie das Schlagen gegen den Wind sein wird. Der Wind weht weiter, ob wir gegen ihn stehen oder nicht."

Karo warf das Fell von seinen Schultern. Wütend brauste er auf. „Halt! Was erzählst du für Schauergeschichten. Fantasien, um deine Haut zu retten. Sonst nichts. Niemand hat so etwas bisher gesehen, davon berichtet."

„Doch", wurde irgendwo in der Runde gemurmelt und brachte Karo aus dem Konzept.

Der Schamane stand auf. „Ich habe beim Treffen der Sippen der Gojdo Ähnliches von anderen Schamanen gehört. Diese wussten es von den Geisterbeschwörern der Rungi."

In der Runde Gesichter mit fragendem Ausdruck.

„Warum hast du uns davon nicht berichtet?", fragte Karo misstrauisch.

„Ich habe es selbst nicht geglaubt. Wollte erst etwas von unseren eigenen Leuten in Erfahrung bringen lassen. Nun hat Kierk sie getroffen und berichtet ähnlich Unglaubliches."

„Hast du Beweise für die Taten der anderen Menschen mitgebracht?“ Die Kräuterfrau zeigte auf das Gepäck von Kierk und sah ihn an. Offensichtlich wollte sie ihm helfen. Kierk war dankbar für die Frage, denn er hatte die mitgebrachten Gegenstände fast vergessen. Er ließ die Anwesenden Brot probieren, das durch die Reisezeit aber nicht mehr die Attraktivität von frischem Brot besaß. Kierk zeigte die Getreidekörner als Grundlage der Ernährung der anderen Menschen, aber auch diese wurden nur zur Kenntnis genommen, nicht bewundert. Als Kierk Bier aus den reich verzierten Kümpfen aus Keramik ausschenkte, änderte sich das Bild. Die tönernen Gefäße, die Verzierungen und der Geschmack des Biers demonstrierten besser, wozu die Siedler in der Lage waren. Die geschliffenen Klingen für Äxte und Hacken erzeugten Ausrufe des Erstaunens. Kierk antwortete, während die Klingen und die Essensproben die Runde durch den Ältestenrat machten, so gut er konnte. Schließlich übergab er Ketten aus glasierten Tonkugeln, Halbedelsteinen und geschliffenen Muschelschalen mit einem Gruß und der Bitte um Unterstützung von Fürst Egrie an Karo.

Der Schamane hatte sich, während die Ältesten im Rat interessiert nachgefragt hatten, mit eigenen Fragen zurückgehalten. Jetzt erhob er sich.

„Der hungrige Rabe ist nach Süden gestrichen. Wir müssen den Süden unseres Landes beobachten. Was Kierk uns heute berichtet, untermauert die Gerüchte von gestern. Menschen kommen von Süden und nehmen Land.“ Auf eine nicht sichtbare Weise ließ er an seinem Mantel befestigte Rasseln ertönen und schaute alle Anwesenden mit stechenden Blicken an. Karo starrte er so lange an, bis dieser wegsah. „Etwas habe ich noch nicht erwähnt und es ist nicht unter den Gaben von Kierk. Die anderen Menschen, die mit den Rungi verbündet sind, haben eine Zauberpflanze. Eine Pflanze mit großen, rosaroten Blüten, wurde berichtet. Die Samen sind nahrhaft. Der Zauber aber ist in den noch grünen Samenkapseln. Der Saft dieser Kapsel lässt alle Schmerzen vergessen. Die Geister flüstern einem alle Geheimnisse über die Welt zu. Man wird unbesiegbar. Wenn die Krieger der Rungi Zugriff zu diesem Zauber haben, können sie kämpfen, wie wir es bisher nicht von diesen Feiglingen kennen. Die Gojdo brauchen daher auch diese Pflanze. Bringt mir die Samen dieser Pflanze, damit ich zukünftig auch für euch solche Zauber herstellen kann."

Kierk hatte gerätselt, wer ihm in der Nacht geholfen hatte. Nun wurde es ihm offenbar, wer es gewesen war, und er ahnte, warum. ‚Für die Zauberpflanze hat er mir in der Nacht geholfen. Den Raben hat er mit seinem Mantel aufgeschreckt, um ein Zeichen zu erhalten, mich nicht opfern zu müssen. Er will unbedingt diesen Zauber!'

Kierk sah Gier in den Augen des Schamanen, als dieser sich wieder setzte.

Kierk stand auf. „Wenn wir nicht zwischen den Rungi im Westen und den Siedlern im Süden unseres Landes aufgerieben werden wollen, müssen wir kämpfen und uns mit den östlichen Siedlern der Tisza, wie sie sich nennen, verbünden. Ihr Fürst namens Egrie hat versprochen, die Grenzen unserer Jagdgründe zu achten. Mit den Rungi können wir nur nach einem Sieg in Friedensverhandlungen für die Zukunft treten. Wenn wir jetzt die Tisza im Kampf gegen ihren Feind, die westlichen Siedler, unterstützen, können wir das alles erreichen. Die Alternative ist der drohende Untergang der Gojdo. Ich habe alles gesagt." Kierk setze sich wieder.

Karo erhob sich. Das Fell hatte er wieder um die Schultern gelegt. „Wir haben heute von vielen Wundern gehört, die wir glauben sollen. Tiere, die freiwillig zur Schlachtung kommen. Pflanzen, die so viel Nahrung bringen, dass dutzende Kinder in der Hütte eines Mannes ohne Hunger groß werden. Zauberpflanzen, die die Tür zur Welt der Geister öffnen. Wir haben aber auch von möglichen Gefahren für unser Volk gehört. Rungi, die plötzlich übermächtig stark werden. Menschen, die unser Land wollen.“ Er hustete und musste seine Rede unterbrechen. Dann sprach er weiter. „Ich bin Häuptling dieser Familie der Gojdo. Bei mir gilt, was auch früher bei unseren Vorfahren galt. Ein Verräter ist ein Verräter und seine Stimme sollte nicht die Geschicke der Sippe lenken. Der Ausgestoßene hat etwas erzählt, was die Kenntnisse des Schamanen bestätigt. Sein eigenes Schicksal ändert das nicht.“ Streng schaute er in die Runde. „Um den Worten des Schamanen zu folgen, soll Tabu mit einem Trupp ausgewählter Krieger einen Kriegszug gegen die anderen Menschen anführen und ihnen zeigen, dass sie es nicht wagen sollten, das Stammesgebiet der Gojdo zu betreten. Für unseren Frieden werden sie mit Gaben von ihren Vorräten an uns zahlen müssen. So war es schon immer. Wir betteln nicht um die Freundschaft von schwachen Kämpfern, wie den sogenannten Tisza.“

Karo setzte sich. Tabu und einige Alte des Rates nickten zustimmend.

Sirtes Vater, der Feuerwächter, stand auf. Er nahm sich Zeit, erst Karo, dann alle in der Runde anzuschauen.

„Es ist richtig, was Karo sagt. Wir sind Gojdo. Wir betteln nicht um Freundschaft oder hören auf die Worte von Verrätern.“ Zustimmendes Gemurmel und Kopfnicken in der Runde. „Wir sind aber auch nicht dumm. Wir machen uns nicht Feinde, wo es nicht notwendig ist, und wir ignorieren keine Chancen für Verbündete gegen Feinde, die wir schon haben.“ Sirtes Vater ließ auch diesmal Zeit für die zustimmenden Laute und Gesten. „Tabu soll einen Trupp Krieger unseres Dorfes anführen. Wir sollten auch die Sippen in der Nähe fragen, ob sie Männer stellen wollen. Dieser Trupp wird sich mit den Kämpfern der Tisza zusammentun und gegen die Rungi und ihre Verbündeten ziehen. So können sie Ehre im Kampf mit den Feinden der Rungi sammeln und verlässliche Verbündete für uns gewinnen. Die Zauberpflanze, die

Vorräte und Tiere werden sie bei den westlichen Siedlern, den Verbündeten der Rungi, erbeuten und mit nach Hause bringen."

„Was soll mit dem Verräter Kierk geschehen, wenn wir diesen Weg wählen?", rief Tabu in die Runde, ohne sich zu erheben.

Der Feuerwächter stand noch und beantwortete Tabus Frage daher direkt. „Wir brauchen ihn. Er weist euch den Weg zum Treffpunkt. Er kennt die westlichen Tisza und ihren Anführer. Er wird gelernt haben, sich mit ihnen zu verständigen und kann bei der Aushandlung der Bedingungen helfen. Nach dem erfolgreichen Kriegszug wird er wieder in die Sippe aufgenommen." Der Feuerwächter setzte sich.

Die Teilnehmer des Ältestenrates dachten nach, nickten sich zu. Karo und Tabu flüsterten miteinander.

Karo stand auf. „Tabu wird diesen Kriegszug anführen. Ich bin krank und zu alt. Wenn er erfolgreich zurückkehrt, soll Tabu zum Häuptling gewählt werden. Das ist meine Bedingung."

Die Frauen und Männer im Kreis schauten sich um, um zu sehen, wie die anderen reagierten. Zustimmende Zeichen hier und dort. Niemand stand auf und legte Widerspruch ein. Die Mitglieder nickten Karo zu, dass es so beschlossen sei.

In diesem Moment stand Tabu auf. „Ich stelle noch die Forderung, dass ich mir die Männer aussuchen kann und die Beute verteilen darf."

Pikierte Gesichter im Ältestenrat. Es war unüblich, dass nach einem Beschluss noch jemand sprach und dazu Forderungen stellte.

Die Kräuterfrau und Heilerin stand auf. „Du bist jung, Tabu, kennst die Sitten des Ältestenrates noch nicht gut. Daher sei dir verziehen, zu fordern, wenn es für dich nichts zu fordern gibt. Die Männer sollst du dir aussuchen. Die Beute wird aber durch den Ältestenrat verteilt." Die Heilerin sah Tabu streng an. „Der Rat ist beendet!"

Kierk sollte als unverheirateter Mann, wie es üblich war, bis zum Aufbruch eine eigene Hütte bewohnen. Material zum Bau gaben andere Familien an ihn ab. Kierk ging zur Hütte des Feuerwächters, um sich Glut zum Entzünden seines Herdfeuers zu holen. Statt des Feuerwächters fand er Sirte, Ulat und zu seiner großen Überraschung seinen Hund Takat dort vor. Ulat und der Hund lagen nebeneinander auf einem Fell. Ulat gluckste zufrieden. Sirte lächelte, als sie Kierk vor dem Eingang der Hütte entdeckte. Takat sprang auf und lief ihm bellend entgegen. Kierk verspürte eine Welle des Glücks, als er die drei so innig und glücklich zusammen antraf. Das Glücksgefühl hielt aber nur einen Moment an, bis er realisierte, dass dies ein Trugbild war. Er war nicht der Ehemann, der zu seiner wartenden Frau und seiner Familie ins gemeinsame Zelt trat. Sirte war die Frau von Tabu. Ulat nicht sein Sohn. Er fing Takat auf, der auf seinen Arm sprang und versuchte, sein Gesicht mit der Zunge zu erreichen. Kierk kraulte den zappelnden, jungen Hund auf seinem Arm.

„Takat hat sich bei uns eingefunden, als du vom Stein geholt worden warst“, sagte Sirte als hätte sie seine Gedanken erraten.

Kierk stutzte. Seine Augen hatten sich an die Dunkelheit im Zelt gewöhnt. Hatte Sirte den geröteten Abdruck einer Hand auf der Wange?

Sirte hatte seinen Blick bemerkt, drehte den Kopf abrupt weg.

„Ich war zu lange bei dir am Opferstein.“ Sie nahm Ulat hoch vom Fell und wiegte ihn liebevoll im Arm.

Kierk senkte den Blick. Er fühlte sich schuldig und ohnmächtig. Er kam einfach zurück, brachte ihr Leben durcheinander.

‚Ich sollte einfach gehen, schnell wieder verschwinden. Allein dafür wird Tabu büßen, eines Tages.‘ Wut stieg in ihm auf. Durch die sich von der Folter erst wieder erholenden Arme und Beine war er gerade aber nicht in der Lage, einen Kampf mit Tabu zu überstehen.

„Sirte, ich danke dir. Ich gehe jetzt besser."

„Kierk, ich habe von deinem Erfolg beim Ältestenrat gehört. Du bist deinen Weg gegangen. Ich bin stolz auf dich. Deine Motive sind die Richtigen. Für die Gojdo und für die Tochter des Fürsten der anderen Menschen." Sie lächelte Kierk kurz an, dann drehte sie sich um, ging zum ewigen Feuer und nahm einen an einem Ende brennenden Ast heraus. Während sie den Ast an Kierk übergab, sagte sie: „Eine Frage möchte ich dir mit auf den Weg geben. Die Gojdo leben mit ihren Ahnen, dem Wald und der Natur in Einklang. Wenn sie das nicht machen, wären sie dann noch Gojdo?"

Glitzerten Tränen in ihren Augen? Kierk war unsicher. Bevor er sich klar werden konnte, ging Sirte mit Ulat auf dem Arm in den hinteren Teil der Hütte. Mit dem Rücken zu Kierk sagte sie leise: „Geh, Kierk! Geh!"

Kierk machte einen kleinen Schritt in die Hütte auf Sirte zu, dann zögerte er. Schließlich drehte er sich um und verließ, so schnell seine gepeinigten Gliedmaßen es zuließen, das Zelt des Feuerwächters.

Kierk lag in seiner kleinen Hütte auf seinem Lager. Nach den Torturen der Nacht, der Anspannung im Zelt des Ältestenrates und dem aussichtslosen Zusammentreffen mit Sirte hatte er keine Kraft mehr. Er hatte es gerade noch geschafft, mit dem glimmenden Span ein kleines Feuer in seiner Hütte zu entfachen. Takat spürte seine Stimmung, hatte sich auf einem Stück Fell neben dem Lager zusammengerollt.

Der Eingang der Hütte wurde durch eine Person verdunkelt. Takat knurrte.

„Darf ich einen Moment eintreten?"

Den Feuerwächter hätte Kierk als Besucher nicht erwartet.

„Ja, natürlich. Entschuldigt, ich bin noch nicht eingerichtet."

„Ich bin nicht zum Bleiben oder Essen gekommen."

Kierk nickte, wies auf den Platz auf dem einzigen Fell am Boden.

„Ich habe heute für dich gesprochen. Tabu aber ist mein Schwiegersohn. Ich habe kein Interesse daran, dass euer Konflikt sich negativ auf das Leben meiner Tochter und meines Enkels auswirkt. Ich habe dich eben aus meiner Hütte kommen sehen. Dies ist eine Warnung. Halte dich von ihr fern."

„Ich habe Feuer aus deinem Zelt geholt."

Der Feuerwächter machte eine abwehrende Handbewegung. „Ich habe einmal für dich gesprochen. Ein zweites Mal werde ich das nicht tun. Ich war froh, als du verschwunden warst. Du bringst Unglück über Sirte."

Er gab Kierk keine Zeit für eine Antwort. Schnell verließ er die Hütte wieder. Kierk ließ sich auf das Fell zurücksinken. Er fühlte sich schlecht. Im Grunde musste er Sirtes Vater zustimmen.

Wieder knurrte Takat warnend.

Kierk stützte sich wieder mühsam hoch.

Tana, die alte Geschichtenerzählerin, schlurfte, ohne zu fragen, ob sie eintreten dürfe, in seine Hütte und ließ sich mühsam direkt neben dem wärmenden Feuer auf dem Fell nieder. Sie schnaufte von der Anstrengung des Weges. „Hast du Essen?" fragte sie, ohne sich weiter lange mit Begrüßungshöflichkeiten aufzuhalten. „Ich habe den Weg zu deiner Hütte meinen alten Knochen hoffentlich nicht umsonst aufgebürdet."

Als Kierk aufstand, um in seinem Gepäck nach Trockenfleisch oder anderen Resten seines Reiseproviants zu suchen, zog sie das oberste Fell von seinem Bett und wickelte ihren Oberkörper hinein. „Mir ist immer kalt, musst du wissen. Ich hoffe, der letzte Winter war der letzte, den ich ertragen musste und die Ahnen holen mich endlich zu sich."

Kierk war froh, dass er der alten Tana, die ihm so viele schöne Abende mit ihren Geschichten bereitet hatte, ein Stück gebratene

Ente, einen Fladen Brot und den letzten Krug Bier überreichen konnte. Sie schmatzte, während sie das Fleisch der Ente von den Knochen nagte. Er setzte sich ihr gegenüber auf den Boden.

„Dieses Brot, dieses Bier. Für den Geschmack könnte man töten, nicht wahr?“ Sie schaute ihn forschend mit ihren wachen Augen aus ihrem Gesicht voller Falten an. Das Essen vernachlässigte sie deswegen aber nicht.

„Du hast deine Geschichte eben im Rat schön erzählt, Junge.“ Sie biss vom Fladen ab.

Der Stolz des Mannes in ihm wollte gegen die Bezeichnung „Junge“ aufbegehren. Doch Kierk liebte Tana. Leicht konnte er den Stolz hinunterschlucken. Sie hatte ihm in seiner Kindheit Wärme mit ihren Geschichten gebracht, die er von anderen nie bekommen hatte.

„Ich muss das wissen. Ja, schön erzählt.“ Sie schmatzte weiter, schloss die Augen. Genoss. Kierk wartete. Er freute sich, Tana essen zu sehen.

„Kann eine schöne neue Geschichte werden. Eine Heldengeschichte, oder eine Totengeschichte.“ Sie murmelte vor sich hin, während sie den letzten Rest Brot in ihrem Mund hin und her schob. „Wahrscheinlich werde ich sie nicht mehr erzählen können, wenn ihr zurückkommt. Aber es gibt andere, die auch Geschichten erzählen können. Sirte zum Beispiel.“ Kurz schaute sie ihm in die Augen. Kierk hatte nicht den Eindruck, dass er etwas sagen sollte.

„Ich habe ein schlechtes Gewissen. Habe deine Kindheit, dein Leiden bei Karo und Tabu gesehen. Konnte nicht viel machen.“ Sie schaute Kierk diesmal nicht in die Augen. Hielt den Blick auf das Feuer gerichtet. „Du bist trotzdem bereit, dein Leben für die Gojdo zu geben. Braver Junge. Ich möchte dir deshalb etwas mit auf den Weg geben.“ Sie nahm einen Schluck Bier. „Als Geschichtenerzählerin musst du auch gut zuhören können. Natürlich. Über die Jahre, und bei mir sind es viele Jahre, entwickelt man ein

Gespür darüber, was wahr ist und was gelogen sein muss, weil es sich in der Nacherzählung nicht richtig zusammenbaut. Wenn ich Dinge nacherzähle, spüre ich die Ungereimtheiten, spüre wo es so nicht gewesen sein kann, wie es berichtet wurde. Vielleicht, weil ich die Orte, die Handlungen der Personen in mir spüre. Sie leben und sprechen noch einmal in mir. Oft habe ich mich gefragt, ob ich deshalb eine Erzählerin bin, weil ich wirklich in den Erzählungen lebe?"

Kierk hörte gespannt, was sie sagte. Wusste aber nicht, worauf sie hinauswollte.

„Dein Vater, ja, der lieferte Stoff für Heldengeschichten. Ein großartiger und mutiger Jäger. Hat zu Recht das Herz der schönen und tapferen Sotse erobert." Sie kicherte plötzlich. „Junge, dein Vater hatte mir damals auch gut gefallen. Ich war aber schon zu alt."

Kierk war nicht zum Lachen zumute. Tana beruhigte sich auch schnell wieder.

„Nun, die Berichte über den Hergang seines Todes gehören zu denen, die, wann immer ich sie in mir nacherlebt habe, nicht passen wollten."

Kierk war nun hellwach. Was sagte sie da?

Tana sprach auf einmal mit einer anderen Stimme, hatte die Augen geschlossen und wiegte sich leicht vor und zurück. „Ich bin ein großer Krieger und erfahrener Jäger. Ich bin ein Gojdo. Ich bin mit einem Trupp Jagdgefährten unterwegs und wir wissen, dass Rungi in der Nähe sind. Wir haben einen von ihnen überwältigt, der mitten in unserem Gebiet mit dem Bogen auf der Jagd war. Wir nehmen seine Ausrüstung und seine Jagdbeute mit uns. Ich bin Batu. Ich spüre die Anwesenheit der Gegner. Muss sie nicht sehen. Meine eigenen Leute sind hinter mir, um sie muss ich mich nicht kümmern. Ich trete auf die Lichtung, genieße die wärmenden Strahlen der Sonne. Ein Schlag trifft mich im Rücken. Aus meiner Brust ragt die Spitze eines Pfeils. Mein Herz schlägt nicht mehr. Ich atme ein letztes Mal. Sehe Sotse und mein ungeborenes Kind vor meinem geistigen Auge. Weiß, ich bin tot." Tana atmete hörbar und tief aus. Kierk atmete mit. Atmete den letzten Atemzug seines Vaters mit.

Zuerst schossen Kierk Tränen in die Augen. Seinen Vater zu erleben, den er nie kennengelernt hatte. Kierk klammerte sich an das Gefühl, wollte nicht mehr aus der Geschichte in die Realität zurückkehren. Nicht seinen Vater zurücklassen. Dann sickerte die Erkenntnis zur Unstimmigkeit, von der Tana erzählt hatte, in sein Bewusstsein.

Er sprang auf. „Tana, das kannst du doch nicht sagen! Ein Mörder in den eigenen Reihen. Du warst nicht dabei."

„Junge, du hast es selbst gespürt, warst diesmal dabei. Das habe ich dir doch gerade versucht zu erklären. Ich bin immer dabei, werde hineingezogen. Bei den Geschichten, die man mir erzählt. Das ist manchmal sehr schön, aber oft auch schrecklich."

Kierk versuchte, klar zu denken. „Wessen Erzählung vom Tod meines Vaters hast du eben nacherzählt?"

„Das weißt du selbst." Tana stand ächzend auf.

„Ich habe dir die Geschichte erzählt, damit du auf deinen Rücken achtgibst, nicht damit du Mörder aus den Gespenstergeschichten von alten Frauen jagst." Als sie schlurfenden Schrittes an ihm vorbei zum Ausgang der Hütte ging, tätschelte sie kurz seine Wange.

„Guter Junge. Ich höre von dir. So oder so. Danke für das Essen."

Kierk blieb unbewegt stehen. Schaute ihr nach. Nie hatte ihm jemand die Wange getätschelt. Machten Mütter das? So schrecklich das war, was Kierk gerade gehört hatte. In ihm strahlte etwas nach und das wollte er so lange festhalten, wie er nur konnte. Er hatte eben gemeinsam mit seinem Vater auf dieser Lichtung gestanden. Hatte gesehen, was er gesehen hatte. Hatte den überraschenden

Schlag, den Schmerz im Rücken gespürt. Hatte den letzten Atemzug gemeinsam mit ihm getan.

Er hatte in dem Moment zum allerersten Mal wirklich gespürt, was die Alten mit der Verbundenheit mit den Ahnen meinten. Sein Leben lang hatte er sich als Ausgestoßener gefühlt, nicht als Teil der Gemeinschaft der Sippe. Konnte nichts mit dem Ahnenkult in seinem Volk anfangen. Nun war er verbunden mit seinem Vater. Hatte gesehen, wie dieser sich in seinem letzten Moment sein ungeborenes Kind, ihn selbst, vorgestellt hatte. Wie fest seine Liebe und sein Glaube an sein Kind gewesen waren. Spürte endlich das feste Band zu seinen Eltern.

Und es würde der Moment kommen, denjenigen, der die Nachricht vom Tod seines Vaters ins Dorf gebracht hatte, zu stellen. Heute war jedoch nicht dieser Tag. Kierk legte sich auf sein Lager. Er musste sich ausruhen, um für den Kriegszug stark zu sein. Er verspürte eine innere Ruhe wie noch nie. Wusste genau, was zu tun war. Er brauchte Freunde. Er brauchte Menschen, die ihm folgen würden.

Im Dorf herrschte eine betriebsame Unruhe. Eilig wurden Vorräte für den Kriegszug zusammengesucht und verpackt. Die Waffen kontrolliert, ausgebessert und die Pfeilköcher aufgefüllt. Die Männer verabschiedeten sich von ihren Familien, legten die Kriegsbemalung an. Schwarze und weiße Streifen vom Gesicht hinunter über den Oberkörper. Die Bemalung würden sie bis zum Ende des Kriegszuges nicht mehr ablegen. Sie jeweils auffrischen, wenn es nötig wäre. Am Morgen des Aufbruchs waren sie fünfzig Krieger, die sich in zwei Gruppen teilten, um weniger auffällig durch den Wald ziehen zu können. Zwölf Männer waren aus anderen Sippen dazugekommen.

Rache

Kierk hatte Sirte und Ulat nicht mehr gesehen. Hatte ein Treffen gemieden, wie Sirte wohl auch. Zum einen wollte er ihr keine Probleme bereiten, zum anderen war es Selbstschutz. Was sollte er im Augenblick ausrichten? Da er jetzt nichts an der Situation ändern konnte, würde ihr Anblick ihn quälen. Für Ulat hatte er in der kurzen Zeit bis zum Aufbruch ein kleines Rudel Rotwild geschnitzt. Er hatte die Schnitzereien Tana gegeben. Sie sollte sie erst an Sirte und Ulat geben, wenn er und Tabu unterwegs waren.

Takat hielt sich tagsüber außerhalb der Sichtweite von Kierk und den Männern auf. Er kam erst abends zu Kierk, wenn sie das Lager aufschlugen. Er wollte sich offensichtlich nicht in die Marschordnung einordnen. Kierk hatte seinen Platz ziemlich am Ende des Zuges ohne Widerstand angenommen. Die jungen Männer versuchten, sich ab dem ersten Schritt ihres Weges gegenseitig zu beeindrucken. Denn waren sie stärker, härter, schneller als die Krieger in ihrem eigenen Volk, konnten sie vielleicht hoffen, dass es so auch für den Feind galt. Viele hatten Frau und Kind zurückgelassen. Angst wurde nicht gezeigt. Trotzdem gab es sie. Wenige der Männer waren bisher in Kämpfe auf Leben und Tod verwickelt gewesen. Die Rungi waren der erklärte Feind der Gojdo. Diese Feindschaft wurde seit Urzeiten kultiviert. Das Feindbild, die Gefahr, wurde gebraucht, damit junge Männer die Möglichkeit hatten, sich zu beweisen. Die Feindeshandlungen beschränkten sich jedoch auf kleine Scharmützel weniger Krieger, die mehr oder weniger zufällig bei Grenzüberschreitungen aufeinandergetroffen waren. Die höchste Ehre war zu gewinnen, indem man den Gegner niederrang, mit der Waffe nur berührte, den tödlichen Schlag, den Schuss aber nicht ausführte. Der Unterlegene verlor nicht das Leben, er fiel in Schande. Er musste sich seine Ehre durch das Abgeben der Waffen und anderer wertvoller Dinge bei dem überlegenen Krieger zurückkaufen. Ob ein Gegner einen am Leben ließ, wusste man vorher allerdings nicht. Die tödliche Gefahr blieb somit. Verhielt sich jemand feige, wurde er gegebenenfalls sogar zur Beruhigung der aufgebrachten Geister geopfert. Die Ritualisierung des Kampfes machte für die Jägersippen Sinn, da der Tod oder die schwerste Verletzung eines erwachsenen Jägers einen starken Verlust für die Sippe bedeuteten. Der Tod eines Mannes aus dem gegnerischen Volk brachte dagegen keinen Gewinn. Es war besser, wenn der Jäger in Schande fiel und sich freikaufen musste.

Kierk stellte in dem Tross der aufgeregten Krieger eine Größe dar, denn er hatte schon echte Kämpfe geführt, überlebt und sogar getötet. So sehr Tabu und seine Getreuen sich in den ersten Tagen der Reise bemühten, Kierk kleinzumachen, um Kierk blieb immer der Nimbus des heldenhaften Kriegers, der die unerfahrenen Männer anlockte. Tabu hatte Kierk in der Aufstellung des langen Zuges an das Ende beordert. Dort liefen die rangniedrigsten Männer. Die Ranghöchsten folgten dem Anführer an der Spitze. Tabu zeigte sich in der Nähe von Kierk stets in Begleitung seiner beiden treuesten Kumpane, Toran und Sama. Toran, der hoffen konnte, Jagdhäuptling zu werden, sobald Tabu Häuptling wäre und Sama, der Kierk allein wegen der Tatsache hasste, dass dieser ihn bei seiner Ankunft am Fluss hatte niederschlagen können.

Tabu ließ bei jeder Gelegenheit, die sich bot, Kierk seinen Unwillen spüren. Wenn er in der Nähe war, verhöhnte er Kierk, zischte in sein Ohr. „Die Heldengeschichten von dir sind doch alle nur erfunden. Die Narben stammen von deiner Ungeschicklichkeit, nicht vom Kämpfen.“ Vielleicht hoffte er, dass Kierk die Nerven verlöre und ihn angriff. Dann konnte er Kierk töten lassen. Aber Kierk beherrschte sich. Der richtige Moment würde kommen. Jetzt wollte er Tabu keinen Anlass bieten, ihn zu bestrafen.

Sie erreichten die Ala nach zehn Tagen Lauf in mörderischem Tempo. Tabu, der zeigen wollte, wie zäh er war, hatte die Gruppe stetig vorangepeitscht. Einige Männer hatten nicht mithalten können. Sie trafen völlig erschöpft und gedemütigt abends an den Lagern als Nachhut ein.

‚Wie dumm Tabu handelt', dachte Kierk beim Anblick der Gesichter. ‚So behandelt man keine Stammesangehörigen! Er ist unsicher und versteckt das hinter Strenge.' Für Kierk ein Zeichen, dass es für alle gefährlich werden würde, wenn Tabu allein entschied, wenn es zum Kampf kam.

Er sprach daher, als sie kampierten und Essen zubereiteten, Katos an.

„Katos, du bist ein tapferer Kämpfer. Weißt du, warum ich dich am Fluss besiegen konnte?"

Katos schaute Kierk mit zusammengezogenen Augenbrauen verwundert an. „Was soll das? Was willst du?"

„Du bist besiegt worden, weil du dich noch nicht entschlossen hattest, was du tun wirst. Im Kampf brauchst du unbedingt eine klare Taktik."

„Ja, und?"

„Tabu will beeindrucken. Er will mit dem Kopf durch die Wand. Im Kampf kommt es aber auf Schläue und auch darauf an, möglicherweise unnötiges Blutvergießen zu vermeiden, wenn man kann. Das Blut fließt auf beiden Seiten, wenn es zum offenen Kampf kommt."

„Was willst du von mir, Kierk?"

„Katos, du bist vertraut mit den Männern. Du bist ein Freund von Sama und Toran. Sprich mit ihnen! Rechtzeitig! Sag ihnen, dass ihr die Taktik des Kampfes mit Tabu besprechen wollt. Er ist ungestüm. Wir alle wollen Ehre gewinnen, aber nicht als Geister, als tote Helden in den Geschichten der Alten."

„Du hast Angst! Wovor? Für dich war nie eine Wiederkehr oder ein Leben über diesen Feldzug hinaus vorgesehen." Katos lachte höhnisch.

„Ich habe Angst, ja, Katos, Angst um dich und deine Freunde."

Katos hämische Lache erstarb langsam. Nachdenklich schaute er Kierk an. Kierk drehte sich um und ging davon. Er hoffte, er hatte den Impuls gesetzt. Er sprach auch mit den jüngeren Kriegern. Mit den Kriegern aus den anderen Dörfern. Da er ein erfahrener Kämpfer war, hingen sie an seinen Lippen. Er vermittelte ihnen, dass ein vorsichtiges Vorgehen und gute Vorbereitung eines Angriffs nichts mit Angst zu tun hatten, sondern mit Schläue und Überlebenswillen.

Am nächsten Morgen folgten sie bereits dem Lauf des Flusses Ala, an dem sie die Siedler treffen wollten. Der niedrige Wasserstand erlaubte ein schnelles Vorankommen auf den trocken gefallenen Sand- und Kiesbänken.

Mittags stießen sie auf das Lager von Fürst Egrie und seinen Männern. Sie hatten ihr Lager auf einer Sandbank am Flussufer aufgebaut und warteten auf das Eintreffen der Gojdo.

Diese beobachteten ihre zukünftigen Waffenbrüder zunächst aus der Deckung des Ufergehölzes heraus. Die jungen Krieger raunten sich zu, wie leicht es wäre, diese merkwürdigen Tisza zu überraschen. Die Wachen rund um ihr Lager standen an den falschen Stellen, wirkten unerfahren und schienen untrainierte Ohren und Augen zu haben. Sie bemerkten die Gojdo nicht. Fürst Egrie hatte etwa sechzig Männer bei sich. Tabu gab den Befehl, nah an das Lager heranzuschleichen und sich dort auf sein Zeichen überfallartig zu zeigen. Er wollte den Tisza demonstrieren, wie gut die Gojdo das Handwerk des Anschleichens und Überfalls verstanden. Die Gojdo schwärmten aus, schlichen sich an das Lager heran. Auf Tabus Zeichen sprangen alle Gojdo auf und stürmten los. Wären sie echte Angreifer gewesen, hätten die Siedler keine Chance zur Verteidigung gehabt. Stolz stießen die

Gojdo ihre Kriegsrufe aus. Auf einmal mischten sich andere Rufe unter das Freudengeschrei. Ein Krieger der Gojdo lag am Boden. Ein Pfeil steckte in seinem Hals. Dunkelrot floss das Blut in den hellen Flusssand. Das erste Opfer dieses Kriegszuges starb, ohne dass ihm jemand helfen konnte. Nicht alle Siedler waren völlig überrascht worden. Ein Wächter hatte den Scheinangriff zu spät als solchen erkannt und einen Pfeil abgeschossen. Krieger der Gojdo und Männer Egries hielten sich auf der Sandbank in Schach. Schrien sich gegenseitig wütend an, ohne sich verstehen zu können. Ein schlechter Start. Ein nutzloser Tod. Wie würden sie dieses böse Vorzeichen abwenden können?

Fürst Egrie näherte sich schnellen Schrittes vom Lager. Nur wer wusste, dass er die Pfeilverletzung im Bein auskurierte, erahnte ein leichtes Humpeln.

„Was ist hier los?" Egrie schubste ein paar Männer rabiat auseinander, die sich in der Nähe des Toten kampfbereit gegenüberstanden. Er warf nur einen kurzen Blick auf den Gefallenen. Als er sich wieder umwandte, traf Kierk am Unglücksort ein. Fürst Egrie ging Kierk entgegen und umfasste freundschaftlich seine beiden Arme.

„Ich freue mich sehr, dass du gekommen bist. Du hast Krieger mitgebracht und ihr seid schnell gekommen."

Er lächelte Kierk an. Der Tote im Sand interessierte ihn scheinbar kaum mehr.

„Ich bin ebenfalls froh, dich wiederzusehen und dass wir euch so schnell gefunden haben." Kierk lächelte kurz zurück, wurde aber sofort wieder ernst. Er nickte zum Toten im Sand. „Es gab einen Unfall, wir müssen etwas zur Beschwichtigung unternehmen."

Tabu, der unter den umstehenden Kriegern gewesen war, drängelte sich, bevor Kierk zur Seite treten konnte, vor Fürst Egrie. Er zischte Kierk an: „Stell mich vor, du spielst hier die Rolle des Übersetzers, sonst nichts."

„Dieser Krieger ist Tabu, der Sohn des Häuptlings unserer Sippe und Anführer dieser Krieger." Kierk machte eine kleine Verbeugung Richtung Egrie. „Dieses ist Fürst Egrie, der Anführer der Tisza aus Skrotan." Sowohl zu Tabu als auch zu Egrie sprach er jeweils in ihrer eigenen Sprache.

Egrie ging auch auf Tabu zu. Packte ihn an den Armen, wie Kierk vorher und schaute ihm in die Augen. „Tabu, ich bin sehr froh, dass du und deine Gojdo mit mir gegen Gatala und seine Rungi-Verbündeten kämpfen werden."

Egrie zog Tabu mit sich und ging in den Kreis zu dem toten Gojdo. „Bitte übersetze so laut, wie ich jetzt sprechen werde", bat er Kierk.

Einen Arm von Tabu hielt er, mit dem anderen Arm machte er eine alle Männer umfassende Geste. Inzwischen waren alle Gojdo und alle Tisza eingetroffen. Insgesamt über 100 Männer.

„Dieser Mann soll eine gute Beerdigung nach den Sitten der Gojdo erhalten. Wertvolle Geschenke der Siedler wird er mit ins Grab nehmen. Wir wollen seinen Tod bedauern. Sein Tod hat unseren Pakt, das Bündnis der Gojdo und der Tisza, mit Blut besiegelt. Es gibt kein festeres Band als Blut. Gemeinsam werden wir siegen, Beute machen und unsere Feinde Angst lehren." Egrie hatte die Sätze geschrien und sich gemeinsam mit Tabu um die eigene Achse gedreht. Möglichst vielen der Männer hatte er in die Augen geblickt. Seine Erfahrung als Anführer zahlte sich aus. Als er fertig gesprochen hatte, fielen alle Männer, Gojdo und Siedler, gemeinsam in ein zustimmendes Jubelgeschrei ein.

Egrie bat Tabu und Kierk mit ihm für die weitere Besprechung in sein Zelt zu kommen. Kierk übersetzte für Tabu. Rellan schloss sich den Dreien an. Als er auf Höhe von Kierk aufschloss, nickte er Kierk lächelnd zu. Kierk freute sich, dass der weise Rellan den Kriegszug begleitete und lächelte erfreut zurück.

Das Zelt war mit Fellen am Boden ausgelegt. Dort setzten sie sich zu viert im Kreis um die kleine Feuerstelle.

„Ich habe eure Kampfbereitschaft gesehen." Egrie nickte Tabu anerkennend zu. Kierk übersetzte. „Ihr habt aber auch bemerkt, wehrlos sind wir Siedler nicht." Egrie ließ jeweils Zeit für die Übersetzung, bevor er weitersprach.

Er wies mit einer Handbewegung auf Rellan. „Rellan ist mein Berater und unser Heiler." Rellan nickte Tabu freundlich zu, sagte aber nichts.

Egrie fuhr fort. „Ich habe sechzig kampfbereite Männer bei mir. Viele von ihnen haben Familienangehörige bei den beiden Angriffen von Gatalas Männern und den Rungi verloren. Sie werden mit Wut kämpfen. Gemeinsam mit euch haben wir eine große Streitmacht, die gegen Gatala kämpfen wird."

Rellan verteilte Tonbecher und füllte aus einem Kumpf Bier ein. Er reichte auch eine Schüssel mit Brotfladen herum.

„Bitte, esst und trinkt. Ihr müsst hungrig sein nach eurem schnellen Marsch."

Tabu hatte bisher nichts gesagt. Er starrte die vielen ihm fremden Dinge an, die sich im Zelt befanden. Die Kleidung der Siedler, das Tongeschirr, die Felle der Schafe und Ziegen, die Äxte mit den fein geschliffenen Klingen, die an den Hüften der Bauern hingen. Das alles und vieles mehr, an das sich Kierk bereits gewöhnt hatte, lenkte ihn ab.

Den angebotenen Becher aus schwarzem, glänzend polierten Ton mit bunten Verzierungen drehte er verwundert in der Hand, das Bier darin schüttete er nach einem ersten vorsichtigen Nippen in einem Zug hinunter und verlangte sofort einen zweiten. Das Brot aß er gierig. „Gut", sagte er und nickte begeistert.

Egrie und Rellan ließen Tabu essen.

„Wir kämpfen nur, wenn wir viel Beute bekommen", war das erste, das Tabu schmatzend von sich gab.

„Ja, natürlich. Ihr sollt Beute machen", antwortete Egrie.

„Wir wollen Tiere wie die da draußen. Die sich am Strick führen lassen. Wir wollen die Zauberpflanzen und wir wollen das Korn, aus dem ihr dieses und dieses herstellt.“ Tabu zeigte auf das Brot und das Bier.

„Kein Problem. Von alledem wird es genug geben.“ Egrie lächelte.

„Wir werden von den besiegten Rungi Tribut fordern. Ihr werdet nur südlich dieses Stroms, an dem wir uns getroffen haben, eure Lager aufschlagen.“ Tabu trank einen weiteren großen Schluck Bier. Wischte sich anschließend den Mund mit dem Handrücken trocken.

„Wir haben nicht vor, nördlich der Ala zu siedeln. Dort ist euer Land.“ Rellan reichte Tabu und Kierk die Schüssel mit dem Brot.

Tabus Gesichtsausdruck verdüsterte sich. Er wirkte bereits angetrunken. Er schlug Kierk gegen die Hand, mit der er nach dem Brot griff.

„Er ist nur Dolmetscher. Ich bin der Sohn des Häuptlings. Wir beide verhandeln.“ Er zeigte auf Egrie und sich. „Er nicht. Er soll auch nicht die gleichen Dinge zu essen und zu trinken bekommen, wie ich.“

Als Kierk nicht direkt übersetzte, trat Tabu im Sitzen mit dem Fuß nach ihm. „Übersetze, Hund.“

Kierk übersetzte und fügte an. „Ist okay. Wir haben Ziele. Wir wollen Tünda befreien. Ihr wollt Gatala bestrafen. Wenn wir das erreicht haben, werden Tabu und ich abrechnen.“

Fürst Egrie nickte. Er hatte verstanden. Er bat Rellan, eine Schüssel Getreidebrei mit gekochtem Schafsfleisch für Tabu kommen zu lassen. Kierk ignorierte er.

Tabu wirkte zufrieden. Er schlang das fremde, ihm offensichtlich wohlschmeckende Essen in sich hinein.

Als die Schüssel leer war, stand Egrie auf. Tabu und Kierk erhoben sich ebenfalls. Egrie umfasste Tabu wieder an den

Unterarmen, forderte Tabu auf, auch ihn, Egrie an den Unterarmen zu fassen.

„Wir sind jetzt Brüder im Kampf und haben eine Vereinbarung. Morgen früh brechen wir auf."

Als Kierk das Zelt von Egrie hinter Tabu verließ, empfing ihn dort Absan. Freudig legte Absan Kierk eine Hand auf die Schulter. Kierk machte es ihm nach.

„Du bist zu uns zurückgekehrt. Ich war mir nicht sicher." Absan lächelte Kierk trotz seines eingestandenen Zweifels freundschaftlich ins Gesicht.

Kierk drückte Absans Schulter. „Es ist sehr schön, dich zu sehen, Absan. Ich hatte gehofft, dich hier zu treffen."

„Lass uns zu meinem Zelt gehen und essen und trinken. Bei meinem Vater, dem miesen Asketen, gab es bestimmt nichts Ordentliches."

Sie gingen gemeinsam los.

„Ich bin eben erst von einer Erkundung eines Nebentales der Ala zurückgekehrt. Sonst wäre ich zur Besprechung dazugekommen. Habe schon von dem Unfall gehört. Bei mir am Zelt warten auch bereits andere Freunde von dir."

Kierk folgte Absan. Er freute sich über die guten Aussichten für den Abend.

Vor dem Zelt von Absan saßen Zuka und Obul und drehten ein großes Stück Fleisch über einem Feuer. Als sie Kierk und Absan entdeckten, standen sie auf und kamen ihnen lachend entgegen. Freudig klopften sie Kierk auf die Schulter. Kierk erwiderte ihre Geste ebenfalls sehr erfreut.

„Zuka, Obul, schön euch zu sehen. Obul, wie kann das sein? So schnell?"

Obul zeigte auf die feste Lederkappe, die er trug. „Rellan hat den Knochen rausgezogen oder so in der Art. Ich wollte es gar nicht genauer wissen. Der Knochen würde wieder festwachsen.

Ich soll noch eine Weile dieses Ding tragen und mir nicht genau auf die gleiche Stelle hauen lassen, hat er gesagt."

Alle vier lachten. Zuka nickte Kierk zu. Ihm war anzusehen, wie sehr er sich freute, dass es Obul wieder gut ging.

„Ich bleibe auf dieser Seite von deinem Kopf während des Kampfes und beschütze ihn. Du fängst alle Schläge und Pfeile gegen uns einfach mit der anderen Seite ab." Sie scherzten weiter, bis Absan die drei ins Zelt schob. „Lasst uns essen!", sagte er dabei und griff nach dem Spieß. Er trug ihn zu dem Sitzplatz am Boden seines Zeltes, an dem seine Gäste sich bereits gesetzt hatten.

„Bier gibt es heute auch noch", sagte er und holte eine noch mit dem Lederverschluss versiegelte Tonflasche aus dem hinteren Teil seines Zeltes. „Das war es dann aber auch damit. Die Vorräte hat mein Vater unter Kontrolle und befohlen, dass sie hauptsächlich für die Krieger der Gojdo reserviert sind. Wird also Zeit, dass wir Gatala erreichen, ihm auf den Kopf hauen und seine Biervorräte trinken können."

Sie freuten sich einfach, zusammen zu sein und gemeinsam essen und trinken zu können. Kierk konnte sich nicht daran erinnern, dass er schon einmal so glücklich in der Runde mit Gleichgesinnten zusammen gewesen war. Er genoss den Moment. Gemeinsam rekapitulieren sie das letzte gemeinsam erlebte Abenteuer, bevor sie sich morgen in das nächste stürzen würden.

Der Tross der Männer machte sich am frühen Morgen auf Richtung Westen. Am Abend des dritten Tages erreichten sie den westlichen Grenzfluss, der bis hoch zur Küste die Grenze zwischen dem Siedlungsgebiet der Gojdo und der Rungi markierte. Etwas weiter im Süden war zu erkennen, wo der Fluss durch einen Gebirgszug brach wie durch eine Mauer mit einem einzigen weit offenstehenden, aber schmalen Tor.

„Südlich des Gebirges beginnt das Land von Gatala. Wir können nicht im Tal des Flusses bleiben, wenn wir ihn überraschen wollen.

Dort auf den Hängen des Durchbruchs und unten im Tal werden ziemlich sicher Späher sein, die den Durchbruch beobachten. Wir müssen einen Weg über die Berge finden." Egrie zeigte mit dem Arm auf die Stelle am südlichen Horizont, die er meinte. Er hatte Tabu, Kierk, Absan und Rellan zu sich holen lassen.

„Wir senden Späher aus, die den Weg finden." Tabu wirkte aufgeregt. Wie alle Gojdo fieberte er dem Kampf entgegen. Die Krieger hatten sich während des Laufens und abends am Lagerplatz immer weiter aufgeputscht. Sich gegenseitig erzählt, welche Heldentaten vor ihnen lägen.

Egrie musterte Tabu. „Es ist möglich, dass Gatala bereits weit vor seiner Siedlung Wächter der Rungi postiert hat, um gewarnt zu sein, wenn wir gegen ihn ziehen. Deine Späher müssen daher vorsichtig sein. Kein Wächter, der uns gesehen hat, darf den Weg bis zu Gatala schaffen, um ihn zu warnen. Wenn er gewarnt ist, werden wir um den Sieg hart kämpfen müssen. Ist er nicht alarmiert, könnte es für uns leicht werden."

Tabu konnte kaum stillstehen. Seine Augen hatten aufgeblitzt, als Kierk Gatalas Worte von „Sieg" und „hart kämpfen" übersetzt hatte.

„Es laufen immer zwei Späher gemeinsam. So töten sie mögliche Rungi-Wächter mit Leichtigkeit."

Egries Lippen wurden schmal. Kierk hatte den Eindruck, er schluckte eine weitere Mahnung, die ihm auf den Lippen lag, herunter. Streit konnten sie jetzt nicht gebrauchen.

„Gut. Dann lagern wir hier und ziehen morgen weiter." Von Egrie entlassen, liefen die Männer auseinander.

Rellan hielt Kierk kurz am Ärmel. „Einen Moment bitte. Ich möchte kurz unter vier Augen mit dir sprechen."

Kierk nickte, ging an Seite von Rellan zurück Richtung der wartenden Männer.

„Ich bin froh, dass die kampferfahrenen und tapferen Gojdo an unserer Seite stehen. Ich bin natürlich auch der Meinung, dass wir Gatala bestrafen und Tünda befreien müssen." Rellan war stehengeblieben, schaute Kierk an. „Feindschaft und offener Kampf zwischen Familiensippe sind etwas bei den Tisza, das es bisher nicht gegeben hat. Ich kann mir nur vorstellen, dass Gatala durch den Kontakt mit dem Hirten-Volk im Westen irgendwie verrückt geworden ist. Ich hoffe, wenn wir ihn besiegt haben, wird es keine Kämpfe dieser Art mehr geben. Daher wäre es gut, wenn auch jetzt möglichst wenig Blut fließt." Wieder schaute er zu Kierk, ob er seinen Worten folgen konnte.

„Das heißt, gegenseitige Überfälle auf Siedlungen hat es bisher bei den Tisza nicht gegeben?"

„Nein, nie. Es gab auch keinen Grund dafür. Wir hängen alle voneinander ab. Wir haben einen gemeinsamen Ursprung. Wir helfen uns gegenseitig, wenn eine Siedlung oder sogar eine ganze Region durch eine Missernte in Not gerät. Es sind immer die Kinder der eingesessenen Familien, die ausziehen und neues Land roden. Die Neugründungen werden am Anfang ebenfalls unterstützt. Sie müssen nicht um Nahrung oder Land kämpfen. Und so soll es auch bleiben." Rellan ergänzte nach einem kurzen Moment. „Beziehungsweise so soll es wieder werden, wenn wir Gatala besiegt haben."

„Egrie sagte, das neue Land geht zu Ende. Kann es dann so werden, wie früher?" Kierk schaute Rellan fragend an.

„Nun, es muss!" Rellan biss die Zähne zusammen. Kierk schien einen wunden Punkt getroffen zu haben. „Ich habe dich angesprochen, um zu erfahren, ob du genug Einfluss auf die Krieger der Gojdo hast, um im Falle unseres Sieges ein Blutvergießen, ein Abschlachten von Gatalas Leuten verhindern zu können? Viel vergossenes Blut würde die Situation nur unversöhnlicher machen. Ein dauerhafter Frieden wäre dadurch gefährdet."

Kierk überdachte die Situation, bevor er antwortete. „Mein Einfluss ist gering. Ich bin praktisch ein Ausgestoßener meines Volkes. Tabu und ich hassen uns seit unserer Kindheit. Auf ihn habe ich keinen Einfluss."

„Was wäre, wenn Tabu plötzlich, nun sagen wir, sterben würde? Hättest du dann Einfluss?"

Ohne auch nur eine Sekunde zu zögern, antwortete Kierk jetzt. „Tabu wird auf keinen Fall einen Pfeil in den Rücken aus den Reihen der Siedler bekommen, dafür werde ich sorgen. Er hat den Tod verdient, aber er wird von mir im Kampf besiegt werden."

Kierk war selbst erstaunt über seinen sofort aufwallenden Zorn und die Eindeutigkeit seiner Haltung bei der Andeutung des feigen Mordes an Tabu. Er hatte so viele Gründe Tabu zu hassen und ihm den Tod zu wünschen. Es musste mit der Erinnerung an den Tod seines Vaters zu tun haben.

„Gut", sagte Rellan schnell. „Ich wollte das nur wissen, bevor es mit den Kämpfen losgeht." Er zögerte, suchte den Blickkontakt mit Kierk. „Ich bin im Grunde froh, dass du so geantwortet hast. Bitte verzeih meinen Vorschlag. Es war nur lautes Nachdenken. Ich möchte unschuldiges Blutvergießen vermeiden, wenn es irgendwie geht."

Kierk nickte Rellan schwach zu, kniff aber die Lippen zusammen.

Kierk fühlte sich unbehaglich. Rellan hatte Recht. Er musste sich mehr Gedanken machen, wie er die Krieger der Gojdo hinter sich bringen konnte. Einfach Tabu die Führung zu überlassen war gefährlich. Gefährlich für alle.

Als Kierk allein war, kam Takat angelaufen. Der Hund hielt ein Kaninchen quer in der Schnauze fest.

Kierk ging in die Hocke, kraulte seinen Hund liebevoll hinter den Ohren.

„Ich habe den Eindruck, dass du jeden Tag ein Stückchen größer wirst. Gut gemacht. Hast du uns wieder was zu essen gesucht. Wenn du so weiterwächst, bringst du uns bald Auerochsen statt Kaninchen."

Kierk ließ Takat seine Beute bis zu ihrem Lagerplatz tragen.

Kierk blieb meist bei den Gojdo, um besseren Kontakt zu den Männern zu erhalten und seinen Status als Sonderling nicht zu festigen.

‚Was kann ich noch tun, um mehr Einfluss zu bekommen?' dachte er wieder, als er sich dem Lager näherte.

Die Krieger der Gojdo hatten aus den belaubten Ästen junger Bäume regensichere Schlafunterkünfte erstellt. Bisher hatten sie Glück gehabt und es war trocken geblieben. Aber am Himmel hatten sich die Wolken verdichtet und Regen schien in dieser Nacht wahrscheinlich zu sein. Kierk zeigte das Kaninchen den jungen Kriegern.

„Wer hat noch Platz unter seinem Regendach, der bekommt etwas von dem Kaninchen ab?" Zwei junge Männer in Kierks Alter, die an dem Kriegszug teilnahmen, aber aus einer benachbarten Sippe stammten, luden ihn ein, unter ihrem Dach sein Fell auszurollen. Stolz zeigten sie einen dünnwandigen Tontopf vor, den sie bei den Tisza ergattert hatten.

„Wir haben Bier, Kaninchen ist trocken." Sie grinsten.

Bier hatte die Herzen der Männer der Gojdo schnell erobert. Sie verbrachten viel Zeit damit, bei den Tisza herumzuhängen in der Hoffnung, einen Krug Bier zu erhalten. Egrie verwaltete die knappen Vorräte. Berauschende Getränke gab es bei den Gojdo nur bei Zeremonien. Sie schmeckten nicht und die Wirkung war nicht so wunderbar leicht wie beim Bier. Es war daher zu einem wichtigen Ziel der Gojdo geworden, viel Bier in Gatalas Siedlung zu erobern. Kierk briet das Kaninchen über einem Feuer und teilte es mit den Männern und Takat. Viel war es nicht, aber eine geschmackvolle Ergänzung zum Trockenfleisch, das sie als Lebensmittelvorrat mit sich führten. Die jungen Männer reichten den Krug mit dem Bier zum Kaninchen herum.

Am nächsten Morgen brachen sie früh auf. Späher liefen der Gruppe voraus. Sie suchten zuerst nach einer Furt über den westlichen Grenzfluss und dann nach einem Weg über die Berge westlich des Durchbruchs des Flusses. Berge gab es im Land der Gojdo nicht, nur einzelne Hügel. Die wenigen Gipfel galten den Gojdo als besonders heilige Orte, die die Geister bewohnten. Vorsichtig, möglichst lautlos und mit gesenkten Köpfen, um die Berggeister nicht zu erzürnen, marschierten die Gojdo daher den ersten steilen Hang hinauf. Auf dem Gipfel angekommen, wollten sie so schnell wie möglich den Wohnort der mächtigen Berggeister, den sie uneingeladen und ohne Opfer zur Besänftigung betreten hatten, wieder verlassen, während Egrie und seine Männer planten, den Standort mit der Aussicht für die Planung des weiteren Weges zu nutzen. Das erklommene Gebirge bestand nur aus einer einzigen Reihe an Bergen quer zur Fließrichtung des Flusses. Sie hatten dadurch einen guten Ausblick auf die Ebene vor ihnen, die sie bis zu einer weiteren Gebirgskette im Süden zu durchqueren hatten. Ihr Ziel, Gatalas Land, lag direkt hinter der Bergkette im Süden.

Egrie war von dem heftigen Drängen der Gojdo und ihrem Geisterglauben überrascht. Brüsk wollte er sie abweisen. Aberglauben konnte er nicht gebrauchen. Kierk schaffte es mit Mühe, ihn von der Wichtigkeit zu überzeugen, dem Wunsch seiner Stammesgenossen nachzugeben. Verunsicherte Krieger, die glauben, dass die Geister ihnen zürnen, könnten das ganze Unternehmen gefährden. Egrie sollte ein Opfer für die Geister des Berges bringen, die für das unerlaubte Eindringen besänftigt werden mussten. Egrie gab schließlich nach. Auch er und seine Bauern kannten die Angst vor bösen Omen. Tief verwurzelte Ängste, wenn Zeichen einen schlechten Verlauf des Wetters für die kommende Vegetationsphase des Getreides vorhersagten. Mürrisch stimmte er dem Opfer eines Teils ihrer schwindenden Nahrungsvorräte zu. Wertvolles Wildfleisch wurde als Opfer auf einem exponierten Felsen abgelegt. Raben und andere Geisterboten würden das Fleisch den Geistern bringen.

Die Ebene, die vom Gipfel wie ein stiller See mit grünem Wasser ausgesehen hatte, erwies sich als sumpfiges Tal. Die Späher hatten Mühe, Wege auf trockenem Terrain zu finden. Sie hielten sich von den leicht begehbaren Pfaden fern, um die Gefahr der Entdeckung gering zu halten, und kämpften sich versteckt, geduckt und möglichst geräuschlos durch die feuchten Wälder der Niederung. Nach einem weiteren Tag Anstrengung im sumpfigen Gelände und einer Nacht ohne Feuer und warme Nahrung befanden sie sich kurz vor dem Gebirgszug, den sie von der ersten Bergkette aus gesehen hatten. Die Freude, die sumpfige Ebene bald zu verlassen, stand der Angst, die Geister auch dieser Berge zu stören, gegenüber.

Diese Angst bekam ein Gesicht, als zwei der vorausgeschickten Gojdo-Späher völlig aufgelöst zu ihrer Hauptgruppe zurückkehrten. Außer Atem und mit vor Schreck geweiteten Augen berichteten sie, dass am Fuß des Gebirges graue Riesen auf den Zug der Männer warteten. Sie blockierten den Durchgang zum Gebirge. Allein die Fäuste der Riesen seien so groß wie Berge. Aus Stein erschaffen, ständen sie in dichter Reihe und würden niemanden zum Aufstieg in das Gebirge durchlassen.

Kierk wurde gerufen. Egrie, Rellan, Tabu und Kierk pirschten sich mit einer Gruppe ausgewählter Männer entlang eines Bachlaufs an den Ort an, an dem die Späher die Riesen gesehen hatten.

Tatsächlich. Dort standen sie. Steinerne Riesen, die eine undurchdringliche Mauer bildeten. Sie ragten weit über die Bäume hinaus hoch in den Himmel. Ein mystischer, ein beängstigender Ort. Ein Dutzend klobiger grauen Gehilfen der Berggeister.

Erstellt im Zorn, bereit, den Frieden dieser Berge zu bewachen. Zwischen den Füßen der Riesen spülte das Wasser des Bachs hindurch. Die Felssäulen standen dadurch frei von Vegetation und wirkten noch unnatürlicher. Tabu, Kierk und alle Gojdo, die mitgekommen waren, fielen auf die Knie. Machten sich klein und zogen sich in geduckter Haltung, den Blick gesenkt, wieder in den Wald zurück. Auch Kierk konnte nicht anders. Er fühlte wie alle Gojdo. Keiner von ihnen traute sich ein zweites Mal den Blick zu heben, bevor sie sich nicht wieder tief im Wald in Entfernung zu den Wächtern befanden. Deutlicher konnten Geister nicht zeigen, was sie nicht wollten. Egrie und die Siedler waren stehengeblieben, hatten die Felsformation eher interessiert betrachtet, bestaunt. Als sich die Gruppe der Gojdo und der Siedler im Wald wiedertrafen, versuchte Egrie allerdings nicht, einen Marsch direkt an den Riesen vorbei zu erzwingen. Er befahl den Rückzug. Bei der Truppe angekommen, beauftragte er die Späher, auch wenn es einen Umweg bedeutete, einen anderen Weg weiter im Westen über die Bergkette zu suchen.

Sie wateten weiter durch den Sumpf parallel zur Bergkette. Die Erschöpfung zeichnete sich inzwischen auf den Gesichtern aller ab. Auch bei den Gojdo. Die Späher fanden das Tal eines Bachs, das einen flachen, weniger abrupten Einstieg in den Hang des Gebirges bot. Erschöpfung und Geländeform halfen, die Gojdo dazu zu bewegen, der Überquerung der Berge zuzustimmen. Auf der anderen Seite der Berge waren sie ihrem Ziel endlich nahe.

Sie erreichten den obersten Berggrat. Dort wurde aus den bösen Vorahnungen schreckliche Wahrheit. Die Berggeister erzürnt man nicht ohne Strafe. Auf dem höchsten Felsen des Berggrates lagen die vorausgeschickten Späher. Sie lagen, gespickt von Pfeilen auf einem exponierten Felsen. Die Haare abgeschnitten. Rot leuchtete ihr frisches Blut auf dem grauen Stein unter ihnen in der Sonne.

Tabu und Kierk hatten Mühe, eine Panik unter den Gojdo zu verhindern. Sprachen auf Männer ein, die davonlaufen wollten. Viele sanken auf die Knie. Die Bürde ihrer Verfehlung an den Geistern, die sie empfanden, drückte sie zu Boden.

Egries Reaktion war eine ganz andere. Er war wütend. Als die erste Gefahr, dass der Trupp der Männer auseinanderstob, gebannt war, zitierte er Tabu, Rellan, Absan und Kierk zu sich.

Egrie konnte vor Wut nicht stillstehen. Er stapfte auf dem Felsplateau herum, auf das die kleine Gruppe sich zurückgezogen hatte. Er brüllte voller Ärger. „Genau das haben wir vermeiden wollten. Nun ist es eingetreten. Die Umwege, die Strapazen der schlechten Wege, alles umsonst. Gatala wird wissen, dass wir kommen. Ein Überraschungsangriff ist unmöglich geworden."

Er blieb stehen, schaute in die Landschaft vor ihnen. Unter ihnen breitete sich wieder eine Ebene mit dichtem Wald aus. Im Dunst des späten Nachmittags war in der Ferne allerdings eine Rauchsäule auszumachen, die sich aus dem Tal in den Himmel reckte. Diese Ebene war bewohnt. Egrie drehte sich zu den anderen um. Er wies auf den Rauch am Horizont.

„Bis zu Gatalas Siedlung, Suozaza, sind es noch zehn Stunden Marsch nach Südwesten. So wurde es mir beschrieben. Vielleicht kommt die Rauchsäule dahinter sogar von seinem Herdfeuer. Wir waren nah dran, ihn zu überraschen." Nach einem Moment ergänzte er mit den Zähnen knirschend. „Das ändert nichts. Ich will ihn stellen. Dieser feige Mörder soll uns nicht entkommen, auch wenn er jetzt gewarnt wird."

Absan, der direkt neben seinem Vater stand und ins Tal blickte, als würde er etwas suchen, überlegte laut: „Können wir den Mördern unserer Späher nicht einen Trupp der schnellsten Krieger hinterhersenden, die sie einholen?"

Kierk antwortete direkt. Erst dann übersetzte er diesmal für Tabu. „Es wird bald dunkel sein. Sie kennen sich hier aus. Sie haben sich Zeit beim Töten der Männer gelassen. Sie haben sich sicher gefühlt und hatten wohl recht damit. Sie einzuholen ist unmöglich. Aber sie werden dafür leiden, wie Gatala, wenn wir gegen sie kämpfen."

Bevor Tabu oder sonst jemand aus der Gruppe weiteres sagen konnte, schritt Egrie von der Felskante Richtung lagernder Männer. „Ich will zu den Männern sprechen. Sie brauchen Mut und Kraft für die kommenden Stunden. Wir ziehen sofort weiter."

Die Männer seiner Streitmacht hockten auf dem Boden und ließen mutlos die Köpfe hängen. Die Tisza waren im Wesentlichen einfach erschöpft nach den langen Märschen. Laufen war für die Gojdo als Jäger und Sammler tägliches Geschäft. Ihre Beine waren dafür trainiert. Die Siedler hatten hingegen ihre Kraft in den Armen und dem Oberkörper. Laufen weiter Strecken war für sie ungewohnt. Ihre Stimmung war zudem gedrückt, da sie als ungeübte Kämpfer nun die Hoffnung auf einen einfachen Sieg durch einen Überraschungsangriff aufgeben mussten. Die Gojdo trauerten um ihre Kameraden, und sie fürchteten nach ihrem unerlaubten Eindringen in die heilige Welt der Berggeister eine böse Zukunft ohne die Unterstützung der Geister und Ahnen.

Egrie trat vor die niedergeschlagenen Männer. Tabu bat er an seine Seite. Kierk forderte er auf, jeden seiner Sätze direkt laut zu übersetzen.

„Männer, steht auf! Ihr seid Tisza. Ihr seid Gojdo." Egrie wartete, bis alle Männer aufgestanden waren. „Unser Gegner hat hier sicherlich mit einer großen Übermacht feige auf unsere Männer gewartet und sie ebenso feige getötet, wie sie das zuvor mit den Frauen, Männern und Kindern der Tisza getan haben."

Wutausrufe erschollen. Fäuste wurden in den Himmel gestreckt.

„Dort unten im Tal", Egrie streckte den Arm in Richtung der bewaldeten Ebene aus, „leben die Verräter und lassen es sich gut gehen. Essen das Getreide, das sie unseren toten Familien geraubt haben."

Er machte eine Pause, damit die Siedler ihre Wut hinausbrüllen konnten.

„Tapfere Gojdo, ihr habt zwei Männer verloren, die mit ihrem Blut und Opfer die Berggeister beruhigt haben. Diese Schuld ist beglichen. Die feigen Rungi warten allerdings noch auf ihre Bestrafung für ihre hinterhältige Tat." Nun fielen auch die Gojdo mit lauten Kriegsrufen in das Wutgeschrei der Siedler ein.

Egrie überbrüllte sie alle, brachte sie dazu, ihm wieder zuzuhören. „Seid ihr bereit, mir jetzt sofort zu folgen und diesen feigen Hunden die gerechte Strafe zu bringen?"

Alle Männer brüllten ihre Zustimmung hinaus in wütender Übereinkunft.

Egrie brüllte in den Chor der Stimmen. „Alle Essensvorräte sind frei. Esst und trinkt. Morgen essen wir Gatalas Vorräte!"

Auch das wurde mit begeisterten Rufen beantwortet. Wie weggeblasen waren die Zweifel der Gojdo und die Erschöpfung bei den Männern von Egrie. Alle wollten so schnell, wie es nur irgendwie ging, in den Kampf gegen Gatala und die Rungi ziehen. Sie brauchten wenige Momente für die Verpflegung, dann brachen sie auf.

Rellan kam an Kierks Seite. Kierk sah ihm an, dass ihn etwas bedrückte.

„Egrie ist ein Anführer, der weiß, was er will. Und der den Weg und die Worte kennt, es zu erreichen."

„Das stimmt", antwortete Kierk knapp, wartete, was Rellan tatsächlich sagen wollte.

„Sein Motiv gefällt mir nicht, es ist gefährlich für uns. Der unstillbare Wunsch nach Rache treibt ihn an. Ich hoffe immer noch, dass wir ein großes Blutvergießen vermeiden können. Aber es steht schlecht um dieses Ziel."

Kierk war unsicher, was er darauf antworten sollte. Er dachte eher daran, dass es gar nicht klar war, wer nach diesem Gewaltmarsch mit geschwächten Männern sowie einem vorgewarnten Gegner den größeren Blutzoll würde zahlen müssen.

Er antwortete Rellan daher knapp. „Rellan, du musst dich mit Egrie unbedingt an meiner Seite halten, wenn es zu Kämpfen kommt. Ihr braucht Schutz. Ich versuche, Krieger an mich zu binden, die im Kampf auf mich hören. Mehr können wir im Augenblick nicht machen."

Kierk beschleunigte seinen Schritt, verließ Rellan. Er wollte in den nächsten Stunden mit möglichst vielen Männern, die ihm vertrauten oder von denen er glaubte, dass sie ihm zumindest zuhörten, die Taktik für den Kampf abstimmen.

Es gab auch nach den Tagen des gemeinsamen Marsches immer noch Krieger, die, wie Tabu, nicht mit Kierk sprachen, so taten, als wäre er Luft, wenn er in ihre Nähe kam. Es waren im Wesentlichen die Männer, mit denen Tabu groß geworden war. Sama war einer von ihnen. Katos war zugänglicher. Mit ihm konnte Kierk zumindest sprechen.

„Katos, ich möchte mit dir sprechen." Kierk hatte zu dem jungen Krieger aufgeschlossen.

Katos war kurz angebunden. „Was willst du schon wieder?"

„So wie es aussieht, werden wir in einer offenen Schlacht aufeinandertreffen. Der Gegner ist vorgewarnt. Das Überraschungsmoment ist weg. Sie werden ihre Kräfte zusammenziehen und sich gut bewaffnen."

Katos schaute Kierk an, wartete, was Kierk sagen wollte.

„Hier können sehr viel Heldenmut und Ansehen gesammelt werden. Der Kampf wird lange dauern. Damit auch noch am Ende Krieger übrig sind, die zu Hause von unseren Heldentaten berichten können, sollen die Krieger mutig, aber auch klug kämpfen. Die Männer sollen am Anfang nicht in den Pfeilhagel des

Gegners rennen. In Deckung abwarten, sich aufstellen und selbst zuerst die Gegner mit Pfeilen verletzen. Wenn es dann zum Kampf kommt, ist es wichtig, lokale Übermachten zu bilden. Nicht einzeln in einen Haufen von Gegnern springen. Sie sollen sich mindestens zu dritt zusammentun und im Kampf zusammenbleiben. Kannst du das weitersagen und selbst im Kampfe berücksichtigen?“

Katos sah Kierk an, nickte ihm zu. „Du hast Kampferfahrung. Viele von uns nicht. Ich werde das weitergeben. Bei Sama und einigen anderen wird es nichts nützen, was ich sage. Aber ich verstehe, dass es mehr hilft, wenn ich und andere Krieger es sagen, als wenn du versuchst, Anweisungen zu geben.“

Kierk nickte Katos dankend zu, bevor er zu weiteren Kriegern lief. Ihnen das Gleiche sagte.

Die Männer aus den benachbarten Familien der Gojdo, die Kierks Ruf als erfahrener Kämpfer achteten und sich bereits während des ganzen Marsches nur ungern unter den Befehl von Tabu gestellt hatten, verpflichtete Kierk, unbedingt bei ihm zu bleiben, wenn es zum Kampf kam. Sie würden mit Kierk und ein paar Siedlern die Gruppe bilden, die Egrie schützen und Jagd auf Gatala machen würden. Gerne sagten sie zu, mit ihm in den Kampf zu ziehen.

Die Nacht brach herein. Der aufgehende Vollmond half ihnen, weiter ihren Weg zu finden. Vollmond bedeutete eine gute Nacht. Eine Nacht der Jäger. Ein gutes Vorzeichen für den Kampf.

Auch Tabu bewegte sich entlang der laufenden Krieger vor und zurück und sprach mit den Männern. Malte das Bild der siegreichen Gojdo, putschte die Männer für den Kampf auf, wie es seine Aufgabe als Anführer war. Als er auf Kierks Höhe ankam, blickte er ihn hasserfüllt an.

„Ich weiß, dass du mit den Männern sprichst. Sie aufwiegelst. Wie sollte es anders sein, bei einer falschen Schlange.“ Er stieß

Kierk den Ellbogen mit aller Kraft in die Rippen. Kierk blieb die Luft weg. Er hatte Mühe, im Lauf nicht zu stürzen.

„Nach dem Kampf, solltest du dann noch leben", bei diesen Worten schaute er grinsend über die Schulter zu Sama, der an Tabus Seite lief, „werden wir abrechnen." Kierk rang noch um Luft, konnte nicht antworten. Takat, der irgendwo neben Kierk durch die Dunkelheit gelaufen war, tauchte böse knurrend zu seinen Füßen auf. Tabu und Sama beschleunigten ihren Schritt und entfernten sich Richtung Spitze des Zuges.

Sobald Kierk wieder Luft zum Sprechen hatte, lobte er seinen Hund und streichelte ihm den Kopf, der bereits wieder ein Stück höher reichte, als Kierk es noch vor ein paar Tagen empfunden hatte.

„Du wirst schnell groß, Takat. Was habe ich nur ohne dich gemacht?"

Kierk besprach sich, während sie durch den mondhellen Wald eilten, auch mit Absan, Zuka und Obul. Auch sie bat er, für den Kampf in der Nähe von Egrie und ihm zu bleiben. Gatala musste gefangengenommen und Egrie geschützt werden. Wenn das nicht gelang, wäre alles andere umsonst.

Sie kamen schnell voran in dieser Nacht. Die Späher hatten Mühe vor dem schnell eilenden Haupttrupp zu bleiben, bis sie einen Pfad fanden, der offensichtlich ein häufig genutzter Weg war und in die richtige Richtung verlief. Da sie sich jetzt keine Sorge mehr zu machen brauchten, entdeckt zu werden, nutzten sie den Pfad. Auf ihm eilten sie durch die mondhelle Nacht. Etwa ab Mitternacht wurde das Gelände wieder sumpfiger. Dünne Nebelschwaden schwebten einige Zentimeter über dem feuchten Boden und leuchteten geisterhaft im Mondlicht. Der Pfad, dem sie weiter folgten, war teilweise mit ausgelegtem Knüppelholz befestigt und führte sie leicht durch das morastige Land. Sie durchwateten den Fluss und etliche seiner Seitenarme, die die Landschaft wie ein Netz durchzogen.

Krieg

Als das Gelände südlich der Flussniederung wieder anstieg, rochen sie das erste Mal den Rauch von Herdfeuern. Sie verließen den Pfad, um der kleinen Waldsiedlung in der Mitte von frisch gerodetem Land nicht zu nahe zu kommen. Heute Nacht hatten sie ein anderes Ziel. Hinter der Rodungsfläche schwenkten sie wieder auf den Pfad ein.

Der Pfad wurde stetig breiter und wirkte intensiv genutzt. Seine Richtung schwenkte nach Südwesten, folgte der Richtung der Flussniederung. Genau wie sie es erhofft hatten. Kleinere Pfade von vermutlich weiteren Siedlungen in der Umgebung mündeten auf ihn. Als sich wieder eine Siedlung durch gerodetes Land ankündigte, die direkt am Weg liegen würde, ließ Egrie den Trupp anhalten und befahl eine Rast.

Er sendete einen Trupp seiner Männer zu der kleinen Siedlung mit zwei Langhäusern, um zu erfahren, wie weit die Hauptsiedlung von Gatala entfernt war und ob sie über den Pfad direkt dort hingelangen würden. Die Männer kamen bald wieder, waren mit Essensvorräten und Wasserbeuteln für die rastenden Männer bepackt. Einer der Männer blutete aus einer Wunde am Arm. Niemand fragte, ob die Bewohner die Vorräte und die erfragten Informationen freiwillig gegeben hatten, da die Antwort offensichtlich war.

Kierk war mit dem Überfall nicht einverstanden, aber nur wenige im Trupp schienen seine Einstellung zu teilen. Kierk sah im Mondlicht auf Egries Gesicht ein diabolisches Grinsen, als er erfuhr, dass die Siedlung von Gatala nun nah war.

Sie lagerten nicht lange. Egrie ließ sie bald wieder aufbrechen. Kierk hoffte, dass Gatala und seine Männer nicht damit gerechnet hatten, dass sie den Weg vom Gebirge, in dem sie entdeckt worden waren, bis zu ihrer Siedlung so schnell zurücklegen würden. Er hatte die Hoffnung, dass sie den Fehler machten, die Vorbereitungen erst für den morgigen Tag zu planen und darauf verzichteten, bereits in der Nacht Hinterhalte auf dem Einfallsweg zu Suozaza, Gatalas Siedlung, zu organisieren.

Als der Morgen dämmerte, blickten sie ohne auf Verteidiger getroffen zu sein, aus dem Wald auf Suozaza, die Siedlung Gatalas. Zwischen ihnen und den ersten Häusern lagen die Felder und Gärten, die sich rings um die große Siedlung in einem breiten Streifen zogen. Die Siedlung lag ruhig vor ihnen im Dunst des ersten Morgenlichts.

Kierk schätzte, dass das erste Haus fast zweitausend Schritte von der Waldkante entfernt lag. Um die Siedlung gruppierten sich die Felder und die Gärten. Sie waren mit Hecken durchzogen, genauso wie bei den Siedlungen, die Kierk im Osten bereits gesehen hatte. Ein schmaler Fluss schlängelte sich seinen Weg durch das ebene Land. Er schien aus den nahen Hügeln im Süden zu kommen.

Aus den Dachöffnungen der Häuser kringelte Rauch in die kühle Luft des unbewölkten Himmels. Es gab keine Möglichkeit, sich weiter unbemerkt an die Siedlung heranzuschleichen. Sie würden sich hier im Wald aufstellen müssen. In geschlossener Linie sollten sie dann möglichst schnell zur Siedlung aufrücken. Egrie besprach sich ein letztes Mal mit Tabu, Kierk, Rellan und Absan. Tabu forderte, dass die Gojdo sich zuerst auf die Rungi konzentrieren würden, wo immer sie sich zeigten. Damit war Egrie einverstanden. Die Gojdo frischten die Kriegsbemalung auf. Auch die nervösen Siedler malten sich Striche ins Gesicht. Es konnte nichts schaden, gefährlich zu wirken.

Feuer für Brandfackeln wurden angezündet. Aufgeregte Rufe aus der Siedlung Suozaza markierten den Moment ihrer Entdeckung durch Gatalas Männer. Es war unvermeidlich gewesen. Kierk hatte sich gewundert, dass die Rungi sie nicht viel eher ausgemacht hatten. Eine so große Zahl an Männern ließ sich nicht ewig verstecken. Aber sie selbst waren bereit. In breiter Front traten sie aus dem Wald heraus. Aus der Siedlung strömten Männer auf das Feld vor den Häusern. Teilweise nur halb angezogen.

‚Wie dumm', dachte Kierk, ‚sie hatten sich tatschlich überraschen lassen. Wie arrogant muss Gatala sein.'

Immer mehr Männer wurden es auf der gegnerischen Seite. Inzwischen bewaffnet mit Äxten, Sicheln, Hämmern, Dechseln und Bögen. Die Rungi waren leicht an ihrer dunkleren Hautfarbe und der leuchtend roten Kriegsbemalung zu erkennen. Zwei Kriegsheere, die sich zur Schlacht auf offenem Feld aufstellten. Rellan hatte gesagt, das hatte es noch nie zuvor im Siedlungsgebiet der Tisza gegeben.

Der Krieg war für Mitteleuropa erfunden.

Kierk schärfte den Männern um sich herum ein, so viele Pfeile auf die Gegner abzuschießen, wie sie konnten, bevor sie in den Zweikampf gingen. Immer mit zwei eigenen Leuten Kontakt zu halten, sich nicht von einer Übermacht an Gegnern einkesseln zu lassen.

Er wusste nicht, ob seine Worte jetzt überhaupt noch gehört wurden. Geschweige denn in das Bewusstsein der Männer gelangten. Das Adrenalin ließ die Herzen aller Männer so schnell und stark schlagen, dass das Blut in den Ohren rauschte, der Blick sich verengte. Aus der Siedlung strömten immer mehr Männer mit Waffen auf das Feld. Sie standen etwas hangaufwärts der Position der Männer von Egrie und Tabu, was als Vorteil angesehen werden konnte. Dafür hatten Egries Männer die aufgehende Sonne im Rücken, die den Gegner blendete. Sie mussten Mühe haben, die Anzahl der Männer und Details der Bewaffnung der Truppe von Egrie und der Gojdo zu erkennen.

Rungi-Krieger schrien ihren markdurchdringenden Kriegsruf. Gojdo antworteten sofort und schwenkten ihre Waffen über dem

Kopf. Tabu und seine Vertrauten waren nicht mehr zu halten. Sie rannten los. Weitere Gojdo folgten. Laut schreiend liefen sie auf die gegnerische Formation zu. Rungi liefen ihnen entgegen. Egrie gab dem Rest der Männer das Zeichen ebenfalls loszulaufen, damit Tabu und seine Gojdo nicht isoliert vom Rest würden kämpfen müssen. Sie liefen nicht so schnell, dafür nahmen sie ihre Bögen von der Schulter. Sobald sie nahe genug bei den Gegnern waren, schossen sie einen Pfeil nach dem anderen ab und sendeten einen Schwarm von Pfeilen. Es zeigte sich, dass Gatala kein dummer Anführer war. Seine Männer hatten Schilde bei sich, die sie nun als Schutzschilde über die Köpfe hielten. Die Wirkung des ersten Pfeilhagels verpuffte so an den mit einer Lederhaut bespannten Schilden aus geflochtenem Material. Nur wenige Gegner gingen getroffen zu Boden. Egries Männer hatten das Glück, dass sich durch Tabus stürmischen Angriff, die Rungi bereits auf den Zweikampf mit den heranstürmenden Gojdos vorbereiteten und dadurch ihre Bögen kaum nutzten. Kierk trieb die Männer in seiner Umgebung an, sie mussten schnell näher an Gatalas Männer heranrücken, um mit einem geraden Schuss gezielt schießen zu können. Bei einem Abstand von 50 Metern ließ er eine Gruppe der besten Bogenschützen, ausgestattet mit einem Vorrat an Pfeilen, zurück. Auch Rellan sollte dortbleiben. Egrie, Kierk, Absan, Obul, Zuka, ein Dutzend Gojdo und ein weiteres Dutzend Männer von Egrie stürmten weiter auf die Mauer aus Männern von Gatala zu. Die Gruppe Pfeilschützen hinter ihnen hielt diese in Deckung und verhinderte Pfeilschüsse auf die Gruppe von Egrie.

Kierk hielt die ganze Zeit intensiv Ausschau nach Fürst Gatala. Erst wenige Meter bevor sie den Feind erreichten, konnte Kierk den in edle Felle gekleideten, hochgewachsenen Anführer der westlichen Siedler in der gegnerischen Menge entdecken.

Gleichzeitig hatte Fürst Egrie Gatala ausgemacht und rief: „Dort ist Gatala. Da müssen wir hin.“

Gatala war umgeben von Hünen. Wahre Kämpfer, mit Muskeln bepackt. Gatala hatte sich mit einer Leibgarde umgeben.

Die Kerngruppe um Egrie und Kierk änderte ihre Laufrichtung auf Gatala zu. Der Rest der Männer erreichte im gleichen Moment die feindliche Seite. Mehr als 200 Männer prallten in breiter Front aufeinander. Sie hackten, schlugen und stachen aufeinander ein. Viele Männer wurden bereits in den ersten Sekunden verletzt oder sogar getötet. Auch Gatala hatte Egrie entdeckt. Wild fuchtelte er in Egries Richtung und machte seine Männer brüllend auf den Anführer der Gegner aufmerksam. Die Leibgarde schloss sich enger um Gatala und bildete eine Mauer aus Muskeln und schweren Steinhämmern. Kierk setzte auf seine bewährte Technik. Im vollen Lauf ließ er sich kurz vor den wartenden Hünen auf den Boden gleiten und rutschte so zwischen den Beinen von zwei der überraschten menschlichen Bollwerke durch. Während er unter ihnen war, schlug er einem von ihnen seinen Totschläger in den Unterleib, dem anderen schlitzte er mit seinem blutroten Messer den Oberschenkel auf. Absan hatte Kierks Aktion beobachtet und machte es ihm nach. Er setze mit einem Schlag von unten einen dritten der massigen Gegner außer Gefecht. Zuka und Obul stürzten sich gemeinsam auf einen vierten Mann. Die Gojdo und die ausgewählten Siedler aus dem Gefolge von Egrie verwickelten die verbliebenen Männer rund um Gatala in verbissene Zweikämpfe. So standen sich Egrie und Gatala als Gegner auf dem Schlachtfeld direkt gegenüber. Egrie war mit seinem ganzen Hass und angestauter Wut der Entschlossenere. Er täuschte einen Schlag mit seinem Totschläger in der linken Hand an, als Gatala diesen Schlag parieren wollte, stieß Egrie ihm seinen Dolch aus Obsidian tief in die linke Köperseite. Gatala starrte Egrie mit vor Erstaunen weit aufgerissenen Augen an. Hatte er überhaupt damit gerechnet, kämpfen zu müssen, für seine Taten zur Rechenschaft gezogen zu werden? Er fiel auf die Knie, starrte Egrie weiter an. Egrie rief laut, hob die Arme,

Kierk, Absan und weitere Männer fielen in den Schrei ein. „Aufhören! Gatala ist besiegt und gefangen genommen worden!"

Kämpfer, die die Rufe mitbekamen, hörten auf zu kämpfen, ließen von ihrem Gegner ab und gingen in Distanz zueinander. Die Männer trugen den Ruf weiter. Auch Rungi und Gojdo trennten sich. Der Kampflärm erstarb. Das Stöhnen der Sterbenden und der schwer Verletzten blieb. Allen stieg der metallische Geruch von Blut in die Nase.

Egrie schrie so laut er konnte. „Ich habe Gatala besiegt. Lasst die Waffen ruhen. Wir werden einen Frieden aushandeln."

Kierk übersetze laut schreiend. Er schaute sich suchend um. Wer hatte überlebt, wer war tot oder verletzt. Er entdeckte erleichtert Takat, der auf ihn zulief.

Aber es lagen viele Männer tot oder schwer verletzt am Boden. Kierk hätte es nie für möglich gehalten, dass so etwas passieren kann. Er sah Rellan, der sich bereits über verletzte Männer beugte. Dessen Befürchtungen zum Krieg hatten sich erfüllt. Geschätzt standen mindesten die Hälfte aller am Kampf beteiligten Siedler, Gojdo und Rungi nicht mehr. Kierk entdeckte Tabu. Der stand und schien unverletzt zu sein. Er spürte Enttäuschung und schämte sich sofort dafür.

Aus Suozaza strömten nun Frauen und Kinder auf das Schlachtfeld. Sie hielten es nicht mehr aus, zu warten, ob ihren Männern und Vätern etwas passiert war oder nicht. Auf das Stöhnen der Verletzten legten sich Freudenschreie und Schreie der Verzweiflung der Angehörigen.

Kierk entdeckte Tünda. Auch sie lief aus der Siedlung auf das Feld. Er war so erleichtert. Kierk sah ihren suchenden Blick. Kierk sah, wie sie Egrie und Gatala entdeckte. Die Sorgenfalten wichen einen winzigen Moment einem erleichterten Gesichtsausdruck, bis sie entsetzt die Hände vor den Mund schlug. Sie hatte das ganze Ausmaß der Folgen der Schlacht erfasst. Weinend lief sie weiter zu ihrem Vater.

Sie umarmte ihren Bruder, ihren Vater und Rellan, der die Wunde von Gatala untersuchte.

„Ihr lebt, ich bin so glücklich!"

Tünda umarmte auch Kierk, drückte ihr tränennasses Gesicht an seinen von Blut verschmierten Oberkörper. Kierk war so froh, dass er sie lebend wiedersah.

Während er sie gerettet im Arm hielt, musste er an Sirte denken. Er spürte, wie sich eine innere Ruhe in ihm einstellte. In diesem Moment, da er sich um Tünda nicht mehr sorgen musste, spürte er die Liebe zu Sirte rein und ruhig. Er liebte Sirte. Tünda liebte er auch, war fasziniert von ihr, aber anders. Er legte seine Wange an ihren Kopf, ihr strohblondes Haar. Er spürte, dieser Moment gehörte ihnen. Sie hatten ihn sich gegenseitig geschenkt.

„Du bist gekommen! Ich wusste es. Und du hast auf meinen Bruder und meinen Vater aufgepasst. Ich danke dir so sehr, Kierk!"

„Ich hoffe, sie haben dir nichts angetan. Wir haben uns beeilt, aber ich wünschte, wir hätten schneller kommen können." Kierk hielt Tünda immer noch im Arm. Jetzt löste sie sich von ihm, schaute ihm in die Augen.

Tünda drehte sich um und ging an Gatala und Egrie vorbei zu einem jungen Mann, der am Boden kniete. Kierk hatte ihn bisher nicht beachtet. Er hatte in der Nähe von Gatala gekämpft, daran konnte er sich erinnern. Ein abgebrochener Pfeilschaft ragte aus seinem rechten Oberarm. Zuka hatte ihn offenbar zu Boden gezwungen. Zuka hielt sein Messer noch bereit. Nicht, dass der Junge sich plötzlich auf Egrie oder sonst einen der Umstehenden stürzen konnte. Tünda ging neben dem verletzten Jungen in die Hocke, umarmte auch ihn.

Kierk betrachtete den Jungen, der etwa in seinem Alter war, nun genauer.

‚Es ist Gatalas Sohn! Natürlich! Diese Ähnlichkeit.‘ Er holte tief Luft. War überrascht. Blickte zu Egrie und sah das Aufblitzen in dessen Augen, als auch ihm dämmerte, wer der Junge war.

Die Angehörigen und Kämpfer hatten angefangen, Verletzte vom Schlachtfeld zur Siedlung zu tragen. Dabei wurde kein Unterschied gemacht, welcher Partei die Verwundeten angehörten.

„Lasst uns in mein Haus gehen und dort über den Frieden verhandeln.“ Gatala hatte den Satz mit schmerzverzerrter Stimme durch die Zähne gepresst.

„Lass das Messer besser in der Wunde stecken, Gatala.“ Rellan schaute dem Fürsten in die Augen, sprach aber so laut, dass alle Umstehenden ihn verstehen können. „Ihr seid verloren. Das Messer schließt die Wunde und ihr verblutet nicht ganz so schnell. Aber die Wunde ist tödlich.“

„Ich weiß, lasst uns eilen, damit wir noch eine Abmachung zum Frieden treffen können.“ Gatala hatte beschwichtigend eine Hand auf den Arm von Egrie gelegt.

Egrie nickte zuerst kaum merklich, er schien zu überlegen. Doch dann antwortete er. „Ich bin mir nicht sicher, ob du überhaupt leben solltest, um Bedingungen auszuhandeln. Ich bin bereits fertig mit dir.“ Er drehte sich zu seiner Tochter. „Tünda! Geh weg von dem! Was soll das?“ Egrie zischte die Worte mehr als das er sie aussprach.

„Vater. Dies ist Kumar. Der älteste Sohn von Gatala und ich liebe ihn.“ Tünda schaute ihren Vater hoffnungsvoll an.

Hoffte sie, dass Egrie dies als Möglichkeit für ein friedliches Weiterleben der Familien akzeptieren würde? Statt einer Antwort sprang Egrie mit schnellen Schritten zu Kumar und Tünda, packte Kumar an den Haaren, riss ihn hoch, aus den Armen von Tünda. Er entriss Zuka das Messer.

„Gatala“, schrie er mit Wahnsinn in den Augen. „Das ist der einzige Moment, wofür du noch leben sollst. Mit ansehen und spüren, was es heißt, seinen Ältesten, sein Herz zu verlieren." Schaum trat aus dem Mund von Egrie. So sehr ereiferte er sich. „Du gehst nicht einfach so in den Tod. Du sollst leiden, wie ich leide, seit du mir meinen Sohn genommen hast."

Egrie nahm das Messer für den tödlichen Stoß über seinen Kopf.

Kierk sah alles wie in Zeitlupe ablaufen. Sah Tünda mit weit aufgerissenem Mund schreien. Sah Absan, der auf seinen Vater zusprang und versuchte den Arm seines Vaters zu erfassen. Er würde zu spät kommen. Gatala, der schrie und mit dem Messer in seiner Seite versuchte, aufzustehen, um Egrie aufzuhalten. Er würde es nicht schaffen. Kierk sah den verständnisvollen Ausdruck in den Augen von Kumar. Der Junge mit den dunklen Locken und den dunklen Augen gefiel ihm, obwohl sie noch kein Wort miteinander gesprochen hatten. Kierks Hand glitt mit trainierter Geschwindigkeit an seine Hüfte und ergriff sein Messer. Er warf es mit einer kraftvollen Schleuderbewegung aus dem Handgelenk. Egrie fuhr das Messer mitten in der Abwärtsbewegung seines Arms in die Brust. Dort durchbohrte es den Brustkorb des Fürsten und sein Herz. Der Arm mit dem Messer wurde kraftlos. Nichts sonst hätte den tödlichen Stoß mehr aufhalten können. Egrie sah Kierk erstaunt an, als sein Lebenslicht erlosch. Absan erreichte seinen Vater. Fing den stürzenden Fürsten mit seinen Armen auf und verhinderte, dass dieser in den Staub des Ackers fiel. Niemand sagte ein Wort. Absan hielt seinen toten Vater. Erst schaute er auf das Messer, das aus der Brust seines Vaters ragte, dann schaute er ungläubig zu Kierk.

„Was hast du getan?" Seine Verwirrung wandelte sich in Zorn. „Ich dachte, du bist unser Verbündeter. Mein Freund?!"

Er schaute sich suchend nach einer Waffe um. Als er den Arm nach einer am Boden liegenden Axt ausstreckte, stellte Rellan seinen Fuß auf seinen Arm. Drückte Absan zu Boden.

„Es ist genug Blut geflossen, Absan. Du bist der neue Fürst von Skrotan und den umliegenden Siedlungen. Überlege deine Taten gut. Überdenke noch einmal genau, was hier passiert ist und was passiert wäre, hätte Kierk nicht gehandelt. Entscheide dann."

Rellan nahm seinen Fuß von Absans Arm. Damit hatte er Absan richtig eingeschätzt, denn Absan wandte sich weinend seinem toten Vater zu, würdigte Kierk keines weiteren Blickes.

Kierk war selbst geschockt. Er konnte Absans Zorn verstehen. Doch Egrie war von Sinnen gewesen. Es wäre der Falsche gestorben. Kierk hatte sich für den Tod von einem entscheiden müssen.

Der sterbende Gatala wurde auf einer Trage zu seinem Haus in der Siedlung gebracht. Auch Egrie trugen sie zum Aufbahren in die Siedlung. Takat begleitete Kierk, als auch er sich zur Siedlung aufmachte. Kierk hatte zuerst geholfen, die Verwundeten auf dem Feld zu versorgen und für den Abtransport zur Siedlung vorzubereiten.

Unter den Toten waren viele Rungi. Sie waren fast vollständig von den Gojdo aufgerieben und getötet worden. Auch die Gojdo hatten Tote und Verletzte zu beklagen, aber wesentlich weniger. Kierk fragte sich, wie es hatte passieren können, dass sonst gleichwertige Gegner hier so eindeutig unterlegen waren. Er ging über das Schlachtfeld und betrachtete die Toten, ihr Aussehen und ihre Waffen. An einigen der toten Rungi stellte er Spuren von Verwahrlosung fest. Die langen Haare, deren Pflege mit den Zöpfen und den eingeflochtenen Muscheln Zeit kostete, waren bei den Kriegern filzig. Die Kriegsbemalung war nicht exakt aufgetragen und regelmäßig aufgefrischt worden, wie es sich für einen Krieger gehörte. Die Kleidung sah ungepflegt aus. Als er sich neben einen toten Rungi hockte und diesen von der Bauchlage auf den Rücken umdrehte, blickte er in das Antlitz des jungen Häuptlingssohns, den er vor einem Jahr auf seiner Flucht aus dem Dorf der Rungi getroffen hatte. Der Häuptlingssohn war feige geflohen. Er trug auch jetzt noch die Muschel im Nasensteg als

Zeichen seines Standes. Aus dem Mund des Toten meinte Kierk den Geruch von Bier wahrzunehmen.

‚So endet deine Geschichte hier. Du bist schließlich in Ehre im Kampf gestorben.' Kierk legte dem Toten seine Axt mit der Steinklinge in die Hand, die ihm aus der Hand gerutscht war.

Kierk stand auf und schaute sich um. Tabu und die unverletzten Gojdo hatten bereits Kümpfe mit Bier aus der Siedlung geholt und ließen sie zwischen sich kreisen. Sie feierten ihren großen Sieg und spielten noch einmal fröhlich nach, wie sie jeweils ihre Gegner besiegt hatten. Auch Kierk hatte einen kräftigen Schluck Bier aus einem der Kümpfe genommen. Seine Kehle hatte sich nach dem Kampf und den Ereignissen danach sehr trocken angefühlt. Kierk hatte es aber bei dem einen Schluck belassen. Ihm war auch nicht nach Feiern zumute. Hier gab es für ihn nichts mehr zu tun. Grübelnd wandte er sich zur Siedlung um.

Sama, der unter den Feiernden war, rief Kierk, der fast schon das Schlachtfeld verlassen hatte zu: „Kierk! Wieder hast du überlebt, was nicht nötig gewesen wäre. Du hast den Anführer unserer Verbündeten getötet, als die Schlacht gewonnen und vorbei war. Du bist so ein Dreckskerl. Ich will dich endlich tot sehen. Alle wollen dich tot sehen. Genieße deine letzten Stunden. Vielleicht mit der hellhaarigen Schlampe. Die, die jetzt keinen Vater mehr hat." Kierk war zunächst einfach weitergegangen, es war genug Blut vergossen worden, fand er. Nach dem Satz, der Tünda beleidigte, war er abrupt stehengeblieben. Unwillkürlich kontrollierten seine Hände den Sitz seiner Waffen. Totschläger und Messer waren an ihrem Platz am Gürtel. Er schaute zu Takat, der neben ihm stehengeblieben war und zu ihm hochschaute.

Im Moment, als Kierk sich umdrehen wollte, kam Tünda mit Kumar und Rellan zwischen den Häusern von Suozaza in Sicht und winkte Kierk.

„Kierk, wir brauchen dich dringend im Haus von Gatala!"

Er drückte den Totschläger wieder tiefer in die Schlaufe an seinem Gürtel. Gab ein Zeichen, dass er verstanden hatte. Er schaute Takat an.

Sie setzten ihren kurz unterbrochenen Weg in die Siedlung fort.

Die Siedlung von Gatala machte auf Kierk den Eindruck, dass sie noch reicher war als Skrotan. Die Langhäuser sahen von der Bauform genauso aus, wie in Skrotan und in der Waldsiedlung Emat. Vielleicht kam sein Eindruck daher, dass alle Häuser sehr gepflegt und noch ein paar Meter länger wirkten? Es wurde an weiteren Häusern am südlichen Rand des Ortes gebaut.

Kierk betrat den Wohnbereich des großen Langhauses im Zentrum Suozaza, das ihm Tünda als das Haus von Gatala beschrieben hatte. Gatala lag mit hochgestütztem Oberkörper auf einem Bettgestell mit Fellen. Er lebte immer noch. Aber die Haut in seinem Gesicht war bereits fahl, die Augenhöhlen eingefallen und seine Nase ragte spitz aus dem Gesicht. Er verblutete innerlich, es konnte nicht mehr lange dauern.

Neben Gatala standen Tünda und Kumar. Absan und Rellan standen ebenfalls zusammen und unterhielten sich. Tabu war anwesend und hatte Toran mitgebracht.

Im Hintergrund saß die Ehefrau von Gatala mit den jüngeren Kindern. Sie weinten leise.

Gatala sagte etwas. Die Gespräche im Raum erstarben. Um das Flüstern des sterbenden Fürsten verstehen zu können, musste Kierk sich sehr konzentrieren. Die Sprache war die der Tisza im Osten ähnlich, aber es gab Unterschiede im Dialekt.

„Ich habe ein Feuer gelegt, das droht, nicht mehr auszugehen. Der Krieg. Die Einheit der Siedler ist zerbrochen. Es gibt sie nicht mehr." Er schien zu sich selbst zu sprechen. Seine Augen waren geschlossen.

Als er nun schwieg, antwortete ihm Tünda. „Wir sind doch ein einziges großes Volk mit den gleichen Wurzeln. Den gleichen Ahnen, den gleichen Sitten und dem gleichen Glauben. Wir alle stammen ab vom ..."

Gatala schüttelte kaum merklich den Kopf. „Das ist längst vorbei. Ihr im Osten habt es nur nicht gemerkt. Wir haben ein anderes Volk im Westen und ihre Götter kennengelernt. Sie ziehen mit ihren Viehherden umher, sind nicht an den guten Boden gebunden. Wir tauschen mit ihnen. Sie brauchen unser Salz, unser Getreide. Wir leben mit ihnen. Wir haben gemerkt, es kann ein anderes Leben geben, als es die alten Priester unserer Herkunft diktieren. Wir haben unser Schicksal selbst in die Hand genommen. Haben keine Angst mehr, dass die kleinste Abweichung vom Diktat der Priester zu Missernten und Hunger führt. Unsere eigenen Götter haben uns diese Kraft gegeben." Wieder machte Gatala eine Pause.

Es war bis auf das Schluchzen der Ehefrau von Gatala im Hintergrund still im Raum.

Gatala sprach noch einmal. „Es tut mir leid, was ich angerichtet habe. Es war anders geplant, aber die Zusammenarbeit mit den Rungi macht nicht alles vorhersehbar. Am Ende waren alle Menschen der Siedlung tot. Es ließ sich nicht mehr verhindern. Wir konnten die Toten nur noch verstecken."

Absan trat einen Schritt vor. Sein Gesicht war wutverzerrt. „So einfach kommst du nicht davon, Gatala. Alles ein Irrtum? Tut dir leid?" Er schnaufte. „Deine Leute werden dafür bezahlen, auch wenn du selbst dich jetzt davonstiehlst."

Gatala öffnete nicht mehr die Augen. Wann er gestorben war, war nicht klar. Hatte er Absans Worte noch gehört?

Kumar führte die ganze Gruppe in den mittleren Raum des großen Langhauses, in dem auf dem Boden Felle zum Sitzen ausgebreitet worden waren. Trinkgefäße aus Kuhhörnern standen auf Haltern aus Holz. Krüge mit Wasser und Bier und

Getreidefladen standen bereit. Kumar, der sich nun in der Rolle des neuen Fürsten wiederfand, bat alle, Platz zu nehmen. Es musste ausgehandelt werden, was Gatalas Leute für den Frieden und als Wiedergutmachung an Absan und Tabu zu geben hatten.

Kierk war dabei, weil er übersetzen sollte. Diese Verhandlungen interessierten ihn persönlich jedoch überhaupt nicht. Er schaute sich in dem Raum um. In Emat und Skrotan hatten die Tonwaren immer die gleichen Verzierungen getragen. Hier gab es im Gegensatz dazu Tongefäße, die statt der Linien einzelne Reihen aus Einstichen trugen. Dann gab es noch Keramiken, die waren vollkommen anders.

Er konnte die Betrachtungen nicht fortführen, da er sich wieder auf das Übersetzen konzentrieren musste. Tabu verlangte gerade, dass die überlebenden Rungi als seine Geiseln galten und er sie zum Dorf der Rungi für weitere Verhandlungen mitnehmen dürfte. Er verlangte so viel Bier, lebende Nutztiere und Getreide als Beute, wie seine Krieger nur tragen konnten. Als er nach der Wunderpflanze fragte, die der Schamane so sehr begehrt hatte, bot Kumar an, ihm später die Pflanzen und die Art der Einnahme vorzuführen.

Rellan und Absan vereinbarten mit Kumar und Tünda, dass die Besiedlung der fruchtbaren Böden im Norden gemeinsam im Einvernehmen erfolgen sollte.

Tünda und Kumar verkündeten, dass sie heiraten wollten und Tünda bei Kumar im Westen bleiben wolle. So sollte das zerrissene Band zwischen den westlichen und den östlichen Siedlern wieder neu geknüpft werden. Beide sahen sich glücklich an.

Kumar deutete auf einen Stapel Säcke, die an der Wand des Raums aufgestapelt waren. Auch sie konnten Teil der Wiedergutmachung sein. In den Säcken war Salz, erfuhren sie. Das war der Grund für den Reichtum der Siedlung. Salz wurde dringend benötigt, von den Siedlungen im Inland und von den Viehhaltern im Westen. In Suozaza gab es eine Quelle, die stark salzhaltiges

Wasser förderte. Die Siedler kochten es ein und handelten damit. Für die Gojdo war es leicht, aus Meerwasser Salz zu gewinnen. Weiter weg vom Meer war Salz ein wertvoller Schatz.

Das Gespräch endete und Kierk war froh. Er sehnte sich danach, allein zu sein. Die Bilder des Vormittags verfolgten ihn. Das Blut, die Schreie, die Angst. Die Anspannung vor, während und nach dem Kampf hatte so viel Kraft gekostet. Er war von Tünda eingeladen worden, im Haus von Kumar zu übernachten. Ihn zog es aber hinaus. Er wollte mit den Kriegern der Gojdo die Nacht verbringen. Es würde eine Wache für die Toten Gojdo und Rungi geben. Er wollte sich daran beteiligen.

Absan hatte sich offensichtlich vorgenommen, nicht mehr mit ihm zu sprechen. Er ignorierte Kierk, drehte sich weg, wenn dieser in seine Nähe kam, sah ihn nicht an. Kierk konnte es ihm nachfühlen.

„Kierk, bevor du gehst, möchte ich mit dir sprechen." Tünda hatte ihn sanft am Arm gefasst und zog ihn weg von den anderen in den Nutzgarten des Hauses. Dort waren sie allein. Die abendliche Sonne erzeugte ein warmes, gelbes Licht. Die Nutzpflanzen im Garten ließen die Blätter hängen. Bald würde jemand kommen und wässern. Sie setzten sich nebeneinander auf die Holzbank, die direkt an der sonnengewärmten Hauswand stand.

„Kierk, mein Vater hat sich verändert, seit Doar von Gatala getötet worden ist. Ich wollte mit dir sprechen, weil ich weiß, dass du dir Vorwürfe machst, ihn getötet zu haben – ihn töten musstest, um weiteres Unrecht zu verhindern." Tünda lehnte sich an Kierk an.

„Du hast Kumar gerettet. Mein Glück, mein zweites Glück neben dir." Kierk wartete, ob sie noch etwas sagen wollte. Aber Tünda wechselte das Thema zurück zu Egrie.

„Mein Vater war früher schon zielstrebig und konnte ungerecht sein, wie mit Absan. Aber jetzt wurde er durch seinen Schmerz über den Verlust von Doar grausam und war besessen von dem Willen nach Rache.“ Tünda machte eine Pause, wechselte dann erneut das Thema. „Ich möchte dir noch etwas anderes sagen.“ Tünda drückte sanft seinen Arm. Kierk hatte bisher in den Nutzgarten gestarrt, nun schaute er ihr direkt in die Augen.

„Kierk, ich dachte, ich liebe dich. Ich war unerfahren. Mit Kumar habe ich aber plötzlich gespürt, was es heißt, die wahre Liebe zu finden. Ich weiß nicht, wie ich es ...“

Kierk unterbrach sie. „Du musst es nicht erklären, ich weiß, was du meinst, was du fühlst. Mir geht es ähnlich.“

„Oh, dann ist es ja gut. Ich wollte dir trotzdem sagen, wie sehr ich dich gebraucht habe und ...“

Plötzlich lagen sie sich in den Armen. Tünda schluchzte laut, Kierk strich ihr über das Haar.

„Es tut mir leid, Tünda. Ich wünschte, ich hätte es nicht tun müssen.“

So hielten sie sich eine Weile gegenseitig fest, bis Tünda sich von ihm löste. Sie wischte sich mit den Handrücken die Tränen aus dem Gesicht.

„Bitte erzähl mir, wie es dir bei deinem Volk ergangen ist. Wie konntest du sie überzeugen mit dir zu ziehen?“

„Oh, sie sind nicht mit mir gezogen. Sie haben mich geduldet, mitzukommen unter der Führung von Tabu, nachdem sie mich gefoltert hatten.“

Tünda schlug die Hand vor den Mund. Kierk berichtete, wie es ihm ergangen war. Von Skrotan, der Fahrt auf dem Fluss, der Folter und dem Wiedersehen mit Sirte. Erzählte, dass Sirte und er zum Paar geworden waren, als sie gemeinsam aus dem Dorf geflohen waren. Dass er sie nun als Frau von Tabu mit einem Kind wiedergetroffen hatte. Tünda war anzusehen, wie leid es ihr tat, was Kierk widerfahren war. Als Kierk auch erzählte, dass Sirte ihm gesagt hatte, dass sie die Tage seit seiner Flucht gezählt hätte. Es genau zehn Monate gewesen wären und das Kind früh nach der Hochzeit gekommen war, runzelte sie zuerst die Stirn, um dann plötzlich zu lächeln. Wieder griff sie nach Kierks Arm. Kniff ihn fast.

„Weißt du, was Sirte dir gesagt hat, dir zu verstehen geben wollte?"

Kierk schaute sie irritiert an. „Nein?"

„Ulat ist dein Sohn! Ulat ist nicht das Kind von Tabu!" Strahlend sah sie ihn an.

„Wie kommst du darauf?" Kierk begann vorsichtig zu hoffen. Verstand aber nicht, wie Tünda zu ihrer Behauptung kam.

Sie schubste ihn ein wenig. „Ihr Männer macht euch keine Gedanken über das Kinderkriegen und wisst nicht, wie lange es dauert. Junge Männer wie du vor allem." Sie grinste. „Alles beginnt, wenn eine Frau und ein Mann zusammenliegen und es dauert dann neun Monde."

Kierk schaute sie mit hoffenden Augen an. Wollte mehr hören. Beweise für das hören, was sie behauptet hatte.

„Sirte ist eine erfahrene Kräuterfrau, wie du mir erzählt hast. Sie weiß bestimmt viel darüber. Wenn sie es dir so erzählt hat, ist sie sich sicher, dass Ulat dein Sohn ist. Sie wollte es dir scheinbar nicht direkt sagen. Vielleicht fürchtete sie die direkte Konfrontation zwischen dir und Tabu? Aber nichts sagen wollte sie auch nicht. Ich liebe deine Sirte schon jetzt." Tünda war fast euphorisch geworden. Kierk schwindelte es. Ulat sein Sohn. Sirte die Mutter seines Kindes. Wie konnte auf einmal so ein Hoffnungsschimmer aus dem Nichts auftauchen? Er kniff die Augen zusammen, um zu testen, ob die Welt noch die Gleiche sein würde, wenn er sie wieder aufmachte.

Strahlend schaute er Tünda an. „Danke, Tünda."

Kurz nahmen sie sich noch einmal in den Arm. Gemeinsam verließen sie den Garten. Tünda ging zu Kumar ins große Haus, in dem ihr Vater und Gatala aufgebahrt waren. Kierk ging zu den jungen Gojdo-Kriegern, um Wache über den Totenschlaf der Gefallenen zu halten.

Der Weg zurück

Kierk erlebte die nächsten Tage als lästiges Warten auf den Aufbruch. Nichts hielt ihn mehr in Suozaza. Er wollte zurück, zurück ins Leben eines Gojdo. Er wollte zu Sirte und zu seinem Sohn Ulat. Die Gefallenen der Schlacht wurden bestattet. Die Gojdo fanden eine natürliche Lichtung im Wald, auf der die Toten auf Holzgestellen mit ihren gesamten Habseligkeiten und Geschenken der überlebenden Gojdo und Rungi aufgebahrt wurden. Wilde Tiere würden das Fleisch fressen, die Knochen zerstreuen und so die Seelen der Toten in das Reich der Ahnen und der Geister begleiten. Die Tisza behielten die Toten in ihrer Nähe. Sie wurden in Gruben im Boden in der Nähe des Wohnhauses der Familie begraben.

Die Siedler von Suozaza und Egries Männer fanden durch die Verbindung von Tünda mit Kumar und einem besonnenen und versöhnlich handelnden Absan, der keine übertriebenen Wiedergutmachungen gefordert hatte, schnell zu einem guten Miteinander. Die Beziehung zwischen den Kriegern der Gojdo und der Rungi und den Siedlern wurde hingegen zunehmend schlechter. Misstrauen war von Anfang an vorhanden gewesen. Die herumlungernden Gojdo, die sich als Sieger der Schlacht fühlten, wurden zur Bedrohung der Bewohner von Suozaza. Die Siedler wollten sie loswerden. Die Gojdo unter Tabu hielten die letzten, überlebenden Rungi als Gefangene und auch dafür musste eine Lösung gefunden werden.

Absan und Kumar stellten schließlich drei Tage nach der Schlacht eine große Gruppe Siedler, bewaffnet mit Hacken, Äxten und Sicheln zusammen und machten Tabu unmissverständlich klar, dass er jetzt, beladen mit so viel Vorräten, wie die Gojdo und Rungi tragen konnten, abziehen musste.

Ein Zug johlender Krieger der Gojdo machte sich auf den Weg zurück in den Norden. Bepackt waren sie mit Getreidesäcken, Bierkrügen, Steinbeilen und vielen anderen Dingen aus Suozaza. Hinter sich her zogen sie an Stricken lebende Schafe, Kühe und Ziegen sowie gefesselte Rungi. Absan hatte nicht mehr mit Kierk gesprochen und sich nicht von ihm verabschiedet. Kierk hatte auch keinen Versuch unternommen, Absan umzustimmen. Tünda hatte Kierk bei ihrer Verabschiedung ein geschliffenes Beil aus feinkörnigem Hornblendeschiefer geschenkt.

Für Tabu hatte Kierk nun keinen Nutzen mehr als Dolmetscher. Er war sich daher bewusst, dass er ab jetzt sehr aufpassen musste. Kierk würde die Auseinandersetzung zwischen Tabu und ihm bald herbeiführen müssen, wenn dieser Kampf auch nur ansatzweise fair ablaufen sollte.

Kierk hielt zur Vorsicht Takat näher bei sich und wartete ab.

Tabus Plan für die Rückkehr war es, nicht direkt in das Gebiet der Gojdo zurückzukehren. Tabu und die Krieger der Gojdo fühlten sich nach dem leichten Sieg über die Krieger der Rungi stark. Diesen Sieg wollte Tabu auskosten. Außerdem wollte er die Gefangenen im Hauptlager der Rungi als Geiseln auslösen. Es gab ein Gesetz zwischen den Stämmen. Gefangene konnten eingetauscht werden. Den Überbringern musste freies Geleit gewährt werden. So würde die Demütigung des alten Erzfeindes perfekt sein.

Sie waren viel langsamer als auf dem Hinweg. Es gab eben keinen Grund zur Eile mehr und das Gepäck und die Tiere hielten sie auf. Um in das Stammesgebiet der Rungi zu gelangen, mussten sie stetig nach Norden marschieren.

Die Biervorräte waren bald aufgebraucht. Viel zu schnell für die bereits an das belebende Bier gewöhnten Krieger der Gojdo. Einziger Trost war, dass sie damit die Gepäcklast verringerten. Zudem konnten sie so überhaupt erst die neuen Waren, die sie bei den Rungi für die Gefangenen erhalten würden, mitnehmen.

Ihr Weg führte nach der Überquerung des zweiten schmalen Gebirgskamms am Durchbruch des Grenzflusses wieder ausschließlich durch flaches Land. Dichte Wälder mit alten Bäumen zogen sich bis zur Küste, unterbrochen nur von Mooren. Eine Landschaft, wie sie die Gojdo auch aus ihrer Heimat kannten. Die Gefangenen wiesen den Weg zum Dorf ihrer Sippe. Sie kannten den Pfad in ihre Heimat, der die Sümpfe und Moore umging und sie dort an einen Fluss führte, wo eine Furt die Überquerung ermöglichte.

Als sie sich dem Heimatdorf der Rungi näherten, wunderten sich die Gojdo, dass keine Späher ihre Ankunft entdeckten, keine Wächter ihnen den Weg versperrten. Alles wirkte geradezu gespenstisch verlassen. Hatten die Gefangenen sie in die Irre geführt, oder lauerte vor ihnen ein Hinterhalt mit kampfbereiten Kriegern? Sie pirschten sich vorsichtig an das Lager heran. Die Waffen hielten sie zum Kampf bereit. Schließlich lag das große Lager mit vielen Reihen kreisförmig um einen zentralen Platz aufgestellten Zelten vor ihnen. Die Zelte des Sommerlagers bestanden, wie bei den Gojdo, aus einem Gestell aus Holzstangen, über das Tierhäute gespannt waren. Felle großer Säugetiere des Waldes, wie des Wisents, des Auerochsen und des Rothirsches aneinandergenäht. Die Gojdo blieben zunächst am Rand der Lichtung in Deckung und versuchten, herauszufinden, was in dem verlassen wirkenden Lager passiert sein könnte. Aus wenigen Zelten kringelte sich eine kleine Rauchfahne aus dem Abzug. Viele Hütten wirkten unbewohnt. Keine Menschenseele war zu sehen. Eine Ziege tauchte in der Mitte des Dorfplatzes auf.

Die Ziege meckerte, zupfte an den Halmen der wenigen Grasbüschel des sandigen Dorfplatzes. Als der schwache, unstetige Wind die Richtung aus dem Lager einnahm, schlug ihnen der Geruch von Verwesung entgegen. Sie ließen eine Gruppe Männer mit dem Gepäck und den Tieren im Wald zurück und schlichen vorsichtig ins Dorf. Die Rungi riefen die Namen ihrer Angehörigen.

Gleich in den ersten Zelten, in die sie blickten, fanden sie Tote. Gestorben allein auf dem Krankenlager. Die letzten, für die niemand mehr da war, sie zum Bestattungsplatz zu schleppen. In der großen Hütte des Häuptlings fanden sie wenige Überlebende. Fürchterlich entstellt mit roten und eitrigen Flecken, die die gesamte sichtbare Haut bedeckten, lagen sie dort sterbend in ihren Exkrementen und Erbrochenem. Fiebernd bettelten sie die Ankömmlinge um Wasser an. Zwischen den Hütten liefen jetzt weitere Haustiere, Ziegen und Schafe, frei umher. Niemand war mehr da, der sich um sie kümmerte. Kierk sah Ratten in einer Hütte, die sich an den unbewachten Vorräten und Toten nährten. Kierk sah Krieger, die sich übergaben, nachdem sie in eins der Zelte des Todes geschaut hatten. Totales Entsetzen befiel die Männer. Panisch zogen sie sich wieder aus dem Kreis der stinkenden Behausungen zurück in den Wald. Erst dort trauten sie sich wieder, tiefer einzuatmen.

Die Gojdo brachen sofort auf. Sie hatten den gefangenen Rungi die Fesseln durchschnitten und sie ihrem Schicksal überlassen. Ob sie ebenfalls flohen oder ihren Angehörigen im Todeskampf Linderung durch Pflege bringen wollten und ihr eigenes Leben riskierten, mussten sie selbst entscheiden.

Die Gojdo nahmen das Gepäck so schnell sie konnten auf und flohen in Richtung Osten. Sie liefen ohne Pause bis zum Abend. Kierk fiel eine Ziege im Gefolge der Männer auf, die genauso aussah, wie die Ziege vom Tauschplatz des verseuchten Lagers der Rungi.

„Stopp!“, schrie er, ohne lange zu überlegen. „Dies ist die Ziege aus dem Dorf der Rungi. Ich erkenne sie an dem krummen Horn. Wer hat die mitgenommen?“

Die Männer, die es nicht gewohnt waren, von Kierk Befehle zu bekommen, geschweige denn sie zu befolgen, zögerten zuerst, blieben dann doch stehen. Tabu, Toran und Sama rannten vom vorderen Ende der Karawane der Krieger auf Kierk zu. Katos folgte mit einigem Abstand.

„Was ist hier los?“ Tabu schaute grimmig. Er hatte sich den Verlauf ihres Besuchs bei den Rungi anders vorgestellt. Er wirkte verstört, wie alle, aber auch extrem schlecht gelaunt. Die Demütigung des Erzfeindes war als Krönung seines Kriegszugs gedacht gewesen. Die Gegenleistungen für die Gefangenen sollten die Beute noch reicher machen. Krankheiten, auch solche, die mehrere Menschen in einem Dorf befielen, waren auch bei den Gojdo nicht unbekannt. Aber ein so heftiger Krankheitsverlauf und die Auslöschung ganzer Dorfgemeinschaften, davon hatten sie noch nicht gehört.

„Dies ist die Ziege vom Dorfplatz der sterbenden Rungi. Jemand hat sie mitgenommen.“ Kierk zeigte auf das Tier, das er glaubte, wiedererkannt zu haben.

„Ja, und? Die braucht dort niemand mehr! Oder hast du Angst, jemand kommt uns nach und beschwert sich?“ Tabu lachte über seinen makabren Scherz und einige seiner treuesten Anhänger fielen in das Gelächter ein.

„Wir dürfen keine Tiere und keine Vorräte der Siedler mit uns ins Gebiet der Gojdo tragen. Ich denke, die Nähe zu den Nutztieren ist der Grund für die schlimme Krankheit.“

Einige Männer traten einen Schritt weg von den Tieren, die sie an einem Strick hinter sich hergezogen hatten.

„Was ist das denn für ein Blödsinn?“ Tabu wurde wütend. „Du willst uns jetzt erzählen, wir sollen die ganze Beute für die wir so weit gegangen sind, für die wir gekämpft und manche von uns gestorben sind, hier zurücklassen? Nur, weil du denkst, es könnte so sein?“

„Richtig!“, antwortete Kierk kurz.

Bevor er fortfahren und erklären konnte, warum er diese Vermutung hatte, unterbrach ihn Sama.

„Wenn es so wäre, warum gedeihen dann die Dörfer der Siedler so gut. Warum haben sie so viele gesunde und wohlgenährte Kinder? Ich habe keine Kranken dort gesehen."

Er sah Tabu an, der zustimmend nickte.

„Die Geister haben die Rungi bestraft. Sie haben die Traditionen nicht mehr beachtet. Sich mit Fremden verbündet. Es ist eine Strafe für die Rungi, nicht für uns. Die Krieger der Rungi haben sich bei den Siedlern gehen lassen. Wir haben es gesehen. Die Ahnen und Geister hatten sich bereits von ihnen abgewandt."

Zustimmendes Gemurmel kam auf. Tabu hatte geschickt Tatsachen und eigene Annahmen gemischt.

„Wir dürfen die Tiere und Vorräte nicht zu den Dörfern der Gojdo tragen. Wir selbst müssen eine Weile abseits bleiben, bis wir wissen, ob wir die Krankheit in uns tragen. Die Geister sind mit denen, die klug handeln. Ich habe in der Siedlung von Egrie eine Frau der Ubarutu getroffen. Sie war die letzte Lebende ihres Volkes. Ihr Volk war, so wie sie es beschrieb, an der gleichen Krankheit gestorben, wie die Rungi. Auch sie hatten Kontakt zu den Siedlern und dann brach die Krankheit aus."

Einige Männer nickten zustimmend.

Tabu nicht. „Ich habe jetzt endgültig genug von deinen Lügengeschichten und absurden Ideen, Loko. Ausgestorbenes Volk der Ubarutu. Blödsinn. Wir haben ein einziges Dorf mit Kranken gesehen. Die Rungi werden wir deshalb bestimmt nicht los sein. Du hast meinen Vater aufgehetzt, er soll Krieger der Gojdo zu den Siedlern senden, damit wir Verbündete für die Zukunft haben. Wir kämpfen erfolgreich, du bringst den Verbündeten um. Wir machen große Beute und jetzt erzählst du uns, wir sollen sie wegwerfen?" Tabu schüttelte demonstrativ den Kopf. „Du lügst und betrügst, wo du kannst. Wir sind Krieger und als solche sind wir erfolgreich. Und jetzt werden wir als erfolgreiche Krieger heimkehren und nicht als Schwachköpfe, die ihren Ruhm und ihre Beute weggeworfen haben." Tabu drehte sich abrupt um. Er sah die Diskussion als beendet an und wollte an die Spitze des Zuges zurückkehren.

„Moment!“, sagte Katos.

Tabu stutzte.

„Ich denke an meine Familie. An die Frau, mit der ich leben werde, die Kinder, die sie mir gebären wird. Es bringt mir nichts, wenn ich jetzt ruhmreich heimkehre, sie aber alle damit umbringe.“ Katos schaute erst Kierk an, dann die umstehenden Krieger. „Ich stelle mich zu Kierk und fordere euch, die Krieger der Gojdo auf, es genauso ...“

In diesem Moment durchstach die Steinklinge von Tabu Katos Leber. Schwarzes Blut lief aus der Wunde. Katos sank auf die Knie. Sterbend schaute er Kierk an. Kierk hatte einen Freund in der Sekunde verloren, in der er ihn gewonnen hatte.

„Elender Verräter. Die Befehle gebe ich hier.“

Kierk hörte den wütenden Satz von Tabu wie aus großer Ferne. Kierk sah nur den erlöschenden Blick Katos. In die Gruppe der fast vierzig überlebenden Gojdo-Krieger kam Bewegung. Waffen wurden gezogen. Eine knappe Hälfte der Männer sammelte sich um Kierk, die anderen drängten zu Tabu. Samos war neben seinem toten Freund niedergekniet und hielt dessen Kopf. Ungläubig schaute er zwischen dem dunklen Blut an seinen Händen und dem Mörder Tabu hin und her. Als er aufstand, schloss er sich den Männern an, die sich um Kierk geschart hatten. Tränen glitzerten in seinen Augen.

Kierk erwachte aus der Trance.

‚Ich habe viel zu lange gezögert!‘ Er riss sein Messer und seinen Totschläger aus dem Gürtel und stieß einen Schrei aus, der aus seinem tiefsten Inneren kam und die angestaute Wut der lebenslangen Demütigungen und Qualen freisetzte.

Ohne nach links oder rechts zu schauen, stürzte er sich auf seinen Halbbruder. Kierk sah nicht, was um ihn herum passierte. Ob auch andere Kämpfe begannen. Er sah nur Tabu direkt vor sich. Dieser blickte ihm mit hassverzerrter Fratze entgegen, sein blutiges Messer und seine Steinaxt in Händen. Sie trafen mit genau einer einzigen Absicht aufeinander, dem Tod des anderen. Etwa gleich stark, beide inzwischen in Kämpfen auf Leben und Tod erfahren, konnte keiner hoffen, einen Vorteil im Kampf zu haben. Tabu stieß sein Messer gegen Kierks Oberkörper. Falls schon Hoffnung bei ihm aufkeimte, den entscheidenden Stoß geführt zu haben, wurde er enttäuscht, denn die Klinge wurde von Kierks Rippen aufgehalten und schnitt nur einmal quer über den Rippenbogen. Kierks Angriff mit dem Messer auf Tabus Körper hatte Tabu mit der Steinaxt abgefangen. Klirrend zerbrach die blutrote Klinge, als sie vom Stein der Axt getroffen wurde. Kierks Messer, das ihn sein bisheriges Leben lang begleitet hatte, war zerbrochen. Wieder ein Grund für Tabu auf den Sieg zu hoffen, doch Kierk hatte parallel zum Stoß mit dem Messer, und weil er darauf verzichtet hatte, seinen Körper vor Tabus Messerattacke zu schützen, mit seinem Totschläger einen Schlag ausgeführt. Der Totschläger mit dem langen flexiblen Holzstiel und dem an seinem Ende in Lederriemen eingebundenen schweren Stein war hinter dem Rücken von Tabu herumgesaust, als die Männer aufeinanderprallten, und zerschmetterte Tabus rechtes Schulterblatt. Tabus rechter Arm mit der Steinaxt war für ihn nutzlos geworden. Kierk blutete stark aus dem Messerschnitt auf seiner Brust, war aber weiter mit beiden Armen kampffähig.

„Toran, hierher!“, schrie Tabu. „Töte Kierk!“

In einem weiten Kreis um Tabu und Kierk herum hatten sich Paare von Kriegern gebildet, die miteinander kämpften oder sich mit ihren Waffen in Schach hielten. Am Boden lagen verletzte Gojdo. Toran kämpfte in der Nähe von Kierk und Tabu gleich mit zwei jungen Gojdo, die aus einem der Nachbardörfer stammten. Beide junge Krieger bluteten aus verschiedenen Wunden, während Toran unverletzt war. Tabu trat mit hängendem rechtem

Arm und panischem Blick ein paar Schritte zurück, weg von Kierk. Die Steinaxt hatte er fallenlassen. Das blutige Messer hielt er, den Griff fest umklammert, vor sich.

„Katos war auch mein Freund. Das ist dein Kampf." Toran drehte sich nicht mal zu Tabu um. Er hatte nicht vor, sich in den Kampf zwischen Tabu und Kierk einzumischen.

Tabu machte noch ein paar weitere Schritte rückwärts, dann drehte er sich um und lief los. Kierk starrte ihm nach. Ein Pfeil sirrte durch die Luft. Es gab einen dumpfen Ton, als er auf Tabus Körper aufschlug und neben dem zerschmetterten Schulterblatt in dessen Herz fuhr. Die Kämpfe hörten auf. Es wurde still. Die Augen wechselten vom stürzenden Tabu zum Schützen, der den Feigling gerichtet hatte. Samos hielt den Bogen noch vor sich wie beim Abschuss. In seinem Blick lag keine Genugtuung. Bitter schaute er auf den gefallenen Tabu. Hatte er sich mit dem Schuss doch auch seine eigenen Fehler und Fehleinschätzungen der vergangenen Jahre eingestehen müssen.

Dann wurden die Verletzten versorgt, der tote Tabu auf einer Lichtung aufgebahrt. Tiere würden auch sein Fleisch fressen, die Knochen zerstreuen. Geister und Ahnen über ihn richten.

Sie töteten die Haustiere. Entsorgten die Kadaver und die Waren, die sie von den Siedlern mitgenommen hatten. Das Getreide, die Saat der Pflanze Götterfeuer und den aus ihren Kapseln gewonnenen Saft. Die geschliffenen Steinbeile, die polierten und verzierten Tonwaren. Alles wurde von ihnen in eine Grube geworfen und mit Erde bedeckt.

Sie suchten einen Platz im dünn besiedelten Grenzgebiet zwischen dem Sippengebiet der Rungi und dem der Gojdo aus, um dort ihr neues Lager einzurichten. Der Standort sollte vor allem erfolgreiche Jagden und den Fischfang ermöglichen. Der Fluss, der hier die Grenze zwischen dem Gebiet der Rungi und der Gojdo markierte, floss träge und breit. Nicht sehr weit nördlich mündete er ins Meer. Im Dorf der Gojdo würde es auch diesen

Winter knapp mit den Nahrungsvorräten werden. Die erhofften Nahrungsmittel von den Siedlern, die sie transportiert hatten, waren nun vernichtet. Die vierzig Krieger fehlten in den Heimatdörfern zudem bei der Jagd und der Fischerei. Kierk und die Männer hofften daher, in der Zeit ihrer Quarantäne viel mehr Jagdbeute zu machen als sie jetzt verbrauchten.

Sie alle begleitete die Angst, dass die Seuche doch noch unter ihnen ausbrechen könnte. Trotzdem genoss Kierk jeden Tag. Es war ein völlig neues Leben. Da war die Vorfreude auf das Wiedersehen mit Sirte. Er freute sich auf seinen Sohn Ulat. Die Männer respektierten ihn und befolgten seine Anweisungen. Für die Gruppe war es selbstverständlich gewesen, dass Kierk sie nun anführte. Er freute sich, wieder das Leben auf Art der Gojdo in der Natur führen zu können. Liebte es, durch die Wälder zu streifen. Der stets unbestimmte Ausgang einer Jagd machte diese im Vergleich zur Feldarbeit zu einem täglichen Abenteuer. Das Gleiche galt für den Fischfang. Auf der Fahrt im Einbaum zu den Reusen und Netzen im Fluss wussten sie nie vorher, ob diese voller Fische oder leer waren.

Von den Rungi hörten sie nichts mehr. Sie wussten nicht, wie viele Dörfer befallen waren und wie sich die Seuche entwickelte. Das Grauen saß so tief, dass sie keine Kundschafter aussandten. In dem Streifgebiet rund um ihr Lager blieben sie die Wochen über allein. Die ersten Lachse zogen vom Meer in die Flüsse. Auch jetzt zeigten sich keine Rungi. Gesunde Rungi würden nicht auf den Fang des Lachses verzichten. Die Gojdo fürchteten daher das Schlimmste. Zwei Monate waren vergangen und bei keinem der Gojdo war die Seuche ausgebrochen. So beschlossen sie die Rückkehr. Sie hatten Jagderfolg gehabt und Vorräte an Trockenfleisch angelegt, die sie mitnehmen konnten.

Die Männer waren aufgeregt. Auch Kierk. Er hatte sich das Wiedersehen mit Sirte wieder und wieder vorgestellt. Jetzt überfiel ihn die Nervosität. Wie würde es in der Realität ablaufen? Sie hatte ihm damals gesagt, dass sie mit ihm, der sich selbst klein macht, der sich hinter seinem Schicksal versteckt, der nicht für das kämpft, was er haben will, nicht leben möchte. Wie würde es jetzt sein?

Eigentlich müsste er sich auch Sorgen machen, wie Karo, der Vater von Tabu und Häuptling der Sippe, reagieren würde. Tat er aber nicht. Karo war krank und geschwächt. Das wusste Kierk. Er hatte lange ungerecht regiert. Kierk wollte sich als Häuptling zur Wahl stellen, weil er sich niemanden vorstellen konnte, der das Amt besser ausüben würde als er. Daher war er zuversichtlich, dass er Karo ablöste. Karo war der Krieger gewesen, der laut Tana, die Nachricht und die Geschichte vom Tod Batus, Kierks Vater, ins Dorf getragen hatte. Er war der Mörder seines Vaters. Kierk hatte jedoch zu viel Blutvergießen miterlebt, um im Herzen noch Platz für eine blutige Rache zu tragen. Als abgesetzter Häuptling sollte Karo einfach keine Rolle mehr in seinem Leben spielen. Und dafür würde Kierk sorgen. Da war er sich sicher.

Epilog

Dr. Johanna Ritter, anerkannte archäologische Expertin für die Epoche der Linearbandkultur und tätig im Landesamt für Denkmalpflege in Hessen, hat den Text dankenswerterweise geprüft und wertvolle Hinweise geliefert. Lange blieb die Frage unbeantwortet. Wanderte vor 8.000 Jahren die Idee des Ackerbaus und der Viehzucht von Süden nach Mitteleuropa ein und wurde von der ansässigen Bevölkerung übernommen oder waren es Eroberer, die wie die europäischen Siedler den nordamerikanischen Kontinent mit Landwirtschaft und Siedlungsbau überformten und die ansässigen Ureinwohner durch Landnahme, Kriege und Krankheiten dezimierten?

Moderne Methoden der Erbgutanalyse und der Archäologie geben aktuell die Antwort. Es waren Einwanderer aus dem Südosten Europas, die zuerst Süddeutschland besiedelten und sich dann weiter nach Norden ausbreiteten. Dies ist die abenteuerliche Geschichte eines „letzten Mohikaners“ im Gebiet des heutigen Norddeutschlands und dabei ein sorgfältig recherchierter, historischer Roman der Zeit um 5.500 v. Chr. Der Text nutzt den aktuellen wissenschaftlichen Kenntnisstand zu den letzten Jäger- und Sammlergemeinschaften der mittleren Steinzeit und der „Linearbandkultur“, der ersten bäuerlichen Kultur der beginnenden Jungsteinzeit in Deutschland.

Details, wie Namen der Völker, Personen oder Siedlungen sind erfunden. In der Steinzeit gab es keine Schrift, diese Art von Information ist daher verloren. Die im Roman beschriebenen Siedlungen liegen dort, wo es nach archäologischem Kenntnisstand Siedlungen in der Frühphase der Linearbandkultur gab, nehmen aber keinen Bezug auf konkrete Ausgrabungsorte. Der Zweck mancher Funde zur Linearbandkultur, wie die großen, kreisrunden Palisadenbauwerke einiger Siedlungen, sind fachlich nicht eindeutig geklärt und ließen im Roman Spielraum für Interpretation. Als historischer Roman stützt sich die Geschichte auf die nachfolgenden, zentralen Erkenntnisse der archäologischen Wissenschaft zu dieser Epoche.

Um 5.500 v. Chr. stößt die frühe Linearbandkultur, als früheste Ackerbaukultur in Mitteleuropa, bis nach Norddeutschland vor. Sie ist zu diesem Zeitpunkt in Süddeutschland bereits seit mehreren Jahrhunderten etabliert. Genetische Untersuchungen belegen, dass diese Bauern ihre Kultur im Südosten Europas (im heutigen Ungarn) entwickelt und sich dann Richtung Nordwesten ausgebreitet haben. Deutschland war zu dem Zeitpunkt von Jägern und Sammlern im Binnenland vermutlich in dünner Dichte und an den Küsten aufgrund der zusätzlichen Nahrungsressourcen des Meeres dichter besiedelt. Die frühe Linearbandkultur zeichnet sich während der Ausbreitungsphase über Jahrhunderte durch eine große Einheitlichkeit in Verzierungen, Hausbau und Begräbnisriten aus. Am Ende der Ausbreitung kommt es aber zu Differenzierungen, wie den abweichenden Strichband-Verzierungen im Osten. Im Westen dringt die La-Hoguette-Kultur, mit einer eher nomadischen, Viehzucht betreibenden Lebensweise gleichzeitig bis an den Rhein vor und könnte Einfluss auf die Linearbandkeramiker dieser Region genommen haben. Die große Einheitlichkeit der Linearbandkultur und die jahrhundertelangen, scheinbar friedlichen Beziehungen untereinander begannen zu zerbröckeln. Überfälle und Massaker an ganzen Dorfgemeinschaften wurden an mehreren Orten für die spätere Phase festgestellt.

Die Genetik der mesolithischen Jäger und Sammler verschwindet in der Folgezeit nahezu komplett in Deutschland. Es gibt aber einige Fundkontexte in Form von Begräbnisstätten, die zeigen, dass regional Gruppen von Jägern und Sammlern genetisch getrennt noch über Jahrhunderte fortexistierten.

Wissenswertes

Acra – Sächsische Saale

Ala – Aller (Nebenfluss der Weser)

Berg mit vielen Findlingen – Wilseder Berg, Erhebung in der Lüneburger Heide

Dechsel – Geschliffenes Steinbeil, geschäftet an einem Holzstiel, das zum Fällen und Bearbeiten von Holz verwendet wurde.

Durchbruch der Weser durch ein Gebirge – Wiehengebirge und Weserbergland

Emat – Waldsiedlung nördlich des Harzes, Nähe Aschersleben

Felsenformation, Steinerne Riesen – Externsteine bei Bad Meinberg

Hornblendeschiefer – Gesteinsart zur Herstellung von Beilen

Kumpf – Töpferner, henkelloser Gefäßtyp der Linearbandkultur

Langhaus – Die Linearbandkultur zeichnet sich über Jahrhunderte durch ein einheitliches Siedlungsbild aus. Das Langhaus war dabei wesentlich länger als breit. Pfostenreihen im Inneren trugen das Dach.

Mutterstrom – Elbe (bei den Gojdo)

Nördliches Meer, Meer im Norden – Nordsee

Pfad parallel zur Lippe – Westfälischer Hellweg

Pflanze mit dem Namen „Götterfeuer" – Schlafmohn (*Papaver somniferum*). Schlafmohn wurde in der Linearbandkultur bereits kultiviert. Es handelt sich damit um eine der ältesten Kulturpflanzen.

Schwarzer Boden der Götter – Tschernosem-Lößboden. Die Linearbandkeramiker suchten und besiedelten nur Flächen mit dieser Bodenart, die auch heute noch die fruchtbarsten Ackerstandorte, die sogenannten Lößbörden, in Deutschland darstellen.

Skrotan – Siedlung an der Sächsischen Saale, Nähe Halle

Sumpfiges Gelände nach dem Teutoburger Wald – Lippe-Niederung

Suozaza – Siedlung in der Nähe von Soest an der Lippe

Süßwassersee, der in Tanas Sage in ein salziges Meer verwandelt wird – Ostsee.

Weißer Strom – Elbe (bei den Tisza)

Westlicher Grenzfluss – Weser

Zweites Gebirge nach dem Weserbergland – Teutoburger Wald

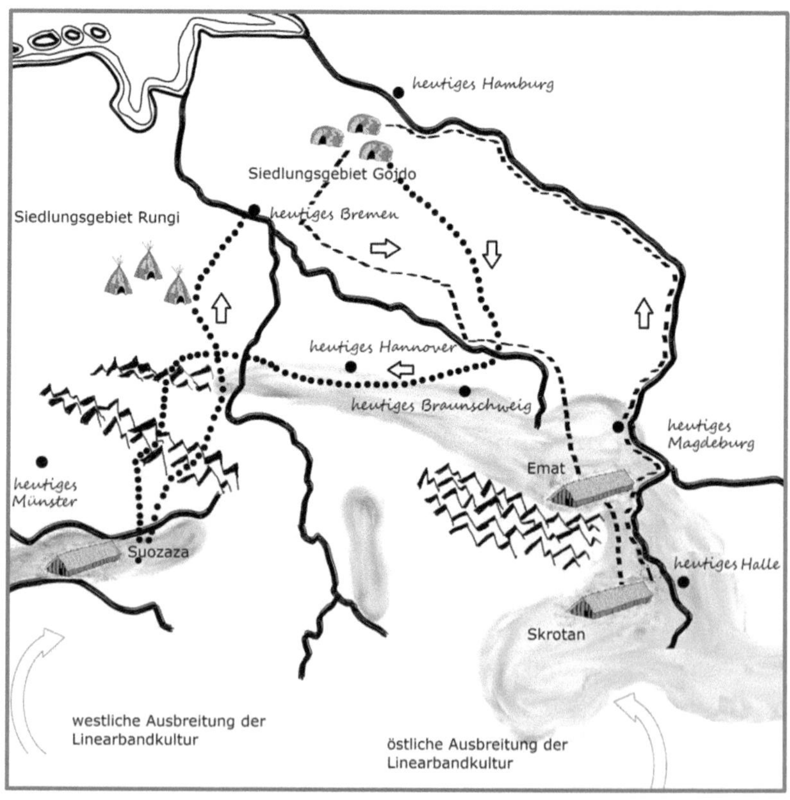

Danksagung

Dieses war nicht das erste Roman-Manuskript, das ich geschrieben habe, aber es ist das erste, das veröffentlicht wird. Daher möchte ich mich zuerst bei denen bedanken, die diesen Schritt ermöglicht haben. Christian Leeck, Dr. Piri Leeck und Marta Bosso vom neugegründeten Verlag AKRES Publishing, euch allen einen lieben Dank!

Meiner Familie, ein Dank von Herzen. Ohne euch wäre alles nichts, und auch nicht diese Geschichte.

Dr. Johanna Ritter, Archäologin und Spezialistin der Linearbandkultur, ohne Ihre fachliche Unterstützung wäre es nur eine kleine Geschichte und kein historischer Roman geworden. Herzlichen, lieben Dank!

Marlen Günther, durch Ihr Lektorat konnte der Text überhaupt erst einem Verlag angeboten werden. Vielen lieben Dank!

Sabrina Haja von der Tatwort Medienagentur hat auch dieses Projekt mit großem Fachwissen begleitet. Ein herzliches Dankeschön!

Allen Erstleserinnen und Erstlesern, die sich tapfer durch die Rohversionen gekämpft und auf nette Art Kritik geübt haben, meinen lieben Dank!

Nicht zuletzt herzlichen Dank an Sie, liebe Leserin oder Leser. Ich hoffe, Kierks Abenteuer hat Ihnen gefallen!